Mona Jones

Die Schneeblütenprinzessin von Cold Greek Valley

Eine Weihnachtsbraut wollte Chiara sein. Dann kommt ihr der Verlobte abhanden, und der Job gleich noch dazu. Um sich abzulenken, beschließt sie, der elterlichen Pasticceria in Hamburg den Rücken zu kehren und über die Feiertage zu ihrem Bruder in die tief verschneiten Rocky Mountains zu fliegen. Im Flugzeug blickt sie einem unwiderstehlichen Mann in die Augen. Aber halt, sie will sich nach dem Kummer mit ihrem Ex nicht gleich wieder verlieben. Doch dann nimmt sie bei der Gepäckausgabe versehentlich den Koffer von Mr. Wonderful vom Band, wie sie später merkt. Die Koffer müssen natürlich getauscht werden und so kommt es zu einer folgenreichen zweiten Begegnung …

Mona Jones ist Übersetzerin und lebt mit ihren beiden erwachsenen Töchtern und Katze in Karlsruhe. Ein Teil ihrer Familie ist in Golden/Colorado zu Hause. ›Die Schneeblütenprinzessin von Cold Creek Valley‹ ist ihr Romandebüt.

Mona Jones

Die Schneeblütenprinzessin von Cold Creek Valley

Roman

dtv

MIX
Papier aus verantwortungsvollen Quellen
FSC® C019821
www.fsc.org

Originalausgabe 2021

Dieses Werk wurde vermittelt durch die
Autoren- und Projektagentur Gerd F. Rumler, München.
Umschlaggestaltung: buxdesign I Lisa Höfner
Umschlagmotive: istockphoto/Tom Merton,
TONNAJA/Getty Images und shutterstock.com
Satz: C.H.Beck.Media.Solutions, Nördlingen
Gesetzt aus der Minion 10/14,25·
Druck und Bindung: Druckerei C.H.Beck, Nördlingen
Printed in Germany · ISBN 978-3-423-21975-4

CHIARA

Jedes Mal, wenn die U-Bahn vor der nächsten Haltestelle zu bremsen anfängt, dringt dieses grauenhafte Geräusch von Metall auf Metall an mein Ohr. Normalerweise kriege ich davon Gänsehaut. Aber an diesem Nachmittag ist nichts normal, und deshalb denke ich stattdessen an das geheimnisvolle ferne Sirren der Zikaden im Gras. An das Prickeln der Sonne auf meiner Haut, den Duft von Pinien und das kleine Haus von Nonna Elsa. In meinem Tagtraum sitzt sie draußen auf ihrer Bank neben der Eingangstür. Sie legt die Weintrauben auf das große Tablett mit Zitronenmuster, um sie in der Sonne dörren zu lassen. Die Rosinen braucht sie für ihr unvergessliches Hefegebäck, die *Brioches Dolci.* Niemand weiß, noch nicht einmal meine Schwester Lo, dass Nonna das Rezept für mich allein in einem gelben Schulheft aufgeschrieben hat. In dem unwahrscheinlichen Fall, dass mein kleines Geheimnis jemals auffliegt, würde Lo bestimmt ausflippen. Ich müsste alles stehen und liegen lassen und für eine Weile aus Hamburg fliehen.

Meine Hände kramen die Handschuhe aus der Manteltasche, während ich immer noch in meiner Erinnerung an den verlockenden Duft von Nonna Elsas Gebäck versunken bin, wenn es ofenwarm auf dem Teller lag und die Butter beim Bestreichen zu schmelzen begann.

Das alles ist ziemlich lange her. Und ich vermisse Nonna an

jedem einzelnen Tag. Geblieben ist mir nur das inzwischen sehr zerlesene Heft mit ihren ganz besonderen Rezepten. Eines Tages werde ich es brauchen, davon war Nonna überzeugt. »Du wirst deine eigene Pasticceria haben, und die Leute werden Schlange stehen«, sagte sie.

Ich seufze leise. Nie zuvor schienen dieser und alle anderen Träume in so weite Ferne gerückt.

Die Bahn hält, und der jähe Ruck katapultiert mich zurück in die deprimierende Gegenwart. Meine Schwester und ich sind an diesem Nachmittag auf dem Weg, um den großartigsten Tag meines bisherigen Lebens rückgängig zu machen. Es ist zum Heulen, und nichts, aber auch wirklich nichts heilt diesen schrecklichen Kummer, der wie ein Bleigewicht auf meinen Schultern liegt.

Als Lo und ich am Jungfernstieg aus der U-Bahn-Station ins Freie kommen, weht uns ein gehässiger Nieselregen eiskalt ins Gesicht. Die Alster ist deprimierend grau, und sie kräuselt sich in kleinen müden Wellen. Ich seufze, als mein Blick auf die Buden des Weihnachtsmarkts fällt. Normalerweise liebe ich Weihnachtsmärkte und kann überhaupt nicht genug davon kriegen. Aber heute ist das anders. Dieser Überfluss an Lichtern, Tannenzweigen, süßen Engeln, Weihnachtsmännern und dann auch noch dieses Schild, das zur *Romantischen Adventsfahrt* auf den Alsterdampfern einlädt – ich hasse es. Romantik ist das Allerletzte, was meine Nerven ertragen. Seit Tagen laufen mir die Tränen in Strömen über die Wangen, sobald irgendwo nur ein zartes Glöckchen klingelt oder ein Kind ein Weihnachtslied vor sich hin trällert oder – richtig schlimm – sich ein Pärchen auf der Straße umarmt und küsst. Ich bin allergisch geworden gegen Weihnachten. Ich bin verloren.

Erstaunlicherweise heule ich in diesem Moment nicht, obwohl ich es erwartet hätte. Allerdings bin ich auch zu sehr damit beschäftigt, mit meiner Schwester Schritt zu halten, was trotz ihrer Umstände erstaunlicherweise gar nicht so einfach ist. Lo ist hochschwanger und rundlicher als jeder Weihnachtsmann. Sie hat mich gleich oben an der Treppe untergehakt. Vielleicht will sie verhindern, dass ich am Ende doch noch kneife. Sie flucht leise vor sich hin, weil wir natürlich in der wüsten Hektik des Aufbruchs den Schirm vergessen haben, und sie pflügt wie ein schwer beladenes Frachtschiff mit maximaler Geschwindigkeit durch das Gewimmel. Ich dagegen schaue den Leuten ins Gesicht. Alle scheinen, anders als ich, etwas Schönes und Sinnvolles vorzuhaben, und ich frage mich, was ich falsch gemacht habe. Der unverwechselbare Duft von gebrannten Mandeln, Bratwurst und Schiffsdiesel lässt meinen Magen flau werden, und mein gebrochenes Herz liegt richtig schwer in meiner Brust. Alle zehn Meter spüre ich den bohrenden Blick meiner Schwester von der Seite und bemühe mich, die Mundwinkel nach oben zu zwingen. Anscheinend gelingt mir das nur mäßig überzeugend, denn Lo zieht jedes Mal geräuschvoll die Luft ein. Sie versprüht einen Optimismus, als könnte sie es heute mit jedem und allem aufnehmen. Ihre lockigen Haare fallen perfekt, und auch das Make-up ist tadellos. Der elegante weiße Mantel spannt ziemlich über ihrem Babybauch, aber dank ihrer entschlossenen, majestätischen Ausstrahlung würde es niemand wagen, über diese unförmige weiß-rosa glitzernde Tüte mit der Aufschrift *Boutique Bride-to-Be* an der Hand einer Hochschwangeren zu lachen. Diese kitschige Tüte mit dem kostspieligen Inhalt hält sie zu meinem großen Bedauern auf der linken, mir abgewandten Seite fest im Griff. Seit der U-Bahn-Station verfolgt mich die lebhafte Fantasie, was wäre, wenn ich meinen

Tausend-Euro-Fehlkauf an mich risse, um ihn dann mit einem wütenden Schrei in der Alster zu versenken – begleitet von den mitfühlenden Blicken der ersten Glühweintrinker. Es wäre allerdings keine besonders intelligente Aktion. Ich kann das Geld wirklich sehr gut gebrauchen. Aktuell sogar noch viel dringender als jemals zuvor.

Als sich jetzt unsere Blicke wieder treffen, sagt Lo zum hundertsten Mal: »Komm, es wird schon werden, *carina.*« Mein Schätzchen. So nennt mich Lo, wenn ich mich mickrig und erfolglos fühle. Lo ist fünf Jahre älter als ich, aber in den letzten Tagen kommt es mir so vor, als ob sie mir Lichtjahre voraus wäre. Sie hat Theo, den besten aller Ehemänner, und dann noch Luca. Er ist drei Jahre alt und, abgesehen von nicht weniger als fünf Trotzanfällen pro Tag, einfach nur zum Anbeißen. Als wäre das nicht schon genug, erwartet sie an Weihnachten das Schwesterchen für Luca.

Tja. Du hast alles richtig gemacht, meine zuckersüße, fantastische Schwester! Aber gut, ich will nicht unfair sein. Auch bei mir sah es bis vor Kurzem richtig gut aus. Mehr noch – mein Leben bewegte sich in einem geradezu schwindelerregenden Tempo auf seinen schönsten Tag zu. Im Rückblick bin ich zu der Erkenntnis gekommen, dass etwas weniger Schwindel und Tempo wahrscheinlich besser gewesen wären. Ich hätte mir zumindest sehr viel Herzschmerz erspart.

Auf der Zielgeraden dann, vier Wochen vor der Hochzeit, geschah das fast Unaussprechliche. Innerhalb von Sekunden war plötzlich alles weg: die Hochzeit, mein Job, mein Selbstvertrauen. Der Schock umklammert mich noch eine Woche später wie ein Schraubstock.

Ein Weihnachtsmann stolpert uns über den Weg und will mir einen Gutschein für irgendeine Parfümerie überreichen.

Ich kann mich gerade noch beherrschen, ihn übellaunig abzuwimmeln. Ich wünsche mir wirklich sehnlichst einen Ort, an dem es kein Weihnachten gibt.

Endlich sind wir vor dem Laden angekommen. An uns vorbei fluten die Passanten in einem endlosen Strom, der sich teilt und sich hinter uns wieder schließt. Wir sind eine Insel. Eine Schwesterninsel. Die *Boutique Bride-to-Be* hat zwei kleine Schaufenster, die mit verzierten Fensterrahmen aus dunklem Holz eingefasst sind. Zwei Schaufensterpuppen sind mit atemberaubenden Haute-Couture-Kleidern ausgestattet. Aber ich nehme sie kaum wahr. Viel deutlicher sehe ich Lo und mich vor knapp vier Monaten, wie wir den Laden in Hochstimmung verlassen, mit genau dem Kleid, das aus mir eine Prinzessin machen sollte. Ein Kleid, das wie für mich gemacht war, denn es passte so perfekt, dass nicht eine einzige Naht geändert werden musste.

Es war es ein goldener Spätsommertag gewesen. Ich hatte mir für morgens einen Friseurtermin gebucht, und meine wilden Naturlocken hatten sich, zumindest für die nächsten paar Stunden, zu einer seidigen, glatten Mähne zähmen lassen. Und die Kosmetikerin hatte mir ein wunderschönes Make-up ins Gesicht gezaubert. Ich war unfassbar glücklich und fühlte mich wie eine Königin. Das Leben streute mir Rosenblätter auf den Weg.

»Ich will das alles nicht!«, schluchze ich jetzt leise, obwohl ich weiß, wie albern sich das anhört. Himmel, Chiara, niemand *will* unglücklich sein. Aber Selbstdisziplin ist nicht gerade meine Sache. Lo macht sich schweigend von mir los und kramt ein Taschentuch hervor. Sie reicht es mir und wartet geduldig, bis ich meine Augen trocken getupft habe, die ich in weiser

Voraussicht erst gar nicht geschminkt habe. Dann wendet sie sich um, bewegt ihren Körper mit überraschender Anmut die beiden Stufen hinauf und öffnet die Ladentür.

Das melodische Läuten einer Glocke begrüßt uns im Laden, einem Paradies für zukünftige Bräute. Das Geräusch unserer Schritte wird sofort von dem dicken Teppichboden verschluckt. Ich sehe mich hastig um und stelle erleichtert fest, dass sich nur eine Handvoll Kundinnen im Laden befindet. Wenn mich meine bösen Vorahnungen nicht trügen, steht uns eine demütigende Verhandlung bevor, die nicht unbedingt vor großem Publikum stattfinden muss.

Auch bei meinem zweiten Besuch nimmt mir dieser Ort fast den Atem, mit seinen holzgetäfelten Wänden, in deren Nischen die nach Stil geordneten Kleider hängen. *Boho*, *Märchenbraut* und *Vintage* steht in Schreibschrift auf kleinen Holztäfelchen. Ich wäre die *Märchenbraut* gewesen. Genau dort drüben stand ich – vor dem Spiegel unter dem riesigen Kronleuchter, der mich in sein sanftes, warmes Licht hüllte, und meine Schwester brach bei meinem Anblick in Tränen aus.

»Vorsicht!«, zischt sie jetzt, weil ich fast gegen eine der beiden Bodenvasen voller duftender Lilien laufe, die eine Sitzecke mit weißen Sesseln einrahmen.

Mein Mund fühlt sich an wie mit Sägespänen gefüllt, als Lo zielstrebig auf den Ladentisch zusteuert. Die Inhaberin der Boutique, die uns beim ersten Besuch persönlich und äußerst professionell beraten hat, kommt von den Kabinen herüber.

»Wie kann ich Ihnen helfen?«, fragt sie, und ich beobachte, wie ihr Lächeln merklich abkühlt, als Lo die Tüte anhebt und auf den Ladentisch legt.

»Meine Schwester muss dieses Kleid hier leider zurückgeben«, sagt Lo, während sie den Kassenzettel aus der Handtasche nimmt und ihn mit einem freundlichen Nicken überreicht. »Es ist noch original so, wie wir es gekauft haben.«

In einer der Kabinen lässt sich hinter dem schweren roten Damastvorhang ein doppelstimmiges Kichern vernehmen. Unser Gegenüber schaut prüfend in die Richtung, sie lässt den Blick kurz durch den Laden schweifen, dann wendet sie sich wieder uns zu. Ihre Miene sieht aus wie hundert Jahre Bodenfrost, als sie den Kassenzettel prüft.

»Nun ja. Die vierzehn Tage Rückgabefrist sind ja längst vorbei!«, sagt sie und hüstelt trocken.

Der Druck, der sich in mir angestaut hat, sucht ein Ventil.

»Es ist ja nicht meine Schuld, dass der Idiot fremdgeht«, platzt es unvermittelt aus mir heraus. Was so ziemlich das Dämlichste ist, das man in einem solchen Moment von sich geben kann.

Lo tritt mir auf den Fuß. Ich hatte vergessen, dass meine Schwester inzwischen das Gewicht eines Kleinwagens hat, und es tut richtig weh.

»Aber natürlich«, sagt Lo. Sie setzt ein selbstsicheres Lächeln auf. »Das gesetzliche Widerrufsrecht ist uns durchaus bekannt. Aber ich bin überzeugt, dass wir eine Lösung finden.« Sie sieht sich demonstrativ im Laden um. »Ihr Kundenservice ist sicherlich ebenso exzellent wie der Ruf Ihres Geschäfts«, fügt sie nun deutlich lauter hinzu.

»Hm«, macht die Ladenbesitzerin, der nicht entgangen ist, dass mindestens zwei Kundinnen aufmerksam geworden sind und das Geschehen am Ladentisch aus den Augenwinkeln beobachten. Sie zieht das Kleid vorsichtig aus der Tüte und streift die Plastikhülle und den Bügel ab. Dann nimmt sie den Stoff Zentimeter für Zentimeter in Augenschein. Es dauert Ewigkeiten. Eine junge Verkäuferin kommt aus dem Hinterzimmer und trägt ein Tablett voller Sektgläser an uns vorbei. Ich starre demonstrativ darauf, weil mir bei diesem Anblick plötzlich die Kehle brennt. Aber sie rauscht an uns vorbei, als hätte sie uns nicht einmal bemerkt. Lo wirft mir einen genervten Blick zu. Sie tritt ungeduldig von einem Fuß auf den anderen, und ich vermute, dass sie irgendwie dringend mal muss. Schwangere scheinen förmlich auf der Toilette zu wohnen.

Endlich sieht es so aus, als ob die Inspektion ein Ende gefunden hätte. Aber als ich gerade aufatmen will, hebt diese dumme Kuh das Kleid an und beschnuppert den Stoff. Ich merke, wie in mir die Wut aufsteigt, und als ich Lo anschaue, ist ihr rosiges Gesicht soeben um mindestens zwei Farbtöne dunkler geworden.

»Es ist selbstverständlich ungetragen«, sagt meine Schwester mit einem bedrohlichen Donnergrollen in der Stimme. Jetzt ist jeder Zentimeter von ihr ganz die erzürnte Nachwuchschefin einer der bekanntesten Pasticcerias in Hamburg, und das tut sofort seine Wirkung. Die Ladenbesitzerin wirft Lo einen kühlen Blick zu, und endlich öffnet sie die Kasse. Als sie das Geld bis auf den letzten Euro herauszählt, bin ich so erleichtert, dass ich fast schon wieder weinen möchte. Die Hälfte davon ist mein eigenes Geld, die andere Hälfte haben mir Mamma und Papà gegeben. »Besten Dank«, melde ich mich endlich wieder zu Wort, während Lo das Geldbündel vorläufig in ihrer großen Geldbörse verstaut. »Wir kommen bei Gelegenheit gerne wieder zu Ihnen«, sagt sie majestätisch. »Auf Wiedersehen.«

Wir ernten einen schmallippigen Abschiedsgruß, und gerade als wir uns umdrehen und auf die Ausgangstür zugehen, öffnet sich der rote Vorhang, und eine Braut und ihre Begleiterin treten heraus. Es ist der unwiderstehliche Klang raschelnder Seide, der mich wie angewurzelt stehen bleiben lässt. Ich starre die Frau an. Sie ist blond, und ich wette, in jedem normalen Outfit gehört sie zu den Frauen, die wenig Aufmerksamkeit bekommen. Aber jetzt, in diesem Kleid, sieht sie einfach nur hinreißend aus. Das Kleid ist ganz ähnlich geschnitten wie meines. Unten schmaler, im Meerjungfrauen-Stil, mit einer kleinen Schleppe. Tausend kleine Perlen funkeln bei jeder Bewegung. Ich breche vor Verzweiflung fast zusammen.

»Heiliger Himmel«, murmelt Lo und schnappt mich am Ellbogen. »*Vieni!*«

Ich bin wie betäubt, als sie mich mitzieht, und um ein Haar hätte ich draußen die Treppenstufe übersehen und wäre gestolpert. Eine Böe schleudert mir den Regen ins Gesicht und zerrt an meinen Haaren.

Lo schnauft durch und streckt den Daumen hoch. »Perfekt. Das wäre erledigt!« Dann zieht sie mich an sich, und ich vergrabe mein Gesicht in ihren Haaren. Sie riecht warm und süß nach *Paste di Mandorla*, von denen sie, bevor wir aufgebrochen sind, noch schnell zwei Bleche gebacken hat. Zwischen uns ist diese große feste Kugel zu spüren, und mich überkommt plötzlich ein warmes Gefühl, weil ich mich so sehr auf meine kleine Nichte freue. Und dann kullert mir auch schon die erste Träne über die Wange. »Na, jetzt komm«, sagt Lo energisch. Sie macht sich von mir los und deutet in eine Seitenstraße auf eines der gediegenen Hotels der Gegend: »Wir haben uns eine Erfrischung verdient.«

»Okay«, schniefe ich und wische mir die Tränen aus den Augen.

Die Lounge des Hotels ist schummrig und gemütlich, mit dicken Ledersesseln an kleinen Tischen. Von irgendwoher perlt entspannter Jazz durch den Raum. Obwohl die Steuerkanzlei, in der ich bis vor knapp einer Woche gearbeitet habe, praktisch um die Ecke liegt, war ich noch nie hier. Zum Glück, denn jeder Ort, an dem es keine Erinnerungen an Leon gibt, ist ein guter Ort.

»Eigentlich gefällt es mir, direkt an der Bar zu sitzen«, sagt Lo. »Aber mit diesem Pottwal-Bauch … *no grazie.*« Sie lacht ihr helles Lachen, und die zwei Typen hinter der Bar drehen sich zu ihr um. Pottwal hin oder her – selten kam mir meine Schwester so schön vor wie in diesem Augenblick, mit ihrem rosigen Gesicht und diesem gewissen Glänzen in den Augen.

Sie rauscht sofort in Richtung Toiletten, und ich suche uns eine Sitzecke abseits der wenigen anderen Gäste. Als ich mich setze, versinke ich sofort im weichen Polster. Die Anspannung in meinem Körper gibt merklich nach. Ein weiterer Schritt in diesem gemeinen Spiel namens *Geplatzte Hochzeit* ist geschafft.

»Darf es schon was sein?«, fragt der Barkeeper, der plötzlich neben mir aufgetaucht ist. Ich schaue an ihm hoch, in seine hübschen, lachenden Augen und denke: eine Holzfällerumarmung bitte. Aber da kommt gerade Lo zurück, und ich bestelle einen Aperol-Spritz für uns beide.

»Ausnahmsweise«, flüstert Lo errötend, und der Typ blinzelt ihr zu, als wüsste er über so ziemlich alles Bescheid, was uns an diesem Nachmittag hierhergebracht hat.

»Ich finde ja«, sagt Lo, sobald wir wieder unter uns sind, »du solltest trotz allem nach Colorado fliegen.«

Anstelle einer Antwort gebe ich ein lautes Stöhnen von mir. Das ist der nächste Punkt auf meiner To-do-Liste: die verdammte Hochzeitsreise. Ich muss im Reisebüro fragen, ob ich das Ticket stornieren kann. Auch wenn der Vermerk *Nur Umbuchung. Keine Erstattung* draufsteht. Mir graut jetzt schon davor.

»Wieso denn nicht?«, bohrt meine Schwester nach, als ich hartnäckig schweige. »Du könntest umbuchen und morgen schon weg sein. Das wäre jedenfalls besser, als in der Backstube herumzusitzen und Kekse in dich hineinzustopfen!«

»Ich sitze nicht herum, ich helfe euch«, gebe ich patzig zurück. Allerdings stimmt es, dass sämtliche Bruchware neuerdings in meinem Mund landet. Außerdem deprimiert es mich unheimlich, wenn eine dieser prachtvollen Hochzeitstorten über den Ladentisch geht, für die meine Eltern in der ganzen Stadt bekannt sind.

Jetzt kommen unsere Getränke, und kaum haben wir den ersten Schluck getrunken, fährt Lo schon die nächsten Argumente auf. Ihre legendäre Hartnäckigkeit hat mich schon immer genervt.

»Du könntest wirklich einen Tapetenwechsel gebrauchen«, fährt sie fort. Nichts lieber als das. Aber muss es ausgerechnet ein Land sein, in dem es Bären und Schlangen gibt?

»Und du hast Zeit.«

Damit hat sie leider recht. Ich bin arbeitslos. Tja, doppeltes Pech, wenn der abhandengekommene Bräutigam gleichzeitig auch der Chef war. Obwohl ich an dieser Stelle nicht behaupten will, *er* hätte *mir* gekündigt.

Das ganze Unglück begann damit, dass meine Kollegin Maike ziemlich blass in meinem Büro auftauchte. »Ich muss dir was sagen«, stammelte sie. Es folgten ein paar verworrene Sätze, in denen Leon und Trisha, die dumme Kuh aus der Buchhaltung, und eine ziemlich eindeutige Situation vorkamen. Das reichte mir schon. Ich hatte einen totalen Blackout. Ich weiß nämlich nichts mehr davon, wie ich in Leons Zimmer gestürzt bin. Und wie Maike mich kurz darauf zu meinen Eltern gefahren hat. Sie ist wirklich schwer in Ordnung.

»Echt wahr«, sagte sie zwei Tage später am Telefon, als sie sich nach meinem Befinden erkundigen wollte, »für die Art Ohrfeigen, die du verteilst, brauchst du eigentlich einen Waffenschein.«

Auch das hatte ich verdrängt. Aber ich muss zugeben: Der Gedanke, dass mein Ex-Bräutigam, der viel von seinem Aussehen hält und länger vor dem Spiegel steht als ich, noch Tage später mit meinem Fingerabdruck auf der Wange herumläuft – der Gedanke gefällt mir.

Ich tauche wieder aus meinem Flashback auf und schaue in die fragenden Augen meiner Schwester. »Aber … Ich traue mich nicht«, halte ich schwach dagegen.

Lo schnaubt ungeduldig auf. »*Carina,* da drüben sind doch Giovanni und Charlotte! Was soll denn schon schiefgehen?«

Alles. In meinem Leben geht alles schief. Und der Plan war eine verdammte *Hochzeitsreise*. Nicht etwa die jämmerliche *Flucht der betrogenen Braut* vor ihrem überbordenden, alles verzehrenden Kummer und einer Zukunft ohne Hoffnungsschimmer.

»*Porco dio!* Wir sind eine Familie von Kämpfern. Vielleicht wird es höchste Zeit, dass auch du das lernst!« Ihre Augen sprühen Funken. Mit genau diesem Blick bringt meine Schwester zur Not wildfremde Menschen dazu, spontan die Straßenseite zu wechseln.

Aber auch ich spüre jetzt so etwas wie Wut in mir aufsteigen. Ich nehme schweigend mein Glas und lasse gereizt die Eiswürfel in der orangefarbenen Flüssigkeit klimpern. Auf eine Moralpredigt von Loretta-Miss-Perfect kann ich verzichten, *mille grazie!* Es ist doch wirklich meine Sache, wenn ich keine Lust auf diese Reise habe!

Ich setze mein Glas an und nehme einen tiefen Schluck. Dann sage ich: »Ich habe einfach keine Lust, Giovanni zur Last zu fallen mit meiner schlechten Laune. Der wird sich schön bedanken. Punkt. Ende der Durchsage.«

Wütend zu sein fühlt sich auf einmal so viel besser an als die ständige Heulerei. Allerdings ist es ziemlich ernüchternd, wie wenig Eindruck ich damit auf meine Schwester mache.

»Aber natürlich sollst du das! Geh ihm ordentlich auf die Nerven! Liegt er uns nicht seit zwei Jahren in den Ohren, dass wir ihn endlich besuchen sollen?« Lo greift kopfschüttelnd nach ihrem Handy und tippt hektisch darauf herum.

»Es ist jetzt hmmm … acht Uhr bei Giovanni«, murmelt sie. »Der sitzt bestimmt beim Frühstück.« Dann fügt sie mit einem triumphierenden Lächeln hinzu: »Du kannst es jetzt gleich direkt von ihm hören. Er freut sich einfach *wahnsinnig*, wenn du kommst!«

Da haben wir es: Hinter meinem Rücken hat eine Geschwisterverschwörung stattgefunden. Damit will ich nicht behaupten, dass das eine neue Erfahrung in meinem Leben ist. Lo und Giovanni kleben wie Pech und Schwefel aneinander, und ich erfahre immer alles als Letzte.

In fünftausend Meilen Entfernung klingelt ein Handy. Allerdings wissen wir in dieser Sekunde noch nicht, dass Giovanni gar nicht drangehen kann. Und dass einen Moment später alles vergessen sein wird – Leon, meine Kündigung und das dumme Brautkleid.

Kaum hat Lo ihr Handy mit einem enttäuschten Stirnrunzeln beiseitegelegt, klingelt es. Sie schaut auf das Display und schüttelt mit gespielter Verzweiflung den Kopf.

»*Mamma*«, sagt sie.

Natürlich. Höchste Zeit. Mamma ruft uns gefühlt zweimal in der Stunde an.

Aber sobald Lo den Anruf angenommen hat, verändert sich ihre Miene schlagartig. Mamma redet so laut, dass ich zwar nicht verstehe, was sie sagt, aber mitkriege, wie aufgeregt sie klingt. Instinktiv greife ich über den Tisch hinweg nach der Hand meiner Schwester. Sie ist warm und verschwitzt, und Lo klammert sich mit erstaunlicher Kraft an meiner Hand fest.

»Was ist?« Meine Stimme überschlägt sich, und an den Nebentischen schauen ein paar Leute irritiert zu uns herüber.

Die dunklen, mandelförmigen Augen von Lo – dieselben sizilianischen Augen, die wir alle drei von Mamma geerbt haben – sind zu schmalen Schlitzen verengt. Sie beißt sich auf die Unterlippe, während Mammas Stimme immer aufgeregter klingt.

Lo nickt und sagt »Ja« und »Natürlich« und »Es wird alles gut, Mamma« und »Wir kommen sofort«, während ich verzweifelt an ihrer Hand ziehe, weil ich endlich hören will, was los ist. Dann ist das Gespräch beendet.

»Was ist?«, krächze ich mit einem Kloß im Hals.

Lo hebt den Kopf. »Giovanni hatte einen Unfall«, sagt sie, und ihre Augen füllen sich mit Tränen.

GABRIEL

Endlich Schluss für heute. Zehn Stunden in der Notaufnahme sind wirklich genug. In letzter Minute wurde noch eine junge Frau eingeliefert. Sie war auf der Eisbahn in ›Planten un Blomen‹ unglücklich gestürzt und hatte sich nahezu bilderbuchmäßig die Rippen gebrochen.

»Kannst du das noch übernehmen, Gabriel?«, fragte Chris, der Oberarzt. Das war an einem Tag wie diesem eher eine rhetorische Frage. Außerdem ist Chris ein ziemlich guter Kumpel. Damals, als ich diese schwierige Zeit mit Juliane hatte, war er mir eine echte Stütze. Also zog ich meinen Kittel wieder an und kümmerte mich um die Patientin.

Und jetzt ist es draußen längst dunkel. Als ich die Klinik endlich verlasse, weht mir das Hamburger Schietwetter fiesen Regen ins Gesicht. Das nasskalte Wetter ist auch nach drei Jahren noch eine Herausforderung für mich. Immerhin bin ich mit der trockenen Kälte und den strengen Wintern der Rocky Mountains aufgewachsen. Mir fehlt der Schnee. Morgens aufzuwachen und die Welt ist mit einer makellosen weißen Decke überzogen, die jedes Geräusch dämpft – das ist für mich das Schönste. Gerade vorhin hat mir Sarah ein paar Bilder geschickt: sie und Lilly, die zusammen einen Schneemann bauen, Buddy, der in einer Schneekuhle sitzt, mit Eisklumpen an seiner schwarzen Schnauze. Alle sehen extrem glücklich aus. Ein warmes Gefühl der Vorfreude durchflutet mich. Nur noch drei

Tage, bis ich bei meiner Familie auf der Three Oaks Farm bin. Ich gehe im Kopf die Geschenke durch, die mir noch fehlen, und schlendere gedankenverloren in Richtung Eppendorfer Marktplatz. In einem der Läden dort finde ich vielleicht das warme Schultertuch, das ich mir für Mom vorstelle. Es müsste aus feiner Wolle sein, gemustert und in ihrer Lieblingsfarbe Rot. Das wäre perfekt. Mein Magen knurrt. Der Tag war so hektisch, dass ich noch nicht einmal Zeit gefunden habe, etwas Anständiges zu essen. Irgendwann schob mir eine der Schwestern eine Bäckertüte mit einem süßen, nach Zimt duftenden Franzbrötchen und einen Kaffee zu. War es Silvie oder Rita? Verdammt, ich kann mich nicht mehr erinnern.

Das Laufen an der frischen Luft ist genau das Richtige jetzt, auch wenn mich der Wind kräftig durchpustet. Überall an den schönen Altbauten des Viertels glitzert Weihnachtsdekoration. Mein Blick wird magisch angezogen von einem Haus auf der gegenüberliegenden Straßenseite. Dort hat jemand wirklich alles gegeben, um mit Dutzenden von Lichterketten gegen den dunklen Winter anzutreten. Es ist viel zu viel, dieses Glitzermeer, aber irgendwie auch wunderschön. An Weihnachten kann es auch für mich gerne etwas mehr sein.

Im selben Moment, als ich die Fassade betrachte, höre ich das Quietschen einer Fahrradbremse. Plötzlich läuft alles wie in Zeitlupe vor mir ab. Ich sehe den angeleinten Hund, der nicht etwa neben dem Fahrrad des Jungen herläuft, sondern direkt davor, und jetzt verheddern sich Hund, Leine und Fahrrad, und mit einem dumpfen Schlag fällt der Junge über den Lenker auf die Straße, direkt hinter einem am Kantstein geparkten Auto. Ich stürze los. Der Junge versucht schon, sich aufzurappeln, noch bevor ich bei ihm bin. Unter dem Helm kann ich sein Gesicht nicht gleich erkennen.

»Hey«, sage ich und knie mich neben ihn. »Ganz langsam, ja? Wie heißt du denn?«

»Tobi.« Es klingt leicht benommen, und jetzt dreht Tobi mir sein Gesicht zu. Er ist etwa zehn, und der Schreck steht ihm deutlich ins Gesicht geschrieben.

»Ich heiße Gabriel und bin Arzt«, sage ich. »Glaubst du, dass du aufstehen kannst?«

Tobi nickt. »Ja, schon, aber meine Beine tun weh.«

Ich werfe einen schnellen Blick auf seine Beine. Seine Jeans sind an den Knien zerfetzt, und ich sehe einen kleinen Blutfleck.

Jetzt nähert sich der Hund mit einem zaghaften Schwanzwedeln. »Bine«, sagt Tobi streng. »Bleib auf dem Gehweg!«

»Hübscher Name«, sage ich zu Tobi. »Tut außer den Beinen noch irgendwas weh?«

Tobi sieht mich nachdenklich an und nickt.

»Hier«, sagt er und tippt auf seine Brust.

»Okay. Dann atme mal tief ein und aus. Tut das weh?«

Tobi beißt sich auf die Unterlippe. »Ja. Ein bisschen.«

»Warte kurz«, sage ich. Ich ziehe mein Handy aus der Tasche und wähle den Rettungsdienst. Während ich mit der Frau am anderen Ende spreche, bücke mich schnell und schnappe mir das Ende der langen Hundeleine. »Gut, dann versuchen wir das mal mit dem Aufstehen«, sage ich zu Tobi, nachdem ich aufgelegt habe. Er keucht ein bisschen, schafft es aber problemlos, auf die Füße zu kommen. Ich bin erleichtert, als er zwar etwas steif, aber doch ziemlich schnell auf seinen Füßen steht und wir die zwei kleinen Schritte auf den Gehweg geschafft haben.

Anschließend trage ich das Fahrrad von der Straße und lehne es an einen Laternenpfahl. Ich lasse das Schloss einrasten und gebe Tobi den Schlüssel. In diesem Moment ist auch schon das Martinshorn zu hören, und der Rettungswagen braust heran.

Tobi hebt den Kopf und sieht dem blinkenden Blaulicht entgegen.

»Hast du ein Handy?«, frage ich ihn.

Er sieht auf. »Nein. Ich kriege aber eins zu Weihnachten.« Jetzt lächelt er sogar. Sein Atem geht schnell, weil er aufgeregt ist, aber die Schmerzen beim Atmen scheinen nicht allzu schlimm zu sein.

Der Rettungswagen hält, und zwei Sanitäter eilen auf uns zu. Einen davon kenne ich sogar. Er erkennt mich ebenfalls und grinst mich an.

»Immer im Dienst, Doc?«

Ich nicke. »Der Junge ist vom Fahrrad gestürzt und mit dem Oberkörper in den Lenker gefallen.«

»Ui, dann lassen wir wohl die Rippen checken«, sagt der Sanitäter. Er heißt Ulf, gerade fällt es mir wieder ein.

Ich wende mich zu Tobi. »Du darfst jetzt mit dem Krankenwagen fahren. Die Ärzte schauen einfach nur nach, ob wirklich alles in Ordnung ist. Und die Sanitäter hier rufen gleich deine Eltern an, damit sie ins Krankenhaus kommen.«

Tobis Augen füllen sich mit Tränen. »Meine Eltern sind aber mit meiner kleinen Schwester einkaufen. Ich ... ich sollte eigentlich mit Bine im Haus bleiben. Darf ich sie mitnehmen?«

Ulf und ich schütteln synchron den Kopf.

»Das geht leider nicht«, sage ich und lächle ihn an.

»Lass uns mal überlegen.«

»Kannst du vielleicht den Hund mitnehmen?«, schlägt Ulf vor. »Du wohnst doch hier in der Nähe, oder?«

»Okay, das mache ich.« Ich hole mein Handy heraus. »Dann schickt ihr die Eltern einfach bei mir vorbei.« Ich ziehe eine

Visitenkarte aus der Tasche und gebe sie Tobi. »Schau, Tobi. Hier steht drauf, wie ich heiße.«

»Dr. Gabriel An-to-nie, Un-fall-chi-rur-gie«, liest Tobi.

»Genau. Und darunter steht, wo ich wohne und unter welcher Telefonnummer mich deine Eltern erreichen können.«

»Alles klar«, sagt Tobi, der schon wieder deutlich selbstbewusster wirkt.

»Tschüss, Tobi«, sage ich und winke dem Jungen zu, der jetzt, von den Sanitätern gestützt, im Inneren des Wagens verschwindet.

Ich bleibe stehen, bis die roten Rücklichter des Rettungswagens um die Ecke verschwunden sind.

»Gut, Bine. Dann wollen wir mal sehen, was wir mit dem angefangenen Abend anstellen.«

Die Hündin wedelt erfreut mit ihrer buschigen Rute und folgt mir ohne Probleme, als ich mich in Bewegung setze.

»Wir müssen nur noch schnell ein Geschenk besorgen, aber das liegt sowieso auf dem Weg«, erkläre ich ihr. Sie ist wirklich süß.

Eigentlich ist es schon zu spät zum Shoppen. Wir erreichen den Laden mit den schönen Schals und Tüchern exakt zehn Minuten, bevor er schließt. Ich bin mir erst nicht sicher, ob man mich dort mit einem Hund willkommen heißen wird, aber meine Bedenken erweisen sich als völlig überflüssig.

»Meine Güte, ist der niedlich«, sagt die Besitzerin, eine rundliche ältere Frau mit wunderschönen weißen Haaren, als ich zögernd die Tür aufstoße. »Kommen Sie herein!«

»Ich beeile mich auch«, sage ich und beschreibe ihr Moms Geschmack.

Sie lächelt. »Da hätte ich schon eine Idee. Mal sehen, ob es Ihnen gefällt.«

Als ich endlich zu Hause ankomme, ist mein Hunger zu einem reißenden Wolf geworden, und ich kann es kaum erwarten, etwas in den Bauch zu bekommen.

Die Tür ist noch doppelt abgeschlossen. »Seltsam«, murmle ich vor mich hin, als ich das Flurlicht einschalte.

Heute ist Dienstag, und Juliane sollte längst vom Yoga zurück sein. Ich gehe mit Bine auf dem Arm ins Wohnzimmer und setze mich aufs Sofa. Aber noch bevor ich Julianes Nummer wählen kann, höre ich einen Schlüssel im Schloss.

»Hallo?« Julianes Stimme klingt irritiert. »Gabriel?«

»Im Wohnzimmer!«, rufe ich.

Julianes Absätze klappern über die Dielen im Flur. Dann taucht sie im Türrahmen auf. Ich sehe ihre schlanke, hochgewachsene Figur im Gegenlicht, und ich warte darauf, dass sie herkommt und mich auf die Wange küsst, wie wir es immer zur Begrüßung tun. Aber sie bewegt sich nicht von der Stelle.

»Wieso sitzt du im Dunklen?«, fragt sie, und irgendwie erscheint sie ziemlich gereizt. Bine gibt ein leises Winseln von sich. Juliane hat es gehört. Sie zuckt zusammen, und dann haut sie mit der flachen Hand auf den Lichtschalter. Es wird mit einem Schlag hell im Raum.

»Das ist doch jetzt nicht wahr«, sagt sie, und der Ausdruck in ihrem hübschen ebenmäßigen Gesicht ist so fassungslos, als säße ich mit einer fremden Frau auf dem Sofa. Mir fällt auf, wie rosig Julianes Haut ist und wie ihre Augen glänzen.

»Was ist das denn?« Sie starrt auf die kleine Hündin, die jetzt wild mit dem Schwanz wedelt und sich von mir frei machen möchte, um den neu angekommenen Menschen zu begrüßen.

»Ich bin Zeuge eines Unfalls geworden«, erkläre ich ruhig. »Ein Junge ist vom Rad gefallen. Der Hund gehört ihm, und ich schätze, seine Eltern holen ihn demnächst ab.«

»Na, was ein Glück«, sagt Juliane sarkastisch und zieht sich ihre hochhackigen Stiefel von den Füßen.

Mit einem Mal ärgert mich ihre frostige Reaktion.

»Wäre das denn so schlimm, wenn wir uns wenigstens einen Hund anschaffen?«, frage ich.

Juliane schnaubt auf. »Gabriel, wirklich. Du weißt, dass ich mich gerade als Oberärztin in unserer Klinik bewerbe. Davon wird meine Arbeit nicht gerade weniger. Was soll ich da mit einem Hund?«

»Klar«, wiederhole ich. »Was sollst du mit einem Hund. Oder mit einem Kind. Ich kann ja froh sein, dass wir uns dann ab und zu auf dem Gang begegnen oder in der Kantine.«

Juliane stöhnt auf. »Gabriel, sei nicht albern. Das Thema hatten wir schon! Meine Karriere ist mir einfach wichtig!«

Das Klingeln der Hausglocke erspart mir eine Antwort. Es ist Tobis Vater mit der kleinen Schwester.

»Ich weiß nicht, wie ich Ihnen danken soll«, sagt er.

»Kommen Sie herein«, sage ich und setze Bine ab, die sich vor Freude überhaupt nicht mehr einkriegt. Das kleine Mädchen schlingt sofort ihre Arme um sie und steckt ihre Nase in das weiche Fell der Hündin.

»Sie riecht so gut«, sagt sie zu mir und lacht.

»Wie geht es Tobi?«, frage ich den Vater.

»Es ist nur eine Rippenprellung, dem Himmel sei Dank. Meine Frau ist schon bei ihm, und wir holen die beiden gleich ab.«

Er öffnet den Rucksack, der ihm über die Schulter hing, und überreicht mir eine Flasche teuren Prosecco.

»Es ist nur eine kleine Geste«, sagt er verlegen. »Wir können Ihnen wirklich nicht sagen, wie dankbar wir sind. Ihnen und Ihrer Familie –«, er wirft einen zögernden Blick zur Küchentür, hinter der Juliane nach einem kurzen, knappen Kopfnicken verschwunden ist »– frohe Weihnachten und alles Gute.«

Ich lächle ihn an. »Das wünsche ich Ihnen und Ihrer Familie auch.«

Ich schließe die Tür und höre die kleine Schwester im Treppenhaus noch fröhlich plappern. Dann drehe ich mich um und gehe in die Küche.

Juliane hat sich ein Glas Rotwein eingeschenkt und sitzt am Küchentisch. Sie sieht aus dem Fenster in den dunklen Hinterhof.

»Alles in Ordnung bei dir?«, frage ich, und ein rätselhaftes, beklommenes Gefühl breitet sich in mir aus. »Wo hast du denn so lange gesteckt?«, schiebe ich hinterher, als sie nichts sagt.

Jetzt wendet sie mir ihr Gesicht zu. Der Glanz ist aus ihren Augen verschwunden, und sie sieht angespannt aus.

»Wir müssen reden«, sagt sie, und eine feine, scharfe Nadelspitze bohrt sich in meine Brust.

Diesen Satz habe ich schon einmal von ihr gehört.

Meine Kehle schnürt sich zu und macht das Sprechen beinahe unmöglich. Aber ich schaffe es trotzdem.

»Lass mich raten«, sage ich, und der Schmerz in der Brust wird schlimmer. Und plötzlich weiß ich Bescheid. »Du warst gar nicht beim Yoga. Du warst … überhaupt niemals beim Yoga.«

Juliane starrt mich an, und ihre Augen glitzern verdächtig.

»Es tut mir wirklich leid«, sagt sie leise und meidet meinen Blick. »Es ist einfach passiert. Ingo und ich wollten es nicht.«

»Ach, genau wie beim letzten Mal?«, frage ich und lege meine gefalteten Hände in den Nacken. Für einen kurzen Moment schließe ich resigniert die Augen. Juliane und ihr Personal Trainer. Es ist so abgeschmackt, dass mir fast übel davon wird. Meine Haare sind feucht vom Regen, und jetzt fällt mir mit einem Mal auf, dass ich immer noch Mantel und Schal anhabe.

»Und jetzt?«, frage ich irgendwie vollkommen erschöpft. »Was ist der Plan?«

Juliane nimmt einen Schluck Wein. »Ich weiß es nicht«, sagt sie. »Ich brauche Zeit zum Nachdenken.«

Und plötzlich sehe ich uns beide wieder vor mir, wie wir vor zwei Jahren in diese fantastische Altbauwohnung eingezogen sind. Da kannten wir uns immerhin schon ein Jahr. Wie wir uns hier auf dem schwarz-weiß gefliesten Küchenboden geliebt haben. Wie glücklich wir waren und wie wahnsinnig verliebt.

»Ich will nicht, dass es vorbei ist«, sage ich.

Juliane seufzt und steht auf. »Ich brauche eine Auszeit, um nachzudenken. Ich bin völlig durcheinander.« Sie geht zur Spüle und schüttet den restlichen Wein ins Becken. »Ich ziehe für eine Weile zu Susanna«, sagt sie über die Schulter.

»Okay.« Meine Stimme klingt fremd, sarkastisch. »Und wenn wir uns bei der Arbeit sehen, grüßen wir uns dann?«

»Ich habe mir den Rest der Woche freigenommen. Und dann bist du ja weg«, sagt sie und hat schon die Klinke in der Hand.

Aus bitterer Erfahrung weiß ich, dass dies keine Situation ist, in der sich eine weitere Diskussion lohnt.

»Mach's gut«, sagt sie. »Ich hole morgen ein paar Sachen, wenn du im Dienst bist.«

»Mach's gut!«, erwidere ich mechanisch.

Kurz darauf fällt die Tür ins Schloss, und ich nehme alle Kräfte zusammen, um nicht daran zu denken, was eben passiert ist. Wie betäubt mache ich mich daran, das Gemüse zu schneiden. Bine fällt mir wieder ein, und ich frage mich, ob ihre Besitzer eigentlich eine Ahnung davon haben, was für ein riesiger Hund sie einmal sein wird. Wenn man ihre Pfoten betrachtet, besteht überhaupt kein Zweifel. Immerhin wärmt mir der Gedanke an diesen kleinen Zwischenfall mein kaltes Herz. Ich schenke mir von dem Rotwein ein, zünde eine Kerze an und setze mich, während das Gemüse in der Pfanne schmort, an den Küchentisch.

Auch ich brauche Abstand. Über Juliane werde ich erst wieder nachdenken, wenn ich endlich im Cold Creek Valley bin.

CHIARA

Das Flugzeug durchstößt die Wolkendecke, und auf einmal strahlt die Sonne so hell, dass ich für einen kurzen Moment die Augen zusammenkneifen muss. Alles draußen scheint zu glitzern. Mein Herz klopft laut, und eine Woge von Glücksgefühlen schlägt über mir zusammen. Es ist tatsächlich wahr – ich, Chiara di Pasqua, bin auf dem Weg nach Denver. Es ist nicht so, dass ich es unbedingt wollte. Sagen wir eher, die besonderen Umstände ließen mir keine andere Wahl, und erst recht nicht meine Freundin Bonnie. Die wollte sich mein Schluchzen und Jammern nicht einen Tag länger anhören.

»Hör mal«, sagte sie, als es gerade wieder besonders schlimm war und ich vom Weinen schon heftigen Schluckauf hatte, »du fliegst jetzt nach Colorado, und das ist ein Befehl. Du musst dringend für eine Weile raus aus dieser Stadt. Und da drüben lachst du dir einen Kerl an, der dir die Zeit versüßt.«

»Einen Kerl? Du liebe Güte! So, wie ich zurzeit aussehe und mich fühle, wird das garantiert ein Erfolg!«

Aber Bonnie ließ nicht locker. Sie selbst ist total aufgeschlossen, und ihr Liebesleben war, im Gegensatz zu meinem, schon immer sehr bunt und unterhaltsam. Sie kommt mir jedenfalls immer sehr glücklich vor, und sie hat noch nie die Schmach erlebt, ein Hochzeitskleid zurückbringen zu müssen. Also gab ich letztendlich nach.

Jetzt bin ich hier an Bord eines Flugzeugs, eines Airbus

A330–300, was auf dem Display des Monitors steht, aber wahrscheinlich niemanden interessiert. Und ich habe jede Menge Zeit, darüber nachzudenken, an welchem Punkt meines Lebens ich eigentlich zu diesem unerträglich gutgläubigen und bedürftigen und gedankenlosen Wesen geworden bin, das auf einen ausgemachten Blender wie Leon hereinfallen konnte.

Es gab Zeichen. Viele. Man hätte einen ganzen Beziehungsratgeber damit füllen können. Mein Büro war gleich neben seinem, und ich konnte durch die Wand mithören, wie er mit unseren Mandantinnen flirtete. Er duzte sich mit ihnen und machte *Hausbesuche*. Manchmal kommentierte er abends, wenn wir auf dem Sofa kuschelten, die Outfits der Frauen im Büro, und seine herablassende Weise dabei gefiel mir überhaupt nicht. Und was mich anging, so fand er meine Haare zu lockig, meine Röcke zu lang, meine Schuhe zu flach. Ich gab mir echt Mühe, kaufte Klamotten, die ich gar nicht mochte, und stand stundenlang im Bad. Inzwischen wird mir schwarz vor den Augen, wenn ich daran denke, wohin das noch alles geführt hätte.

Ja, ich kann mit Stolz behaupten, dass ich seit zwei Tagen wieder klar denken kann. Und ich bin zu dem Schluss gekommen: Dem Himmel sei Dank für Trisha. Und der liebe Gott möge sie davor beschützen, Leon heiraten zu wollen.

Es ist nicht mein erster Flug. Aber nie zuvor habe ich eine Fernreise gemacht. Lo hat es sich nicht nehmen lassen und mich bis zum Check-in begleitet. Was sich als eine gute Idee herausstellte, denn ich war höllisch aufgeregt. Ohne sie hätte ich mich im Flughafen garantiert ein halbes Dutzend Mal verlaufen. Allerdings brauchten wir auch etwas länger, weil Lo gleich zweimal zur Toilette musste. Ich bin ein bisschen traurig, dass ich jetzt also die Geburt meiner Nichte verpassen werde.

Allein wenn man Lo sieht, weiß man schon, dass das Baby auf keinen Fall bis zu meiner Rückkehr warten kann. Aber meine Familie wird mich praktisch live dazuschalten, darauf kann ich mich verlassen.

Allmählich entspannt sich mein Puls, und ich genieße den Prosecco, den mir die freundliche Stewardess gerade gereicht hat, auch wenn neben mir kein umwerfend attraktiver, interessanter Mann sitzt, wie es sich Bonnie für mich gewünscht hat. Aber ich habe für meine Unterhaltung vorgesorgt. Ich krame meinen Kopfhörer aus der Tasche und wähle mir aus dem Bordprogramm einen Musiksender aus. Dann nehme ich den Reiseführer heraus, den ich in letzter Minute noch gekauft habe, und vertiefe mich dahinein. Allerdings schweifen meine Gedanken ständig ab, zu Giovanni und zu all dem, was mich in Colorado wohl erwartet.

»Kein Grund zur Panik, es sind ja nur Knochenbrüche«, hatte Charlotte, Giovannis Freundin, beim ersten Telefonat zu Papà gesagt. »Die Schulter, das Handgelenk, ein paar Rippen. Nichts Ernstes.«

Darüber kriege ich mich jetzt noch nicht ein. Charlotte ist wirklich cool. Jedenfalls hat sie absolut keinen Schimmer, welche Aufregung allein das Wort »Knochenbrüche« in meiner Familie auslöst. Mamma fing an zu weinen und sagte, im Krankenhaus sei das Essen wirklich schlimm und Charlotte solle aufpassen, dass Giovanni nicht verhungert. Lo behauptete, sie hätte plötzlich leichte Krämpfe, die möglicherweise auch Wehen sein könnten. Glücklicherweise ein Fehlalarm, wie sich etwas später herausstellte.

Das Absurde an diesem Unfall ist, dass die ganze Sache ausgerechnet Giovanni passieren musste. Ausgerechnet meinem großen Bruder, der vor zwei Jahren unbedingt aus der boomenden Hauptstadt des norddeutschen Flachlands in ein Nest namens Cold Creek in der Mitte von nirgendwo ziehen musste. Weil er es sich in den Kopf gesetzt hatte, Berge in seiner Nähe zu haben. »Richtige Berge, Chiara«, wie er mit unmissverständlicher Begeisterung immer wieder betont. Und so mussten es die Rocky Mountains sein, die ihm eben gerade mal hoch und steil genug waren. Er sehnte sich auf jeden Fall nach der großen weiten Wildnis und nach halsbrecherischen Abfahrten mit seinem Mountainbike. Er wollte der kuscheligen Nähe unserer Familie entfliehen. Mamma nahm das damals sehr persönlich. Sie konnte und kann sich bis heute nicht vorstellen, warum irgendwer aus der Familie freiwillig mehr als zehn Kilometer entfernt von ihren kulinarischen Offenbarungen leben will, mit denen sie uns verwöhnt.

Und dann passiert diese absurde Geschichte. Nicht in einer Haarnadelkurve und nicht, weil ein Braunbär plötzlich auf der Straße steht, sondern auf einem der wenigen Zebrastreifen, die Cold Creek zu bieten hat. Giovanni hatte die Arme voller Einkäufe, und als dieser jämmerliche Amateur von einem Fahrradkurier herangebraust kam, konnte mein Bruder nicht schnell genug ausweichen. Charlotte lachte laut und herzlich, als sie diesen Teil der Geschichte erzählte. Ich bin mir sicher, dass Giovanni es mindestens genauso lustig findet.

Als uns die schlechte Nachricht vor knapp zwei Wochen erreichte, meldete sich eine kleine, ziemlich unbequeme Stimme in mir. Sie schlug mir vor, ich sollte vielleicht doch darüber nachdenken, diese Reise zu machen. Schließlich hatte ich nicht nur das Ticket, sondern es gab jetzt sogar einen richtigen Anlass, den ich nicht mehr so einfach wegdiskutieren konnte. Aber erst als wir bei Mamma und Papà am Küchentisch saßen und Charlotte ein zweites Mal anrief, wurde mir klar, dass ich dort drüben wirklich sehr dringend gebraucht wurde. Und wenn einem das Leben gerade das Gefühl vermittelt, ein bedeutungsloser Klotz am Bein der eigenen Familie zu sein, ist nichts schöner, als irgendwo dringend gebraucht zu werden.

Lo, die sonst mit Vorliebe jedes Gespräch an sich reißt, übergab mir bei diesem Anruf von Charlotte freiwillig das Telefon.

»Giovanni muss noch mindestens zehn Tage in der Klinik bleiben«, sagte Charlotte zu mir. »Ich soll dich von ihm fragen, ob du trotz … deiner Planänderung nicht einfach kommen möchtest? Wir würden uns wirklich riesig freuen!«

Sie machte eine kleine Pause, und ich lauschte dem Echo meiner Atemzüge im Telefonhörer. Mir war plötzlich ganz flau.

»Außerdem«, fuhr Charlotte fort, »ist es so, dass ich leider ein paar Tage auf Geschäftsreise gehen muss. Und wir haben vor einiger Zeit diesen Hund aus dem Tierheim adoptiert, der nicht gerne allein ist. Es wäre einfach superschön, wenn sich jemand um ihn kümmern könnte!«

Es gelang mir kaum, diese ganzen Informationen sinnvoll zusammenzufügen. Hatte ich richtig gehört: Sie haben einen Hund adoptiert? Himmel! Wozu das denn?

»Hallo, bist du noch da?«, fragte Charlotte.

»Ja«, antwortete ich und sah mich hilfesuchend um, aber niemand beachtete mich. Meine Eltern und Lo studierten den Küchenkalender, als suchten sie bereits den optimalen Abreisetag für mich heraus. »Aber ich weiß absolut nichts über Hunde!«

Ich will jetzt nicht behaupten, dass ich Angst vor Hunden hätte. Ich mag es nur nicht, wie sie hecheln und einen so *inten-*

siv anschauen, um einen dann mit ihrer feuchten Nase anzustupsen. Okay, ja, doch, ich glaube, ich mag keine Hunde.

»Mach dir darüber mal keine Sorgen.« Charlotte lachte. Ich kenne sie nur von Fotos. Aber ich muss sagen, dass ich ihre Stimme sofort mochte und dieses kehlige laute Lachen auch.

»Du kennst ja deinen Bruder«, sagte sie. »Ich soll dir ausrichten, dass du – falls du kommst, was er natürlich wirklich hofft – bitte ein paar von euren *dolci* und etwas Gebäck mitbringst. Er würde dann nämlich ganz bestimmt schneller gesund werden.«

Jetzt musste ich auch lachen. Großer Gott, mein Bruder! Er ist mit Abstand der gefräßigste Kerl, den ich kenne, er ist ein bisschen verrückt, und ich … ja, ich vermisse ihn einfach wahnsinnig. Das wurde mir so richtig klar.

»Ich denke darüber nach«, sagte ich. Dabei war in diesem Moment meine Entscheidung bereits gefallen, ich wusste es nur noch nicht.

Eine Stunde später habe ich den Reiseführer fertig durchgeblättert. Meine Vorstellung, was mich an großartigen, magischen und überwältigenden Naturerlebnissen erwartet, ist konkreter geworden. Das Dumme daran ist nur: Meine Vorstellungskraft ist unangenehm plastisch, was diese Naturerlebnisse in Cold Creek betrifft. Vielleicht hätte ich das Kapitel *Die zehn gefährlichsten Tiere* einfach aussparen sollen, als da sind Bären, Berglöwen, Elche, erstaunlich aggressive zottelhaarige Bergziegen, um nur einige zu nennen. Am meisten Angst aber machen mir die Klapperschlangen. Allein der Gedanke, ich könnte einem solchen Ungeheuer begegnen, gruselt mich entsetzlich. Eines steht auf jeden Fall jetzt schon fest: Charlotte und Giovanni müssen mir eine ganze Menge Fragen beantworten, bevor ich bereit bin, vier Tage ganz allein in ihrem Haus auszuharren. Ich werde natürlich auf keinen Fall auch nur einen einzigen Schritt vor die Tür setzen. Stattdessen werde ich mir eine Wagenladung Zutaten besorgen und von morgens bis abends genau die Rezepte backen, an die ich mich bisher nicht herangewagt habe. Die aus dem gelben Schreibheft von Nonna Elsa. Und wenn es sonst nichts weiter zu tun gibt, werde ich die Liebesromane lesen, die ich im Gepäck habe. Die Frage, wer den Hund ausführt oder ob er das auch allein kann, werde ich sicherlich bis dahin geklärt haben.

Nachdem ich mit der Lektüre des Reiseführers mein Pflichtprogramm erledigt habe, ist mir jetzt nach etwas anderem zumute. Ich klicke mich auf dem kleinen Monitor durch das Bordprogramm und entscheide mich spontan für einen Liebesfilm, den ich im Kino verpasst habe. Ich liebe romantische Filme, lasse mich gern in die Handlung hineinziehen, schwelge in Gefühlen und – verdammt. Nach einer Weile muss ich abbrechen, weil die Bilder vor meinen Augen verschwimmen. Schnell schalte ich zu einer Comedy-Serie und breche kurz darauf in hysterisches Lachen aus.

»Alles in Ordnung, Miss?«, fragt mich der Steward und bietet mir noch ein Glas Prosecco an.

Ich nehme es dankend und fühle mich schließlich der Herausforderung meiner Abendroutine gewachsen. Beim Aufstehen stelle ich allerdings überrascht fest, dass zwei Gläser Prosecco an Bord deutlich mehr Auswirkung auf mein Gleichgewichtssystem haben als am Boden, und schwanke ein bisschen zur Bordtoilette. Wie immer finde ich es im Inneren beängstigend eng, und das Gesicht, das mir im Spiegel entgegenschaut, ist nicht unbedingt die beste Version von mir selbst. Ich putze mir die Zähne und spritze Wasser in mein Gesicht. Die Haare binde ich mir nach dem Bürsten zu einem einfachen lockeren Zopf.

Als ich schließlich zu meinem Platz zurückgehen will, bin ich ganz plötzlich unsicher, wo er überhaupt ist.

Himmel, in welcher Reihe sitze ich? Nervös sehe ich mich um. Einfach vorwärtsgehen, denke ich, zur Not einmal den ganzen Gang hinunter und dann wieder zurück. Mein Platz kann ja nicht verschwunden sein. Gerade als ich an ihm vorbeigehen will, schreckt ein Typ, der direkt am Gang sitzt, auf. Er sieht mich an. Mir stockt der Atem. Seine dunklen Augen sind wunderschön und noch ein wenig verhangen vom Schlaf. Ich zögere einen Moment, und er lächelt mich an, wie jemand, der noch mit einem Fuß im Land der Träume ist. Mein Herz klopft schwer, als ich weitergehe. Himmel. Ich schwöre, ich würde alles dafür geben, morgens beim Aufwachen so einem Kerl in die Augen zu sehen. Am liebsten würde ich zurückgehen und sehen, ob dieses Lächeln noch da ist. Aber stopp. Was mache ich denn da? So etwas *darf* ich einfach nicht denken. Habe ich aus der Sache mit Leon etwa nicht gelernt, dass diese megaattraktiven Typen einfach nur Ärger machen? Andererseits, grüble ich weiter, wer will schon einen hässlichen Mann. »Man muss ja schließlich auch an die zukünftigen Kinder denken«, sagt Mamma immer, und dann lächelt Papà und sagt: »Aber nicht eines von unseren drei Kindern hat Augen wie meine bekommen!« Bei dem Gedanken an meine Familie überwältigt mich ein Gefühl der Wärme und Geborgenheit. Egal, was mich dort drüben in diesem unfassbar weiten und wilden Land erwartet. Und wenn es so kommt, dass ich mich vier Tage zähneklappernd im Haus verbarrikadiere, bis Charlotte wieder zurück ist: Ich tue das alles für meine Familie. Was wirklich nur fair ist, nachdem ich sie mit meinem Hochzeitsdrama in der letzten Zeit mehr als strapaziert habe. Ja, ich werde das alles irgendwie schaffen. Ich beschleunige meinen Schritt, und ganz unvermutet taucht mit einem Mal mein Sitzplatz vor mir auf.

Mir ist zum Feiern zumute, als wir endlich gelandet sind. Meine Beine nach neun Stunden wieder bewegen zu können fühlt sich einfach großartig an. Voller Vorfreude eile ich im Pulk mit den anderen Passagieren durch endlos lange Gänge. Ich habe nur meine geräumige Handtasche als Handgepäck, was mich schneller sein lässt als die meisten Leute, die sehr viel schwerer beladen sind, und ich bilde mir ein, dass ich jetzt in ein paar Minuten alles geschafft habe. Aber dann wird es eng, denn nach dem Gang kommen eine Brücke, eine Rolltreppe, ein Aufzug, und immer wieder stehen wir alle wie eine ziemlich erschöpfte Schafherde da und warten, bis es schrittweise weitergeht. Einmal, als ich mich gelangweilt umdrehe, entdecke ich plötzlich in der Ferne den süßen Dunkelhaarigen. Er spricht in sein Handy und gestikuliert mit der freien Hand. Ich verspüre einen feinen Nadelstich bei dem Gedanken, wie gerne ich ihn kennengelernt hätte. Gleich darauf habe ich ihn auch schon wieder aus den Augen verloren. Als wir dann endlich die Schalter der Einwanderungsbehörde erreichen, zähle ich gerade mal drei Beamte, die eine ganze Flugzeugladung aus Hamburg in Empfang nehmen wollen.

Das kann dauern. Ich hole mein Handy hervor und schalte es ein. Der Begrüßungsbildschirm einer amerikanischen Telefongesellschaft heißt mich willkommen und informiert mich, dass Telefonate und Datenübertragung in ihrem Tarif kostenlos sind. Giovanni hatte mich dabei beraten, diesen Vertrag noch schnell vor meinem Abflug abzuschließen.

»Es gibt zwar bei uns nur selten ein Netz, aber hin und wieder kommst du ja in die Zivilisation.« Es klang wie ein Scherz, und es war hoffentlich auch einer.

Endlich bin ich dran. Der Beamte ist nicht besonders nett, aber dann will er wirklich nur wissen, wen ich besuche. Er sieht sich meine Papiere an, und dann ist schon der Stempel in meinem Pass. Ich schwebe unendlich erleichtert weiter zum Gepäckband, an dem heftiges Gedrängel herrscht. Weil ich nicht gerade die Größte bin, stehen die Leute wie eine Mauer vor mir. Ich starre finster auf die breiten Rücken vor mir und überlege, wie viele Kreise mein Koffer vielleicht schon gezogen hat. Endlich macht jemand Platz, und, kaum zu fassen, mein Koffer rollt praktisch direkt auf mich zu. Ich muss ihn nur schnappen und vom Band ziehen.

Und dann bin ich endlich in der Ankunftshalle angelangt. Als sich die Glastür öffnet und ich Charlotte erblicke, deren heller, kurzer Blondschopf unübersehbar aus der Menge herausragt, ist alle Anstrengung vergessen. Sie lacht und winkt und eilt auf mich zu. Ihre hellblauen Augen strahlen.

»Willkommen, Chiara! Super, dass du da bist!«

Wir umarmen uns, und ich versinke förmlich in ihren üppigen Kurven und dem wattierten grünen Mantel.

»Du musst hungrig sein«, sagt Charlotte und hält mich mit beiden Händen von sich weg. Ihr Lächeln ist warm und unglaublich herzlich. Ich fühle mich in ihrer Gegenwart sofort wohl. »Wir könnten hier etwas zu Mittag essen, bevor es weitergeht?«

»Mittag? Oh, mein Zeitgefühl ist ganz durcheinander« Ich schüttle lächelnd den Kopf. »Danke, ich bin im Moment nicht hungrig.«

»Dann lass uns schnell abhauen!« Charlotte wirft einen Blick auf das Gedränge um uns herum, das immer größer wird. Ich schaue mich noch einmal hoffnungsvoll um, wie ich es auch vorher schon einige Male getan habe. Leider ist Mr Wonderful aus dem Flugzeug nirgendwo mehr zu entdecken. Ich seufze. Es wäre auch zu schön gewesen. Dann setze ich mich schleunigst in Bewegung und laufe hinter Charlotte her, die den Koffer an sich genommen hat und jetzt mit energischen Schritten den Aufzug ansteuert.

Wir fahren abwärts zur Tiefgarage, und mit dem Öffnen der Tür schlägt uns eine atemberaubende arktische Kälte entgegen. Ich ringe nach Luft, und mein übermüdeter Körper reagiert mit heftigem Frösteln.

»Du hast es gleich geschafft!« Charlotte deutet mit dem Kinn auf eines der elefantengroßen Fahrzeuge. »Da vorne sind wir schon!«

»Ah«, sage ich. Es ist ein schwarzer Pick-up, und in seinem Innenraum springt etwas hin und her. Etwas sehr Großes.

»Oh, er ist so aufgeregt, dich kennenzulernen!«, sagt Charlotte, als wir näher kommen.

»Ein Hund?« Das ist natürlich eine ziemlich blöde Frage. Es könnte aber ebenso gut ein Kalb oder ein Shetlandpony sein. Charlotte hat mich sowieso nicht gehört, denn jetzt bellt das Tier, und damit erübrigt sich jeder Zweifel.

»Massimo! Beruhige dich!« Charlotte stellt den Gepäckwagen ab und öffnet die hintere Wagentür. Sofort springt das Monster heraus, läuft auf mich zu und rammt mir mit einem begeisterten Fiepen seine Nase in den Bauch. Genau das meinte ich. Ich kann es nicht ausstehen. Dann setzt sich dieser Hund vor mich hin und begutachtet mich. Seine buschige Rute klopft laut auf den Betonboden. Als hätte er sich genau so eine wie mich zu Weihnachten gewünscht.

»Hallo«, sage ich mit mäßiger Begeisterung und werfe Charlotte einen hilfesuchenden Blick zu. »Er beißt doch nicht, oder?«

»Aber nein. Er liebt es, zu kuscheln. Du magst doch Hunde?«, fragt Charlotte. Sie wühlt im Kofferraum herum, und ihr Ton macht deutlich, dass sie nichts anderes als ein Ja erwartet.

»Ich … hm … ich bin kein Experte. Es ist lange her, dass ich mit Hunden zu tun hatte«, stottere ich. Ich streichle Massimo flüchtig über den Kopf. Sein Fell ist warm. Das kann er bei diesen Temperaturen sicher gut gebrauchen.

»Ach, das wird sich bestimmt ändern.« Charlotte blinzelt mich optimistisch an. »In unserem Tal gibt es mehr Hunde als Einwohner!« Sie hat meinen Koffer bereits verstaut, und jetzt hüpft auch der Hund auf ihr Kommando wieder zurück auf die Rückbank, und Charlotte schlägt die Tür zu. Auf mich wartet eine akrobatische Anstrengung zum Erklimmen des Beifahrersitzes. Dieses Auto scheint für Riesen wie Charlotte und Giovanni gemacht, und ich brauche zwei Anläufe. Dann ziehe ich schnell die Tür zu, froh, der unwirtlichen Kälte entronnen zu sein. Für einen Moment ist es wunderbar still. Es ist eine richtige Wohltat nach dem stundenlangen nervigen Summen der Turbinen und all dem Lärm auf dem Flughafen.

Aber dann startet Charlotte gleichzeitig mit dem Motor auch das Radio, und mir weht Country vom Feinsten um die Ohren.

If I had a horse, I'd ride out in the sunset …

Pferde und Sonnenuntergänge und große Hunde, die mir ihren schlechten Atem ins Genick hecheln. Was wird als Nächstes kommen? Mir ist zum Lachen zumute. Es ist alles so … anders. In meinem Bauch macht sich ein seltsames Kribbeln breit, das dort schon lange nicht mehr aufgetaucht ist. *Avanti*, Kopf voran ins Abenteuer!

Charlotte hält an der Schranke und steckt das Ticket ein, und dann fahren wir hinaus, und das ist der Moment, in dem ich die Augen aufreiße und »WOW!« schreie. Massimo kriegt einen

Riesenschreck und katapultiert sich mit seinem ganzen Körpergewicht in die Ecke der Rückbank.

»Oh, der arme Kleine!«, sagt Charlotte mit heller Stimme, als würde sie mit einem Baby sprechen. Dann lacht sie laut und wirft mir einen kurzen Seitenblick zu.

»Gefällt es dir?«

»Oh Gott, ja«, sage ich und ringe nach Luft. »Ich fühle mich wie im Kino.«

Mir kommt es tatsächlich so vor, als würden wir in eine gigantische Filmkulisse hineinfahren.

»Man gewöhnt sich daran«, sagt Charlotte mit einem bekräftigenden Nicken und dreht die Musik noch etwas lauter.

Ich blinzle. Überall ist Schnee. Er glitzert in Milliarden von Kristallen. Geblendet und überwältigt tastet sich mein Blick vorwärts. Vor uns erstreckt sich der Highway, wie ich ihn schon tausendmal in Filmen gesehen habe – breite Fahrpuren, riesige Autos, gemächliches Tempo. Es ist sehr, sehr cool.

»Da drüben siehst du Denver City. Da fahren wir jetzt hin und besuchen Giovanni im Krankenhaus«, bemerkt Charlotte und deutet auf die Skyline mit ein paar stattlichen Wolkenkratzern. Und trotzdem sieht Denver aus wie ein Spielzeugdorf. Denn dahinter erhebt sich das eigentlich Unfassbare: ein Bergpanorama, das den kompletten Horizont einnimmt. Oder den Horizont blockiert. Oder wie man es nennen möchte. Vorne erstreckt sich ein sanft gerundeter, tief verschneiter Bergzug, und direkt dahinter schneiden sich schwindelerregende Granitzacken – grau in verschiedenen Schattierungen und mit Schneefeldern gefleckt – in einen perfekten blauen Himmel.

»Kann man da rauf?«, frage ich mit sehnsuchtsvollem Blick auf das atemberaubende Winter-Wonderland.

»Klar«, sagt Charlotte. »Hier ist alles möglich! Deshalb ist dein Bruder doch hier! Wegen der unbegrenzten Outdoor-Möglichkeiten. Warte nur ab – nach einer Weile möchte man am liebsten draußen *leben*!«

»Hm … ja«, sage ich zögernd. Ich liebe meine Dusche und auch mein kuscheliges Bett. Andererseits kann eine Nacht unter freiem Sternenhimmel auch sehr schön sein … In den ligurischen Sommern meiner Kindheit habe ich oft im Freien übernachtet. Und heute, vielleicht sogar mit einem Mann an meiner Seite, der seinen Arm um mich legt, während wir in den Sternenhimmel über uns blicken … Ich schüttle den Kopf. Es ist der falsche Moment für romantische Träumereien. Die Wirklichkeit ist gerade viel aufregender.

Welcome to Denver – Mile High City, begrüßt uns ein Schild.

»Seltsam«, sage ich zu Charlotte. »Wir sind so hoch über dem Meeresspiegel? Wenn du mich fragst, sieht es aus wie eine Ebene!«

Charlotte nickt. »Ja, das täuscht. Aber warte mal ab, bis du dich ordentlich bewegst. Dann merkt man angeblich, dass die Luft dünner ist. Ich kann dazu ja nicht viel sagen, ich bin hier geboren.«

Sie fängt an zu lachen. »Und du solltest wissen, dass Alkohol hier in der Höhe schneller wirkt, als du es gewohnt bist. Dein Bruder hat sich bei unserem ersten richtigen Date versehentlich ein klein wenig betrunken.«

»Ach?«, sage ich interessiert. Sieh mal einer an, so was passiert auch meinem Bruder, der sich selbst so gern den Heiligenschein aufsetzt?

»Ich werde ihn bei Gelegenheit darauf ansprechen«, füge ich mit einem zufriedenen Nicken hinzu.

Als wir das Krankenzimmer betreten, sitzt Giovanni aufrecht im Bett. Sein Arm hängt in einer komischen Schlaufe neben ihm, als hätte er mit dem Rest meines Bruders nicht viel zu tun. Ich weiß nicht genau, was ich erwartet habe, aber abgesehen davon sieht Giovanni eigentlich ziemlich normal aus. Dass er unter seinem Nachthemd eine Art Korsett trägt, merke ich erst, als ich ihn umarme. Ich kann nichts dagegen tun, aber in diesem Moment laufen mir die Tränen über das Gesicht.

»Was machst du denn für einen Blödsinn«, sage ich und wische mir über die Augen.

»Nicht weinen, Schwesterchen!«, sagt Giovanni. Auch in seinen Augen liegt ein verdächtiger Schimmer.

Ich setze mich auf die Bettkante, nehme meine Tasche auf den Schoß und hole eine kleine Gebäckschachtel heraus.

»Hier«, sage ich und drehe sie einmal in der Luft, um sie dann vor Giovanni auf die Bettdecke zu legen. »Für's Erste! Den Rest habe ich im Koffer. Du kannst dich freuen, es sind eine Menge verschiedener Sorten, und einige davon kennst du garantiert noch nicht.«

»*Ti amo, piccola!*«, sagt Giovanni.

Lächelnd steht Charlotte auf. »Okay, ihr Lieben. Dann ist das jetzt wohl der perfekte Zeitpunkt für einen Cappuccino. Ich bin gleich wieder zurück.«

»Sie ist so gut zu mir«, sagt Giovanni grinsend, als Charlotte das Zimmer in Richtung Cafeteria verlassen hat. »Ich weiß gar nicht, womit ich sie verdient habe.«

Dann sieht er mich an, und seine Miene wird mit einem Mal ernst.

»Hör mal, das mit deiner Hochzeit tut mir wirklich leid …«

Er hält inne. Ich kenne diesen Ausdruck in seinem Gesicht.

»Du willst sagen: *obwohl* ich Leon von Anfang an nicht leiden konnte, stimmt's?«, ergänze ich seinen Satz mit einem traurigen Lächeln.

Mein Bruder hebt seinen gesunden Arm und kratzt sich verlegen am Kinn. »Ja, okay. Muss ich zugeben. Außerdem ging mir das alles zu schnell. Ein Heiratsantrag nach *zwei* Monaten? Hallo?«

»Ich weiß, ich weiß.« Ich sehe ihn entschlossen an. »Aber genug davon. Ich bin für alle Zeit geheilt von dieser Sorte Männer.«

Na, wenn das nur stimmen würde. Jedenfalls bin ich mir nicht sicher. Aber das geht ihn nichts an.

»Schön«, sagt mein Bruder, und ein erleichtertes Lächeln huscht über sein Gesicht. »Und ich finde es wahnsinnig nett von dir, dass du das Haus hütest und die Tiere, während Charlotte nicht da ist.«

Ich stutze. »*Die Tiere?*«

Giovanni zupft an seiner Armschlaufe, eine Geste, die mir sagt, dass jetzt etwas Unangenehmes kommt. »Ja klar.«

»Was für Tiere genau?«, frage ich mit irritiertem Unterton und beuge mich vor.

Giovanni setzt die harmlose Miene auf, mit der er bei den meisten Leuten durchkommt. »Massimo, den kennst du ja schon. Und dann haben wir auch noch ein paar Schafe. Natürlich auch ein paar Waschbären, aber die leben irgendwo hinterm Stall und versorgen sich selbst. Obwohl sie es auch sehr gerne haben, wenn man ihnen etwas hinstellt.«

Meine Handtasche rutscht vom Bett und landet polternd auf dem Boden. »Was?! Ich dachte, du lebst in einer Kleinstadt? Auf den Fotos sah es nicht nach einer abgelegenen Farm aus!«

Bevor Giovanni antworten kann, geht die Tür auf, und Charlotte schiebt sich schwer beladen herein.

»Es *ist* eine Farm«, sagt sie gut gelaunt und stellt das Tablett mit den dampfenden Kaffeetassen ab. »Das hört man doch schon am Namen!«

»An welchem Namen?« Ich sehe gierig dem Cappuccino entgegen.

Charlotte zuckt die Schultern. »Unsere Farm heißt *Black Dog Lands* – das war schon immer ihr Name. Ist es nicht super, dass wir jetzt einen schwarzen Hund haben? Das passt einfach richtig gut!«

Giovanni lächelt zufrieden, weil er das alles auch echt gut findet. Aber dann registriert er meinen Gesichtsausdruck und fängt lauthals an zu lachen. »Mach den Mund zu! Du siehst aus, als wolltest du ohnmächtig werden!«

Ich stöhne und strecke meine Hand nach der Tasse aus, die Charlotte mir jetzt endlich reicht. »Eine Farm also. Ich weiß nicht, ob mir das gefällt.«

»Prost«, sagt Charlotte, und wir trinken den ersten heißen Schluck. Nach dem dünnen Kaffee im Flugzeug ist dieser Cappuccino eine richtige Offenbarung.

»Du schaffst das schon«, sagt Giovanni. »Schließlich warst du es, die als Kind von Nonnas kleinem Bauernhof nicht genug bekommen konnte. Du hast dir jahrelang zu Weihnachten ein Huhn gewünscht!«

Charlotte lacht und schenkt mir einen neugierigen Blick. »Das ist ja interessant.«

»Ach«, wehre ich ab, »das ist Ewigkeiten her.«

»Aber es steckt noch in dir drin«, sagt Charlotte mit einem warmen Lächeln. »Du wirst sehen.«

Als wir uns schließlich auf den Heimweg machen, ist die Sonne schon hinter dem Horizont verschwunden. Die letzten Strahlen hüllen die hoch aufragenden Gipfel in einen zarten, rosa gefärbten Schleier.

Alle Ängste und Strapazen dieser Reise sind bei diesem Anblick mit einem Mal ausgelöscht. Ich habe keine Worte mehr, und deshalb schaue ich schweigend aus dem Fenster, und auch Charlotte hängt ihren eigenen Gedanken nach.

Kaum ist die Sonne vollends untergegangen, kommt die Dunkelheit sehr schnell, und während wir den Highway in Richtung Westen fahren, rückt uns die massive Silhouette der Berge immer näher, wird schwärzer, fast unheimlich – wären da nicht die blinkenden Lichter einer Kleinstadt, die wir schon bald erreicht haben. *Willkommen in Cold Creek* steht in einem mit unzähligen Lämpchen geschmückten Bogen über der Straße. Im Vorbeifahren bewundere ich die üppige Glitzerdekoration an den Häusern. Die winkenden Weihnachtsmänner an jeder Ecke machen mich schon ganz kirre.

»Das ist der Cold Creek«, erklärt Charlotte, als wir eine blau-gold funkelnde Brücke über einen schmalen Fluss überqueren. »Nach ihm ist das Städtchen benannt. Und natürlich das Tal, in dem wir wohnen.«

Ich erhasche nur einen kurzen Blick auf das schäumende Wasser, dann sind wir auch schon in der kleinen Hauptstraße, die von Cafés, Restaurants und Shops gesäumt ist.

»Ist es denn noch weit?«, frage ich matt. In den letzten Minuten hat sich eine bleierne Müdigkeit über mich gelegt, und ich fürchte, dass mir bald die Augen zufallen werden.

»Nein, keine Sorge. Nur noch zehn Minuten«, beruhigt mich Charlotte.

»Okay«, sage ich und sinke etwas tiefer in die Rückenlehne.

Aber dann muss ich tatsächlich eingenickt sein. Ich wache nämlich davon auf, dass Charlotte die hintere Wagentür öffnet und Massimo aus dem Auto herausspringen lässt. Wir parken vor einem zweistöckigen kleinen Haus, auf dessen Dach eine dicke Mütze aus Schnee liegt. Es befindet sich am Hang eines

Bergs, dessen Gipfel sich in der Dunkelheit nur vage erahnen lässt.

Ich steige aus und versinke sofort bis zu den Knöcheln im Schnee. Die Luft ist schneidend kalt, und es weht ein leichter Wind. Irgendwo in der Ferne rauscht Wasser.

Auf den benachbarten Bergen sieht man einzelne Lichter. Ansonsten ist es hier oben stockdunkel.

»Komm«, sagt Charlotte. Sie hat bereits meinen Koffer in der Hand. »Herein in die warme Stube. Morgen früh zeige ich dir hier draußen alles.«

Sie schließt die Haustür auf und winkt mich herein.

»Willkommen auf Black Dog Lands!«

Wir stehen in der chaotisch vollgestopften Diele, von der ein kleines Badezimmer und die geräumige Wohnküche abgehen. Eine Treppe mit ausgetretenen Stufen führt nach oben.

Charlotte zieht den Koffer in die Küche.

»Dein Zimmer ist oben. Das zeige ich dir später. Jetzt mache ich uns erst ein paar Eier nach Rancher-Art.«

Als ich aus dem Bad zurückkomme, steht die Pfanne schon zischend auf dem Herd, und ein herrlicher Duft nach Speck und Eiern durchzieht den Raum.

»Mach es dir gemütlich.« Charlotte deutet auf die Eckbank mit dem fadenscheinigen rot karierten Polster. Während sie am Herd hantiert und nebenbei den Kamin neu anfeuert, erzählt sie mir, dass Giovanni und sie praktisch ihren letzten Cent für dieses Anwesen ausgegeben haben. Das ist ein knappes Jahr her. Davor, im ersten Jahr seiner Auswanderung, lebte Giovanni in einem Appartement in Denver. Ohne den gewohnten Familienanschluss fiel ihm dort am Wochenende die Decke auf den Kopf. Damals hatte er noch kein Mountainbike, und er fühlte sich auf seinen Wanderungen sehr einsam. Deshalb übernahm er im Tierheim eine Hundepatenschaft. Dabei begegnete er auch Massimo, der damals ein Welpe war. An einem Sonntag im März hatten die Leute vom Tierheim versehentlich Giovanni und Charlotte für denselben Hund eingetragen. Sie sahen sich an und beschlossen, dass ein gemeinsamer Spaziergang mit dem Patenhund eine schöne Idee wäre. Und es dauerte nicht lange, da war es um die beiden geschehen. Was für eine romantische Geschichte, ich beneide die beiden darum.

»Ihr habt es schön hier«, sage ich und schlüpfe mit einem erleichterten Seufzer aus meinen Stiefeln, bevor ich die Füße behaglich unterschlage.

»Na ja, es ist so eine Art gelebter *Shabby Chic*«, sagt Charlotte und grinst. »Ich habe tausend Pläne, aber wir müssen uns diese Pläne erst leisten können.«

Charlotte ist Architektin, und ihre übersprudelnde Energie und Leidenschaft lassen mich keinen Moment zweifeln, dass sie das gesamte Anwesen umkrempeln und in kürzester Zeit aus dieser leicht heruntergekommenen Farm ein Juwel machen wird.

Im Kamin fällt ein Holzscheit krachend in sich zusammen, und erst jetzt bemerke ich, dass mein Koffer eindeutig zu nah am Feuer steht.

»Oh«, sage ich erschrocken und springe auf. Es ist eine Menge Schokoladengebäck im Koffer, das sicherlich schon am Schmelzen ist. Ich packe den Griff und ziehe meinen Koffer neben die Eckbank. Gerade als ich mich wieder gemütlich hinsetzen will, gibt es in meinem Kopf ein leises *Klick,* und ein jäher Schreck durchzuckt mich. Himmel, hier stimmt etwas nicht. Mein Koffer hatte überhaupt keinen Adressanhänger. Das war mir nämlich erst am Flughafen siedend heiß eingefallen. Jetzt beuge ich mich mit flatterndem Puls hinunter und drehe dieses Ding aus weichem Kunstleder vorsichtig um. Ich rede mir ein, dass es sich ganz bestimmt um einen aufmerksamen Service der Fluggesellschaft handelt … sie haben mir einen Anhänger mit meinem Namen … Aber nein. Da ist ein Sichtfenster, und auf dem Zettel im Sichtfenster steht nicht mein Name. Dort steht in deutlicher schwarzer Schrift eine fremde Telefonnummer. Und darunter lese ich *G. A., Cold Creek Valley/Colorado*.

»Charlotte«, sage ich mit zittriger Stimme. »Ich fürchte, mir ist was ganz Blödes passiert!«

GABRIEL

Ich weiß nicht, was ich fühle. Dieser Anruf von Juliane kurz nach meiner Ankunft im Cold Greek Valley hat mich völlig überrumpelt, denn eigentlich dachte ich, dass ich für eine ganze Weile nichts mehr von ihr hören werde. Sie ist gerade in unserer Wohnung und holt ein paar Sachen.

»Da sind noch ein paar Dinge zu klären«, sagt sie und redet über die Pflanzen, die Post und den Schneeräumdienst, für den unwahrscheinlichen Fall, dass es über Weihnachten in Hamburg schneien sollte. Aus unerfindlichen Gründen redet sie wie ein Wasserfall. Ich antworte einsilbig, weil es mir lieber gewesen wäre, ihre Stimme nicht zu hören. Auf der anderen Seite ist da ein Teil von mir, der sich nur allzu gerne vorgaukeln möchte, dass nichts geschehen ist. Ich bin hin- und hergerissen.

Während sie redet, hocke ich mich auf den Teppich neben meinen Koffer. Es gelingt mir, einhändig den Reißverschluss zu öffnen, und ich klappe den Kofferdeckel auf. Ich muss mich beeilen, der Akku gibt schon Warnsignale von sich. Meine Hand, die eigentlich nach dem Ladegerät greifen will, das ich zuletzt noch obendrauf gepackt habe, stockt mitten in der Bewegung.

Da ist … Spitzenunterwäsche. In meinem Koffer liegt weiße Spitzenunterwäsche. Ich glaube an einen schlechten Scherz. Für den Bruchteil einer Sekunde überlege ich, ob es Juliane gewesen sein könnte, verwerfe den Gedanken aber gleich wieder. Das würde wirklich überhaupt keinen Sinn ergeben.

»Ist was?«, fragt Juliane am anderen Ende der Leitung.

»Ich … meine Mom ruft gerade. Ich muss los«, gebe ich vor.

Nachdem wir aufgelegt haben, hämmert mein Puls hinter den Schläfen. Ich bin erschöpft von der Reise. Außerdem hätte ich Juliane sagen sollen, dass auch ich eine Auszeit brauche und ihr überfallartiger Anruf mich völlig von der Spur bringt.

Ich seufze genervt. Darüber muss ich später wirklich gründlich nachdenken. Jetzt ist aber erst einmal das Problem an der Reihe, das hier direkt vor mir liegt.

What the hell. Da ist nicht nur diese Wäsche in meinem Koffer … Nachdem ich sie vorsichtig zur Seite gelegt habe – zum Teil sind sogar noch die Etiketten dran, von einem Wäscheladen in Hamburg –, kommen weitere Kleidungsstücke zum Vorschein, die ganz eindeutig einer Frau gehören. Ich schätze, es ist eine Frau, die auf einem Businesstrip nach Denver unterwegs ist. Das meiste, was der Koffer enthält, ist jedenfalls hübsch, aber nicht im Geringsten geeignet für das raue Klima der Rocky Mountains. Ich wende den Koffer nach allen Seiten. Kein Kofferanhänger, kein Aufkleber, nichts. Wer immer diese Frau ist – sie scheint das absurde Gottvertrauen zu besitzen, dass sich ein schwarzer Koffer, der aussieht wie Millionen anderer, auf keinen Fall verirren kann.

Und ich Trottel? Ich habe nicht richtig hingeschaut. Okay, es war sowieso der letzte schwarze Koffer, den das Flugzeug ausspuckte. Normalerweise hätte ich trotzdem nach dem Kofferanhänger geschaut. Aber ich bin gerade nicht Herr meiner Selbst – und allein das ist ein zutiefst beunruhigendes Gefühl, über das ich jetzt ebenfalls nicht weiter nachdenken möchte.

Ich stehe auf und lege das fremde Gepäckstück auf mein Bett.

Es fühlt sich an wie Stalking, als ich den Koffer erneut öffne.

Aber ich beruhige mich damit, dass ich ja nur herausfinden möchte, wer diese Person ist. Sie hat mit ziemlicher Gewissheit *meinen* Koffer, und falls ich jetzt gleich eine Telefonnummer finde, könnte ich sie direkt anrufen und die Sache klären.

Ich bin so beschäftigt, dass ich nicht höre, wie die Tür aufgeht.

»Was *machst* du da?«, fragt Gran, und ich zucke zusammen.

»Großer Gott, Gran«, sage ich. »Du bist leiser als eine Maus!«

Meine Großmutter lacht verschmitzt und setzt sich vorsichtig auf mein Bett. Sie lässt ihren Blick über die säuberlich aufgereihten Stapel mit dem gesamten Kofferinhalt fliegen.

»Das ist vielleicht ein Mist«, sage ich. »Mein Koffer wurde vertauscht.«

Gran beugt sich vor. »Oh-oh. Und wir wissen nicht, von wem?«

Ich schüttle den Kopf. »Bis jetzt nicht.«

»Und … war etwas Wertvolles in deinem Koffer?«, fragt Gran besorgt.

»Eure Weihnachtsgeschenke … und das Übliche. Klamotten, ein paar Bücher.«

»Okay.« Gran nickt beruhigt. Sie deutet mit dem Kinn auf die beiden Bücher, die unter den Kleidern lagen. Es sind Liebesromane auf Italienisch.

»Was ist damit? Steht vorne kein Name drin?«

»Nein. Kein Name, keine Widmung, auch kein Zettel oder sonst was. Ich glaube, ich habe jetzt wirklich alles durchgesehen.«

Ich habe sogar einen Blick in den Kosmetikbeutel geworfen. Jetzt weiß ich zwar, wie das Parfum der Kofferbesitzerin heißt und welche Zahncreme sie benutzt. Dass sie Shampoo gegen *widerspenstiges* Haar braucht, was auch immer das ist. Aber es hilft mir nicht weiter.

»Und was ist hiermit?«, fragt Gran hartnäckig und deutet auf ein großes, in Seidenpapier eingeschlagenes Päckchen.

»Habe ich auch schon reingeschaut. Eine Menge Gebäck«, sage ich. »Wahrscheinlich ein Geschenk.«

Gran streckt sich und nimmt das Päckchen in die Hand. Sie faltet das Papier vorsichtig auf und betrachtet die große Schachtel, in der wiederum acht kleine bunte Schachteln liegen. Nacheinander hebt sie die kleinen Schachteln hoch und liest die Aufschrift: »*Paste di Mandorla, Baci di Loretta* … das klingt fantastisch! Man könnte glatt darüber herfallen!«

Sie lächelt triumphierend und reicht mir das Paket herüber. »Und sieh an, die stammen alle aus demselben Laden.«

»Gran, du bist wirklich verrückt!« Ich muss grinsen, denn sie hat recht. Acht Schachteln, und auf jeder einzelnen klebt das gleiche goldene Etikett: *Pasticceria Di Pasqua.* Die Adresse ist in Hamburg, und eine Telefonnummer steht auch da.

Gran zuckt lässig die Schultern. »Ich schaue einfach zu viele Krimis. Aber wer weiß? Vielleicht ist die schusselige Frau, deren Koffer du hier hast, eine Stammkundin in diesem Laden. Dann kommst du weiter.«

»Das wäre eine Möglichkeit …« Ich schaue auf die Uhr. »Für einen Anruf in Deutschland ist es jetzt allerdings zu spät. Ich rufe lieber erst mal am Flughafen an. Vielleicht wartet mein Koffer dort auch schon auf mich.«

Ich greife zum Handy, aber der Akku hat inzwischen den Geist aufgegeben. Wenn mein Koffer nicht zügig auftaucht, wird mir nichts anderes übrig bleiben, als mir ein neues Ladegerät zu besorgen.

»Komm jetzt«, sagt Gran und zupft mich am Ärmel. »Du kannst unten in der Diele telefonieren! Und dann endlich zum Essen erscheinen. Deshalb bin ich eigentlich gekommen.«

Gute Idee, ich sterbe vor Hunger. Dennoch rufe ich von unserem Festnetztelefon erst noch den Flughafen in Denver an.

Gran, in deren Augen die Neugier blitzt, bleibt hartnäckig an meiner Seite. Während es am anderen Ende der Leitung endlos klingelt, denke ich darüber nach, wie seltsam es für diese fremde Frau sein muss, falls sie tatsächlich meinen Koffer hat. Sicher ist es ein Schock, denn vermutlich ist sie nicht gerade die erfahrene Globetrotterin – sonst hätte sie an den Kofferanhänger und ein paar mehr warme Klamotten gedacht –, und schätzungsweise ist sie ziemlich jung. Was unter anderem das Bienenmuster auf ihrem Schlafanzug vermuten lässt. Okay, es ist nicht gerade der Gipfel aller spektakulären Outfits, aber irgendwie beflügelt diese Frage meine Fantasie: Was kann das für eine Frau sein, die so was trägt?

Auf jeden Fall ganz anders als Juliane. Die trägt nur puristische Markenkleidung. Karomuster wäre das höchste der Gefühle. Dann allerdings unbedingt von Burberry.

Beim zehnten Klingeln geht endlich jemand dran, und ich spreche mit einem lustlosen Angestellten der Gepäckermittlung. Leider Fehlanzeige. Niemand hat meinen Koffer abgegeben. Ich hinterlasse eine Beschreibung, die Flugnummer und meinen Namen nebst der Festnetznummer meiner Eltern. Dann gebe ich ihm die Beschreibung des falschen Koffers.

»Ich bringe den Koffer morgen zu Ihnen«, sage ich. »Hoffentlich wird dann auch mein Koffer aufgetaucht sein.«

»Okay, Sir. Wir rufen Sie an, sobald sich etwas ergibt«, versichert mir der Typ, aber eigentlich hört es sich so an wie »Ich setze jetzt mal mein Nickerchen fort«. Auf jeden Fall stimmt mich das Telefonat nicht besonders zuversichtlich.

Als wir in die Küche kommen, sitzen meine Eltern schon am Esstisch. Ich beuge mich zu Dad hinunter und klopfe ihm auf den Rücken.

»Dad, schlechte Nachrichten. Du musst mir einen Pulli leihen. Und den ganzen Rest auch!«

»Sag bloß!«, sagt Sarah, die mit Lilly auf der Hüfte ins Zimmer spaziert kommt. »Hast du deinen Koffer am Terminal stehen lassen?«

»Nö. Irgendeine schrecklich verplante Frau hat meinen Koffer mitgeschleppt«, sage ich. Lilly streckt die Arme aus, und ich pflücke sie von Sarahs Hüfte.

»Gabbil«, sagt sie und lacht, und ich stelle fest, dass sie inzwischen alle Zähnchen hat, die sie als Zweijährige braucht. Sie kommt gerade aus der Badewanne und riecht nach ihrem Schaumbad wie eine kleine Erdbeere.

»Himmel«, sagt Mom. »Und jetzt? Kriegen wir etwa keine Weihnachtsgeschenke?«

Sie reicht die Schüsseln mit dem Salat herum, und Dad steht auf und schenkt uns Tee ein.

»Ich kümmere mich morgen darum«, sage ich und hake damit das Problem erst mal ab.

Denn jetzt ist der besondere Augenblick gekommen, auf den ich mich jedes Mal, wenn ich nach Hause fahre, schon lange im Voraus freue. Es ist der Moment unserer ersten gemeinsamen Mahlzeit. Das Feuer im Kamin knistert. Es verbreitet wunderbare Wärme, und das Aroma von Fichtennadeln und Harz zieht durch den Raum. Ich betrachte die vertrauten, in den warmen Lichtschein getauchten Gesichter und lausche den Stimmen, dem ganz normalen Geplänkel einer Familie, die sich zum Essen setzt: *Hier fehlt noch eine Gabel. Wir brauchen noch Gläser. Kann jemand den Hund reinlassen?*

Zum ersten Mal seit langer Zeit habe ich das Gefühl, durchatmen zu können. Ich fühle mich leicht und gut und irgendwie okay. Ich bin angekommen. Und ich frage mich zum hundertsten Mal, warum ich nicht einfach hierbleibe und mein Leben noch einmal von vorne anfange.

»Hach«, sagt Gran mit einem zufriedenen Seufzen und legt Buddy auch noch etwas Leckeres in den Napf. Dann setzt sie sich als Letzte an den Tisch. »Endlich sind wir wieder alle zusammen.«

»Warum ist Juliane eigentlich nicht mitgekommen?«, fragt Sarah. Siedende Hitze schießt mir ins Gesicht. Es war natürlich klar, dass diese Frage früher oder später gestellt würde. Juliane hatte von Anfang an nicht vorgehabt, an Weihnachten mitzukommen. Vielleicht hätte mich das stutzig machen sollen. Andererseits war es auch nicht so, dass sie bei den zwei bisherigen Besuchen einen besonderen Draht zu meiner Familie entwickelt hätte. Ich glaube, sie fühlte sich hier nicht besonders wohl. Meiner Familie gegenüber hatte ich vage Ausflüchte gemacht, hatte etwas von einem Kongress gefaselt, der aber eigentlich schon im November stattgefunden hat. Jetzt, wo wir uns gegenübersitzen, erwartet meine Familie Klartext. Bei den Anthonys kommt alles auf den Tisch.

»Das ist eine lange Geschichte«, sage ich und stelle das Wasserglas wieder ab, aus dem ich gerade einen Schluck nehmen wollte. Alle schweigen und sehen mich erwartungsvoll an, und wie so oft stecken mir die Worte in der Kehle fest. Es ist einfach zu bitter. Im Kamin fällt ein Holzscheit in sich zusammen, und ein beachtlicher Funkenregen steigt zischend nach oben. Ich schlucke gegen den Kloß in meinem Hals an. »Um es kurz zu machen. Es ist gerade ziemlich schwierig«, sage ich hastig. »Juliane hatte … nein, sie *hat* eine Affäre. Sie ist vor ein paar Tagen vorübergehend zu einer Freundin gezogen, und ich brauche jetzt erst einmal eine Auszeit.«

Ich atme tief ein und beobachte, wie Mom, die mir ge-

genübersitzt, den Mund öffnet, ihn dann aber wieder zuklappt.

Dad reibt sich das Kinn und sieht aus dem Fenster, über der Nasenwurzel eine tiefe Steilfalte.

»Das heißt, du gibst euch noch eine Chance?«, fragt Sarah vorsichtig. Das ist definitiv etwas, womit sich Sarah auskennt. Sie hat Jason, Lillys Vater, jede Menge Chancen eingeräumt, ein verantwortungsvoller Ehemann und Vater zu werden. Leider hat er es jedes Mal verzockt.

»Ja«, sage ich. »Immerhin sind wir seit drei Jahren zusammen.«

»Sicher«, sagt Dad. »Es macht keinen Sinn, etwas zu überstürzen.«

»Ja, denke in Ruhe darüber nach.« Mom streicht nachdenklich ihre Serviette glatt. »In eurem Alter entscheiden sich so viele Dinge. Wichtig ist, dass ihr dieselben Vorstellungen habt, wie ihr leben möchtet.«

Die Themen stehen greifbar im Raum: Bleiben wir in Hamburg, oder gehen wir woandershin? Bin ich wirklich der Mann, den Juliane sucht? Und wenn ja, wann gründen wir eine eigene Familie? Auf nichts davon ließ sich Juliane bisher festlegen. Und dann ihre Affären. Wieder ist da dieser bittere Geschmack in meinem Mund. Noch weiß ich nicht, wie oft und wie lange sie mich betrogen hat.

Ich schüttle den Kopf. »Ja, ich schätze, ich brauche einfach etwas Abstand. Aber jetzt lasst uns von etwas anderem reden.«

Ich weiß, was Dad mich sonst als Nächstes fragt. Man kann es in seinem Blick sehen, der weich und gleichzeitig besorgt ist.

»Aber liebst du sie noch?«, würde er mich fragen.

Und dann müsste ich sagen: »Ich bin mir nicht mehr so sicher.«

»Hier, nimm«, sagt Mom und reicht mir den Brotkorb. Sie schenkt mir ein warmes Lächeln, und dann wechselt sie das Thema.

Verdammter Jetlag. Ich schaue auf den alten Radiowecker neben meinem Bett: Vier Uhr, und ich bin hellwach. Mein Blick fällt als Erstes auf den fremden Koffer. Ich schlage die Decke zurück und schwinge mich aus dem Bett. Mit einer der kleinen Gebäckschachteln schleiche ich mich nach unten in die Diele. Kommt es mir nur so vor, oder duftet die Schachtel tatsächlich nach ofenwarmen Keksen? Ich schnuppere vorsichtig daran. Hmm. Das wäre jetzt mein perfektes Frühstück – aber natürlich geht das nicht … Ich greife fröstelnd nach dem Telefonhörer und wähle die Nummer, die auf dem Etikett steht. Niemand hebt ab. Ich lasse es eine Ewigkeit klingeln. Klar, es ist Mittagszeit in Hamburg. Familie Di Pasqua sitzt bestimmt beim Essen.

Aber dann klickt es in der Leitung.

»Pasticceria Di Pasqua, Sie sprechen mit Loretta Di Pasqua.«

»Guten Tag«, sage ich. »Mein Name ist Gabriel Anthony. Ich rufe Sie aus der Nähe von Denver an.«

»Oh Gott, was ist passiert? Sind Sie Arzt?«

Ich habe zwar keine Ahnung, warum das in diesem Moment eine Rolle spielen soll, aber ich antworte wahrheitsgemäß: »Ja.«

»Wie geht es Giovanni?« Loretta Di Pasquas Stimme ist hell und jung, und jetzt überschlägt sie sich fast vor Aufregung.

»Entschuldigung«, sage ich. »Ich kenne keinen …«

»Aber er ist doch im Krankenhaus! Bei Ihnen! Giovanni Di Pasqua! Fahrradunfall! Gebrochene Rippen, Hand, alles!«

»Warten Sie«, sage ich ruhig. Irgendetwas läuft nicht so, wie es soll. Diese Frau hört sich jedenfalls richtig verzweifelt an. »Ich glaube, hier gibt es ein Missverständnis. Ich bin Arzt, aber in Hamburg. Ich bin gestern von Hamburg nach Denver geflogen.«

»Oh! Genau wie meine Schwester!«

»Okay«, sage ich schnell, noch bevor sie mich fragen kann, wie es ihrer Schwester geht oder ob die auch im Krankenhaus ist. Offensichtlich befindet sich Frau Di Pasqua in einem emotionalen Ausnahmezustand.

»Was ich sagen möchte – mein Koffer wurde verwechselt.« Ich spreche langsam und überdeutlich. »Und ich habe jetzt einen Koffer, in dem sehr viele Schachteln mit Gebäck aus Ihrem Laden …«

»Meine Schwester! Chiara! Wie geht es ihr? Haben Sie sie getroffen?«

»Nein«, antworte ich, kann mir ein Grinsen aber nicht verkneifen. »Ich kenne Ihre Schwester nicht. Aber kann es sein, dass sie gestern Morgen von Hamburg nach Denver geflogen ist und einen schwarzen Koffer bei sich hatte?«

»Ja, schwarz! Sie hat einen schwarzen Koffer. Er gehört eigentlich meinem Mann, aber der braucht ihn gerade nicht.«

Puh. Okay.

»Hat sie Gebäck von Ihnen mitgenommen? In so kleinen bunten Schachteln?«

Ein silberhelles Lachen am anderen Ende. »Natürlich! Ganz viel! Für ihren Bruder. Er ist in Denver, im Krankenhaus.«

Okay. Der Kreis scheint sich zu schließen.

Ich lache erleichtert auf. »Und sie hat einen Schlafanzug mit Bienen, stimmt's?« Oh mein Gott. Ich bin so ein Trottel. Ich bereue meinen Satz in dem Moment, in dem ich ihn ausgesprochen habe.

Loretta Di Pasqua schweigt. »Wer sind sie?«, fragt sie dann leise.

Wie sollte sie auch anders reagieren. Ich könnte ein Geistesgestörter sein, der hinter ihrer Schwester her ist.

»Passen Sie auf«, erwidere ich ruhig. »Ich will von Ihrer Schwester nichts. Nur meinen Koffer. Das wäre wirklich super. Sie hat am Flughafen wahrscheinlich meinen Koffer mitgenommen. Und ich habe ihren. Ich denke, sie wird sich freuen, das zu hören.«

Eine weitere Pause entsteht. Dann räuspert sich meine Gesprächspartnerin. »Ach so. Meine Schwester hat also den falschen Koffer genommen. Oh, sie ist in letzter Zeit ein bisschen durcheinander.« Jetzt lacht die Frau tatsächlich. Wir kommen voran.

»Wie organisieren wir das denn jetzt am besten …«, denke ich laut nach. Ich will, dass sie mir einen Vorschlag macht, der ihr angenehm ist.

»Ich gebe Ihnen einfach die Telefonnummer meines Bruders. Und dann können Sie alles mit ihm besprechen«, schlägt sie prompt vor.

»Okay«, sage ich erleichtert. »Aber bitte schreiben Sie sich auch noch meine Telefonnummer auf – nur zur Sicherheit.«

»Natürlich«, sagt sie jetzt ganz sachlich. Und ich bin erleichtert.

Mit der Schachtel in der Hand gehe ich wieder nach oben und lege sie zurück in den Koffer.

»Chiara Di Pasqua. Schöner Name übrigens«, murmle ich vor mich hin und schließe dann den Reißverschluss.

CHIARA

In der Nacht hat es wieder geschneit, und noch immer fallen einzelne Flocken. Alles sieht aus wie mit einem dicken Zuckerguss überzogen. Die Luft ist so kalt, dass sie zu knistern scheint. Die Wintersonne erhebt sich langsam hinter den Bergen. Noch steht sie so tief, dass das Tal unter uns im Schatten liegt, während wir hier oben auf Black Dog Lands den hellsten Sonnenschein genießen.

Ich kann es nicht lassen, mich wieder und wieder um meine eigene Achse zu drehen und meinen Blick auf die verschneiten Gipfel zu richten, die unser Tal säumen wie breitschultrige Giganten.

»Unfassbar, wie *riesig* die Berge sind!«, rufe ich, und Charlotte grinst gutmütig. Sie ist nicht sehr weit von hier in einem der Canyons aufgewachsen, und für sie ist dieses entzückende Winterwunder völlig normal. Vielleicht grinst sie aber auch, weil ich seltsam aussehe. Ich habe mir heute Morgen notgedrungen ein Outfit zusammensuchen müssen, das noch nicht einmal als exotischer Street-Style durchgehen würde. Charlotte hat mir einen grünen grob gestrickten Pulli geliehen, der mir bis zu den Knien reicht. Darunter trage ich eine ihrer wild gemusterten Yogaleggins. Die Krönung ist das Paar derbe schwarze Cowboystiefel, die jemand mit kleinen Füßen glücklicherweise irgendwann hier vergessen hat. Vervollständigt wird mein Look durch Giovannis ärmellose Fahrradweste in Signalgelb. Ich frage mich, ob die Farmer auf den gegenüberliegenden Bergen mich damit sehen können. Massimo ist es jedenfalls völlig gleichgültig, wie ich aussehe. Er läuft unentwegt um mich herum und wirft mir aus seinen bernsteinfarbenen Augen treue Blicke zu. Ab und zu schubst er mich an, und ich fahre ihm seufzend mit der Hand über den Rücken. So richtig haben wir noch nicht zueinander gefunden. Allerdings kann ich nicht leugnen, dass ich seine Kontaktaufnahme irgendwie niedlich finde, und ich erinnere mich wieder an die Zeit, als mir in Nonnas Dorf ständig die Hunde nachliefen.

»Sie brauchen also nichts weiter als Heu und Wasser und einen sauberen Stall«, fasse ich noch einmal zusammen, als ich mit Charlotte aus dem Schafstall komme, wo ich Bekanntschaft mit fünf plüschigen weißen Knäueln gemacht habe.

Charlotte nickt, während sie ins Tal hinunterschaut. »Du kannst ihnen auch etwas aus deinem Leben erzählen, wenn du willst. Sie lieben es, wenn man mit ihnen redet.«

»Hoffentlich mögen sie Geschichten ohne Happy End«, sage ich düster.

Das Versorgen der Schafe am frühen Morgen ist also keine große Sache, über die ich mir den Kopf zerbrechen müsste. Und über die mögliche Bedrohung durch Klapperschlangen haben wir auch schon gesprochen.

»Ich habe in meinem ganzen Leben erst eine einzige gesehen«, sagt Charlotte. »Mach dir keine Sorgen. Es sind eigentlich ziemlich scheue Tiere. Außerdem halten sie gerade Winterruhe. Wie die Braunbären übrigens auch.«

Davon war im Reiseführer nichts zu lesen gewesen, und ich war spontan sehr erleichtert.

»Mit Berglöwen jedoch muss man auch zu dieser Jahreszeit

rechnen. Allerdings kommen sie nicht so weit herunter. Und außerdem hast du ja Massimo«, sagt Charlotte. »Behalte ihn in deiner Nähe, dann bist du auf der sicheren Seite.«

Das alles lasse ich mir durch den Kopf gehen, als ich mein neues Zuhause für die nächsten Tage betrachte. Eine richtige Farm. Eigentlich ist es doch gar nicht so schlecht. Die Stille ist fantastisch. Und diese unendliche Weite. Kein Häusermeer, keine Verkehrsstraße, kein Ampelstau am Morgen.

»Da drüben«, sagt Charlotte und deutet auf ein braunes Dach, das sich auf dem angrenzenden Hügel hinter ein paar Bäume kauert, »wohnt unser nächster Nachbar, Dave Hanson. Er ist unglaublich nett und hilfsbereit. Du wirst ihn bestimmt mögen.«

»Gut zu wissen«, sage ich halbherzig und frage mich gleichzeitig, welchen Nutzen ein unheimlich netter Nachbar hat, zu dem man zu Fuß mindestens eine Viertelstunde braucht. Ich meine, für den Fall, dass ein Berglöwe vor meinem Küchenfenster steht und ich mich in großer Not befinde.

In diesem Moment biegt ein dunkelgrüner Pick-up von der Talstraße ab und kommt die Zufahrt herauf.

Charlotte legt die Hand über die Augen, denn das Schneetreiben ist heftig geworden. »Es sieht fast so aus, als bekämen wir Besuch. Oder es hat sich wieder einmal jemand verfahren.«

»Oje! Ausgerechnet!« Ich schaue an mir herunter. »So will ich eigentlich von niemandem gesehen werden. Also, wenn es dir nichts ausmacht, gehe ich lieber rein.«

Charlotte sieht mich mit runden Augen an, und dann lacht sie laut. »Aber Chiara! Glaub mir, die Leute hier sind nicht so wie die in der Stadt. Du siehst doch sowieso hübsch aus, egal, was du anhast!«

»Wie lieb von dir«, seufze ich ergeben. Von wegen hübsch.

Mit den Cowboystiefeln und der praktischen Ananasfrisur vielleicht eher lustig. Und geschminkt bin ich auch nicht.

Aber jetzt ist es sowieso schon zu spät. Massimo stürzt bellend auf das Auto zu, das inzwischen zum Halten gekommen ist. Aus dem Innenraum des Wagens wird kräftig zurückgebellt. Ein Golden Retriever klebt an der Scheibe des Beifahrersitzes und verdeckt den Blick auf den Fahrer, der nur schemenhaft zu erkennen ist.

»Massimo!«, ruft Charlotte ihren Hund streng zurück.

Jetzt öffnet sich die Fahrertür. Und in diesem Moment höre ich auf zu atmen. Eine Flocke setzt sich auf meine Wimpern. Ich blinzle sie weg, ohne meinen Blick abzuwenden. Was hier geschieht, ist einfach zu groß für mich. Der Moment im Flugzeug, als wir uns angesehen haben, kann nicht länger als einen Lidschlag gedauert haben. Und trotzdem würde ich ihn unter Millionen von Gesichtern wiedererkennen.

»Ist ja gut!« Seine Stimme klingt tief und ruhig, als er Massimo freundschaftlich auf den Rücken klopft. Dann richtet er sich auf und lächelt Charlotte an.

»Guten Morgen zusammen! Entschuldigung für den Überfall!«, sagt Mr. Wonderful und hebt beide Hände.

»Kein Thema«, sagt Charlotte trocken. Sie macht einen beherzten Schritt auf Massimo zu, der sich aber mit einem Sprung zur Seite in Sicherheit bringt, bevor sie ihn am Halsband zu fassen kriegt.

»Du Mistvieh!«, stöhnt Charlotte und wendet sich wieder dem Besucher zu. »Tut mir leid, dieser Hund ist unmöglich. Wie können wir Ihnen helfen?«

»Ich bin auf der Suche …«, er unterbricht sich selbst, lacht und schüttelt seine dunklen Locken. »Okay, sorry, das klingt irgendwie bescheuert.«

»Nicht doch«, sagt Charlotte und legt die Handflächen zum Yogagruß zusammen. »Wir sind alle irgendwie auf der Suche!«

Dann sprintet sie hinter Massimo her, der in Richtung Straße rennt.

»Chiara, kannst du das übernehmen?«, ruft sie mir über die Schulter zu.

Jetzt heftet sich der Blick des Mannes unter seinen dichten dunklen Wimpern auf mich. Seine Lippen verziehen sich zu einem kaum merklichen Lächeln.

»Chiara di Pasqua?«

Ja … nein … schon, aber ich bin hier zu Besuch, und wir proben gerade für das Weihnachtsmärchen, und ich bin der heilige Obstsalat, schwirrt es durch meinen Kopf.

»Ja«, bringe ich heiser hervor, löse mich aus meiner Erstarrung und gehe ihm entgegen. Woher kennt er meinen Namen? Ich kann nicht fassen, was gerade passiert.

»Ich bin Gabriel Anthony.« Er zieht den Handschuh aus und reicht mir seine kräftige, warme Hand. Jetzt ist aus dem Lächeln ein breites Grinsen geworden. »Ich bringe dir deinen Koffer. Und ich hoffe sehr, dass du vielleicht meinen mitgenommen hast.«

»Ja«, antworte ich atemlos.

Gabriels Augen leuchten auf. »Wunderbar! Dann tauschen wir jetzt also unsere Koffer!« Er lässt meine Hand los, die er schon viel zu lange festgehalten hat.

Charlotte kommt keuchend mit Massimo im Schlepptau zurück. Sie hat Gabriels Worte noch gehört, und jetzt lacht sie ihr lautes, kehliges Lachen. »Das ist großartig! Dann sparen wir uns die Fahrt zum Flughafen!«

»Ja«, sage ich erneut. Alle anderen Wörter meines Vokabulars habe ich spontan vergessen. Nicht nur um mich herum schneit es. Auch in meinem Kopf ist alles voller kleiner Flocken, und es ist mir völlig unmöglich, auch nur einen einzigen klaren Gedanken zu fassen.

Glücklicherweise wendet sich Gabriel jetzt Charlotte zu und gibt auch ihr die Hand. Dann öffnet er vorsichtig die Wagentür. Der Golden Retriever fängt wieder an zu bellen und versucht, sich an Gabriel vorbei nach draußen zu drängeln.

»Buddy, zurück!«, sagt Gabriel. Er hält mit einer Hand seinen Hund in Schach und zieht mit der anderen einen schwarzen Koffer hinter dem Sitz hervor.

»Es tut mir leid«, sagt er, »ich musste ihn aufmachen, sonst hätte ich dich nicht finden können.«

»Kein Problem«, sage ich. »Das habe ich auch gemacht.« Und dann sprudelt es aus mir heraus. »Himmel, bin ich froh. Entschuldigung für diese ganzen Umstände, ich hätte einfach besser aufpassen sollen …« Am liebsten würde ich ihn vor Freude und Erleichterung umarmen, weil er so verdammt gut aussieht, wie ein Typ, den man richtig gerne umarmt.

Gabriel schüttelt den Kopf und sieht mich an, als wäre ich ein exotisches Fabelwesen, das ein Helikopter ganz unvermutet über einer einsamen Farm in Colorado abgeworfen hat.

»Nicht der Rede wert«, murmelt er, und dann schüttelt er gleich noch einmal den Kopf, als wir voreinander stehen und ich die Hand ausstrecke. »Ich bringe dir den Koffer ins Haus, okay?« Gabriel lächelt. Aber nicht wie jemand, der einfach höflich sein möchte. Eher wie jemand, der nicht glauben kann, dass sich diese verrückte Nummer mit den vertauschten Koffern mit einem Mal auf so wunderbare Weise auflöst. Mein Herz klopft mir bis in die Kehle.

»Gute Idee. Los, alle Mann ins Haus, bevor wir hier einschneien!«, sagt Charlotte, und jetzt bemerke auch ich, dass die

Landschaft um uns herum hinter einem dichten Vorhang aus wirbelnden Schneeflocken verschwunden ist.

Gerade als wir das Haus betreten, ist aus der Küche das laute Klingeln des Telefons zu hören. Charlotte kickt sich die Stiefel von den Füßen. »Das muss Giovanni sein!«, sagt sie und rennt auf Strümpfen in die Küche.

»Das ist mein Bruder«, erkläre ich Gabriel mit gedämpfter Stimme.

»Ich weiß.« Er nickt und lächelt.

»Moment mal … woher kennst du meinen Bruder?«, frage ich.

»Ich kenne ihn nicht«, antwortet Gabriel. Das wirft allerdings mehr Fragen auf, als es beantwortet. »Aber er hat mir geholfen, dich zu finden.«

Ich verstehe noch immer nicht. »Komm«, sage ich und gehe voran in die Küche. »Ich mache uns erst mal einen Tee.«

Gabriel folgt mir, und ich sehe ihn verstohlen an, während ich das Teewasser aufsetze. Er ertappt mich dabei, und ich spüre, wie mir die Hitze ins Gesicht steigt.

»Hast du dein Handy eigentlich dauernd ausgeschaltet?«, frage ich schnell, um einfach irgendwas zu sagen. »Charlotte und ich haben versucht, die Nummer auf dem Kofferanhänger anzurufen.«

»Der Akku ist leer.« Gabriel zuckt mit den Schultern. »Und das Ladegerät ist leider in meinem Koffer.«

Ich muss unwillkürlich lachen. »Na, prima. Aber erzählst du mir mal, wie du mich gefunden hast?« Ich strecke mich und angle nach einer Teetasse, die ganz oben im Regal steht.

»Warte, lass mich helfen«, sagt Gabriel. Er stellt sich hinter mich und greift über meinen Kopf ins Regal. Ich spüre die

Wärme seines Körpers und stelle mir einen winzigen Moment lang vor, wie er jetzt gleich seine Arme um mich schlingen wird. Aber nichts dergleichen passiert. Klack, klack, klack, stellt er drei Tassen neben mich auf die Arbeitsfläche.

»Möchtest du nicht deinen Mantel ausziehen?«, frage ich.

Gabriel lacht und fährt sich durch die lockigen Haare. »Aber nicht in Ohnmacht fallen! Ich musste mir einen Pulli von meinem Dad leihen. Schrecklich altmodisch, wahrscheinlich noch aus den Achtzigern.«

»Alles klar!« Ich muss unwillkürlich kichern. »Was soll ich denn da sagen? Ich musste mich bei Charlotte und Giovanni bedienen, und du siehst ja selbst, was dabei herauskam.«

»Gar nicht so schlimm«, sagt Gabriel lächelnd. Er schlüpft aus seinem Mantel. Ein beiger Pulli mit Grafikmuster kommt zum Vorschein.

»Du hast nicht zu viel versprochen, es leben die Achtziger!«, sage ich, während ich den Tee eingieße. Wir prosten uns zu.

»Du wolltest wissen, wie ich dich gefunden habe«, sagt Gabriel, nachdem er einen Schluck Tee genommen hat. »Ganz einfach: Ich habe mit deiner Schwester telefoniert.« Ein Lächeln zupft an seinen Mundwinkeln.

»Moment …« Ich starre ihn überrascht an. »Du hast … bei mir zu Hause im Hamburg angerufen?«

Gabriel nickt. »Ich habe die Telefonnummer angerufen, die auf diesen Gebäckschachteln steht. Ich dachte, du bist dort vielleicht Stammkundin oder so.«

»Nicht schlecht!«, sage ich anerkennend und betrachte seine schön geschwungenen Lippen. Der Kerl ist einfach unglaublich süß.

Gabriel wiegt den Kopf. »Na ja. Es war eigentlich die Idee von meiner Gran. Sie ist echt fit.«

Ich muss lächeln. Dann fallen mir die schwachen Nerven meiner Schwester und ihr ganz besonderer Zustand ein. »Und was hat meine Schwester gesagt? Sie hat sich hoffentlich nicht fürchterlich aufgeregt?«

Gabriel runzelt die Stirn. »Doch, leider. Es war etwas seltsam. Am Anfang war sie ziemlich durcheinander. Aber dann war alles gut, und sie hat mir die Nummer deines Bruders gegeben. Dein Bruder wiederum hat mir gesagt, dass du auf Black Dog Lands wohnst. Aber wieso fragst du? Ist mit deiner Schwester alles in Ordnung?«

Ich seufze. »Lo hat schon unter normalen Umständen eine ziemlich ausgeprägte Persönlichkeit.«

»Unter normalen Umständen?«

»Sie ist gerade hochschwanger. Und das macht sie noch … temperamentvoller.«

»Ah, verstehe.« Er nickt versonnen. »Ein Weihnachtsbaby?«

»Ja, wenn es pünktlich kommt.«

Er dreht seine Teetasse in der Hand und schaut mich immer noch an. Mit einem Mal sehe ich es ganz klar. Auf schicksalhafte Weise ist dies der Moment, der mein ganzes Leben verändern wird. Hier sitze ich – ohne Schminke und Styling, in einem wirklich sehr problematischen Outfit – und mir gegenüber der garantiert heißeste Typ in diesem verlassenen Tal, den auch ein Achtzigerjahre-Pullover nicht entstellen kann. Und ich habe mich verliebt: gegen meinen Willen, ohne Sinn und Verstand, über beide Ohren – und so heftig, dass ich fürchte, mich hiervon in meinem ganzen Leben nie wieder zu erholen.

Das wäre ja alles wunderbar.

Das Problem ist nur: Aus uns wird bestimmt nei was werden.

Ich bin dabei, meinen Koffer auszupacken. Die Vorstellung, dass Gabriel meine nagelneue Hochzeitsunterwäsche in den Händen gehalten hat, lässt mich rot werden. Ich bringe meine Kleider im Schrank unter, und dann schlüpfe ich endlich aus meinem unpassenden Outfit und ziehe mich um. Nach längerer Überlegung entscheide ich mich für meinen hübschen dunkelblauen Winterrock, dazu ein weißes Shirt und diesen niedlichen roten Cardigan mit weißen Sternchen. Und die wärmste Strumpfhose, die ich mitgenommen habe.

Als ich in die Küche komme, schenkt mir Charlotte einen nachdenklichen Blick.

»Meinst du nicht, dass du frieren wirst?«, bemerkt sie mit einem höflichen Hüsteln. »Miami Beach liegt noch ein ganzes Stück weiter südlich.«

Ich sehe ratlos an mir hinunter. »Okay«, seufze ich. »Dann muss ich mir eben ein paar Sachen kaufen. Das Klima in Hamburg ist einfach nicht so trocken und nicht so eisig. Du musst mal zu Besuch kommen!«

»Ja klar.« Sie lächelt mich an. »Ich kann es kaum erwarten. Und mach dir keine Sorgen, wir finden ganz bestimmt ein paar gute Klamotten für dich. Wir müssen sowieso zum Einkaufen nach Cold Creek. Neben warmen Pullis, dicken Socken und Skiunterwäsche brauchst du Vorräte an Nahrungsmitteln, falls du auf der Farm einschneist.«

Zuerst halte ich das für einen Scherz. Aber als ich Charlottes Miene sehe, wird mir klar, dass sie es wirklich ernst meint. Ich schlucke hart. »Oje, das klingt nicht so gut.«

»Ach was.« Sie zuckt mit den Schultern. »Es ist nicht so dramatisch. Nach ein paar Tagen ist es meistens vorbei.«

»Danke«, sage ich mit einem Anflug von Sarkasmus. »Das beruhigt mich jetzt ungemein.«

»Er war wirklich süß«, sagt Charlotte auf dem Weg nach Cold Creek unvermittelt.

»Wer? Buddy?« So, wie ich sie inzwischen kenne, kann sie nur Buddy meinen. Und der ist tatsächlich ziemlich süß und sehr viel besser erzogen als Massimo.

»Tss, tss, tss.« Charlotte wirft mir einen Blick von der Seite zu, bevor sie sich wieder aufs Fahren konzentriert. Das Fahrzeug vor uns wirbelt den Schneematsch auf unsere Windschutzscheibe, und es dämmert schon, obwohl erst Nachmittag ist.

Ich wische eine nicht vorhandene Schneeflocke vom Ärmel meines grauen Mantels und sehe aus dem Seitenfenster. »Okay, okay, stimmt«, sage ich mit gespielter Gleichgültigkeit. »Aber nicht so ganz mein Typ.«

Charlotte wirft mir einen zweifelnden Blick zu. »Wieso das denn? Stehst du nur auf Bad Boys?«

Ich stöhne auf. »Vielleicht. Kann sein.«

Okay, alles klar. Giovanni hat ihr also wirklich *alles* von Leon erzählt.

»Würde ich mir abgewöhnen«, sagt Charlotte lächelnd.

»Hm, vielleicht«, erwidere ich und verfalle in brütendes Schweigen. Es ist kompliziert. Die Wahrheit ist: Ich weiß mehr über Gabriel, als ich vor Charlotte zugeben kann. Dann müsste ich ihr nämlich auch gestehen, dass ich am Abend zuvor, als sie gerade in der Dusche war, Gabriels Koffer aufgemacht habe. Es war nicht unbedingt Neugier, die mich dazu brachte. Eher dieser beunruhigende Gedanke, dass man nicht einen Koffer im Zimmer stehen haben sollte, dessen Inhalt man nicht kennt. Vielleicht sehe ich zu viele Krimis, aber ich dachte beispielsweise an Drogen. *Frau aus Deutschland schmuggelt Marihuana.* Ich sah die Schlagzeile schon vor mir. Also öffnete ich vorsichtig den Reißverschluss und klappte den Deckel hoch. Beim

Gedanken daran treibt es mir erneut die Röte ins Gesicht. Der Kofferinhalt stellte sich nämlich als absolut harmlos heraus. Auf den ersten Blick war klar, dass *G. A.* aus Cold Creek Valley ein Typ ist. Ein eher junger Typ, der nicht geschäftlich in Hamburg gewesen war. Es sah eher nach Urlaub aus. Jeans und Pullis, die kein Mensch ernsthaft in Hamburg tragen kann, ohne zu verglühen. Erst nach ein paar Minuten kam mir der Gedanke, dass es eher umgekehrt sein musste. Die Sachen waren ungetragen – also lebte dieser Mann vielleicht an beiden Orten und pendelte hin und her. Meine Gedanken begannen zu rattern. Ein Globetrotter? Ein Fotograf, ein Journalist, ein Lifestyle-Blogger? Ich kam mir superschlau vor, während ich das Akkuladekabel und die nagelneue, originalverpackte Snowboardjacke zusammen mit den Pullis vorsichtig zur Seite schob. Darunter kamen ein paar sorgfältig in Geschenkpapier gewickelte Päckchen hervor sowie ein Kosmetikbeutel. Auch der enthielt keine verdächtigen Substanzen und war äußerst übersichtlich. Dann stieß ich auf drei medizinische Fachbücher auf Englisch, woraufhin ich den Lifestyle-Blogger aus meiner Liste strich, und sofort wurde es etwas interessanter. In einem der Bücher steckten nämlich zwei Fotos als Lesezeichen. Das erste Foto war ein leicht verwackelter Schnappschuss von einem Golden Retriever neben einem Schneemann. Die zweite Aufnahme zeigte eine Frau, etwa in meinem Alter: blond, groß, blaue Augen, mit einem sehr intensiven Blick. Irgendwas an diesem Blick und dem kantigen Kinn fand ich nicht besonders sympathisch. Auf der Rückseite stand in Frauenhandschrift: *3 years of happiness – Juliane.*

Ich fühlte mich plötzlich schrecklich. Ich sollte nicht in seinen Sachen wühlen, dachte ich. Schnell räumte ich alles wieder an seinen Platz und schloss den Koffer.

Jetzt, knapp zwölf Stunden später, haben sich meine Schuldgefühle allerdings schon wieder verflüchtigt. Schmerzhaft zwar, aber trotzdem ein Glück, dass ich Gabriels aktuellen Beziehungsstatus kenne: drei Jahre Glück. Das bewahrt mich davor, weiterzuträumen – und mir schon wieder das Herz brechen zu lassen.

»Übrigens, falls es dich interessiert, wie man zur Three Oaks Farm kommt«, unterbricht Charlotte meine Gedanken. »Man fährt einfach das Tal weiter durch. Nach drei Kilometern kommt eine beschilderte Abzweigung.«

Ohne meine Reaktion abzuwarten, beugt sie sich vor und macht das Radio an – was offensichtlich ihre Art ist, ein Thema abzuschließen. Ziemlich erleichtert, dass ich nichts mehr zu Gabriels Auftritt auf Black Dog Lands sagen muss, lehne ich den Kopf an die Nackenstütze. In meinen Ohren vermischt sich das heftige Klopfen meines Herzens mit dem Dröhnen der Bässe, die den Innenraum des Autos erfüllen.

»Komm doch auf einen Sprung bei uns vorbei, wenn du in der Gegend bist«, hat Gabriel zum Abschied gesagt.

Wahrscheinlich war es nur höflich gemeint, und ich würde ohnehin nichts dergleichen tun. Der vernünftige Teil meines Gehirns funktioniert jetzt wieder tadellos. Was ist zu tun, wenn man sich auf den ersten Blick hoffnungslos in jemanden verliebt hat, dessen Herz bereits vergeben ist? Ich meine, wenn man – wie ich – wirklich so unglaublich blöd ist, das alles überhaupt geschehen zu lassen? Die einzig richtige Antwort lautet: Man geht diesem Typen verdammt noch mal aus dem Weg. Und das werde ich tun. Es ist nämlich wirklich so: Ich brauche keinen neuen Kummer.

Aber dieser Tag ist noch lange nicht zu Ende. Es bleibt mir keine Zeit, den wehmütigen Gedanken über meine aussichtslose Schockverliebtheit nachzuhängen. Sobald wir aus dem Tal herausfahren, verlassen wir endlich das verflixte Funkloch, und mein Handy erwacht zum Leben. Allein von Lo sind vier Nachrichten eingegangen. Ich überfliege sie kurz und seufze erleichtert auf. Gut, sie hat sich mächtig aufgeregt über Gabriels Anruf, aber mehr ist nicht passiert. Weil wir jetzt gerade auf den Parkplatz des Supermarkts fahren, schreibe ich ihr nur schnell *Koffer ist da, schreib dir später* und hänge ein paar Herzchen-Smileys an.

Dann überfliege ich die lustigen Zeilen von Bonnie, die mir Mut zuspricht für die Zeit in der Wildnis. Ich stecke das Handy schnell ein und klettere vom Beifahrersitz. Charlotte steht schon am Kofferraum und ruft jemandem etwas zu, der hinter uns mit einem Gespann eingeparkt hat. Aus dem Pferdeanhänger dringt unüberhörbares Wiehern. Ich stakse zu Charlotte und verfluche dabei meine Stiefel, die mit ihren sechs Zentimetern Absatz zweifellos untauglich sind für dieses Wetter. Meine Einkaufsliste wird um einen weiteren wichtigen Punkt ergänzt. Es sieht ganz danach aus, als blühte mir ein komplettes Umstyling.

»Chiara, das ist unser Nachbar Dave!«, sagt Charlotte und deutet mit einer ausladenden Handbewegung zum Trailer hin. Der Typ, der sich lässig mit einer Hand an seinem Fahrzeug abgestützt hat, richtet sich jetzt auf und tritt mir mit einem breiten Grinsen entgegen.

»Hallo Chiara«, sagt er. »Freut mich. Wirklich.«

Grundgütiger Himmel. Falls ich mir eingebildet hatte, dass das mit mir und den bildschönen Typen jetzt endgültig vorbei ist, hatte ich mich gründlich getäuscht. Dave verkörpert sämtliche Klischees, die man mit einem Cowboy in Verbindung bringt. Einen von der unwiderstehlich attraktiven Sorte, meine ich: groß, breite Schultern, durchtrainiert. Dazu blonde, wild verwuschelte Locken, verwegene Bartstoppeln und unfassbar blaue Augen, denen absolut nichts entgeht. Schon gar nicht die Röte, die mir ins Gesicht kriecht, als er meine Hand schüttelt und dabei auf eine Weise lächelt, wie es nur absolut selbstbewusste Typen hinkriegen.

»Willkommen im Cold Creek Valley«, fügt er hinzu.

Okay. Ich bin beeindruckt von ihm. Aber nicht so, dass es mir vollkommen die Sprache verschlägt. Das passiert mir auf keinen Fall mehr als einmal pro Tag, und für heute hatte ich diese Erfahrung bereits mit Gabriel hinter mich gebracht.

»Nimmst du dein Pferd immer mit in den Supermarkt, Dave?«, frage ich und verschränke lächelnd meine Arme.

»Hey«, gibt er zurück und blinzelt angriffslustig. »Leg dich nicht mit mir an. Könnte sein, dass du mich irgendwann noch brauchst …«

Charlotte knufft mich in die Seite. »Ich habe Dave schon erzählt, dass du in den nächsten Tagen auf unserer Farm allein bist.«

In ihrer Stimme liegt kein bisschen Ironie, und sie meint es offensichtlich anders, als man denken könnte.

»Eben«, meldet Dave zufrieden und mustert mich mit unverhohlenem Interesse. »Lass dir von Charlotte meine Nummer geben. Und ruf mich an, wenn irgendwas ist …«

Sein Lächeln ist reine Provokation. Sehr witzig. Aber ich kann nicht leugnen, dass sich in meinem Bauch ein leises Kribbeln meldet.

Ich werde das mit Bonnie besprechen.

In diesem Moment kommt ein älterer Mann auf uns zu, der eine Einkaufstüte unter dem Arm trägt.

»Da kommt unser Großeinkauf«, sagt Dave und stellt mir seinen Kollegen Mike vor.

»Und wo habt ihr euch heute herumgetrieben?«, fragt Charlotte und deutet mit dem Kinn auf den Pferdehänger. Das Wiehern ist inzwischen verstummt.

»Littlefoot musste noch einmal in die Klinik. Wegen der Sehnenverletzung von neulich«, erklärt Dave, und im Nu sind die drei in ein Gespräch über Pferde und Rodeo verwickelt. Ich nutze dankbar die Gelegenheit, endlich ein paar Nachrichten zu beantworten. Nach kurzem Zögern berichte ich nur Bonnie von meiner lebensverändernden Begegnung mit Gabriel. Lo dagegen schreibe ich einfach, dass Gabriel mir meinen Koffer gebracht hat. Auch wenn ich die Nachwirkungen unserer Begegnung immer noch bis in sämtliche Nervenenden meines Körpers spüren kann – wozu unnötig Staub aufwirbeln? Es ist ziemlich unwahrscheinlich, dass Gabriel und ich uns jemals wieder begegnen. Alles, was ich tun muss, ist, mich von der Three Oaks Farm fernzuhalten.

GABRIEL

Wen die Götter strafen, dem schenken sie eine jüngere Schwester mit Röntgenblick, der sich durch die Schädeldecke direkt ins Gehirn bohrt und die geheimsten Ängste unerbittlich ans Tageslicht bringt.

Ich rühre nervös in meinem Milchkaffee und betrachte das hübsche Muster der rot-blauen Tischdecke. Es macht keinen Sinn zu leugnen, dass mich unsere Unterhaltung unter vier Augen in die Enge treibt. Es läuft irgendwie anders, als ich gedacht hatte. Auf jeden Fall habe ich die Duldsamkeit meiner Schwester wohl völlig überschätzt. Vielleicht war ich auch einfach zu sehr mit meinen eigenen Problemen beschäftigt und habe es deshalb nicht mitgekriegt: zweite, dritte und vierte Chancen kriegt bei ihr anscheinend niemand mehr, und schon gar nicht Jason. Den hat Sarah vor einer ganzen Weile endgültig aus ihrem Leben verbannt.

»Besser eine eindeutige Trennung als dieses endlose Vielleicht-ja-doch, oder?« Sarah sieht mich herausfordernd an. Sie weiß, dass mich ernsthafte Zweifel quälen, ob es mit Juliane und mir wirklich noch Sinn macht.

Noch bevor ich etwas erwidern kann, geht die Tür auf, und noch mehr Leute drängen in das gemütliche Café herein, in dem zur Mittagszeit Hochbetrieb herrscht.

Sarah lässt ihren Blick an mir vorbeiwandern, während ich noch nach einer Antwort suche.

»Schau an. Die Welt ist klein!«, stöhnt Sarah mit einem Mal und fixiert jemanden hinter mir.

»Hm?« Ich drehe mich um und folge ihrem Blick. Eine Frau hat das Café betreten. Sie streift sich die Kapuze ihres weißen Mantels vom Kopf. Blonde Locken quellen wie ein Wasserfall darunter hervor, und bevor ich meine Kinnlade wieder hochklappen kann, die mir unwillkürlich heruntergefallen ist, steuert April schon auf unseren Tisch zu.

»Gabriel?«, schreit sie über das Stimmengewirr hinweg und reißt ihre azurblauen Augen auf, während sie sich um die eng stehenden Stühle herumschlängelt. Unfassbar. Sie scheint sich in den letzten zehn Jahren praktisch nicht verändert zu haben.

Ich erhebe mich und stoße dabei gegen den Tisch, so dass mein Milchkaffee überschwappt.

»Ich kann es nicht fassen! Du bist es wirklich!« Ein letzter Schwung ihrer kurvigen Hüften, und schon steht sie vor mir.

»Tja, so ist es!«, sage ich, überfordert von ihrer unerwarteten Begeisterung.

Ihre Wangen sind von der Kälte gerötet. Trotzdem sind ihre Sommersprossen nicht zu übersehen, die mich während unserer gemeinsamen Zeit auf der Cold Creek Highschool total umgehauen haben.

Und dieser herausfordernde Blick, mit dem sie mich jetzt von oben bis unten mustert, hat sich auch nicht im Mindesten verändert. Allerdings galt der in der Vergangenheit nicht ansatzweise solchen Typen wie mir. April war damals nicht gerade auf der Suche nach intelligentem Leben.

Ich strecke die Hand aus, aber April hängt mir plötzlich wie eine Wildkatze am Hals. Sie ist weich und anschmiegsam. Vielleicht schnurrt sie sogar, aber ich höre nur, wie das Blut in meinen Ohren rauscht.

»Wundervoll, dich zu treffen!«

Es klingt, als wären wir echte Freunde gewesen. Was wir definitiv *nicht* waren. Aber ich wäre ein Lügner, zu behaupten, dass mir ihre Umarmung unangenehm ist. Ganz im Gegenteil. Aber sie dauert eindeutig zu lang.

Ich schiebe April sachte von mir weg.

»Tja, Ewigkeiten her«, sage ich, als ich wieder Luft kriege.

»Wohl wahr!«, sagt April mit übersprudelnder Herzlichkeit. Gerade noch rechtzeitig, bevor es peinlich wird, wendet sie sich zu Sarah, die sich das Begrüßungsspektakel mit einem spöttischen Lächeln auf den Lippen ansieht.

»Hi Sarah!«

»Hi April. Nett, dich zu treffen.« Sarah macht eine einladende Geste. »Willst du dich nicht zu uns setzen?«

Es klingt eher wie *Willst du dich nicht gleich auf Gabriels Schoß setzen?* und nicht wie eine echte Einladung. Oh Sarah, denke ich. Wie kriegt ihr Mädels so was hin?

»Das geht leider nicht«, sagt April und zieht eine Schnute. Sie streicht sich eine lange Strähne aus dem Gesicht und späht zu den Leuten hinüber, mit denen sie hereingekommen ist. Sie stehen an einem Tisch nahe beim Tresen. Ich habe es schon bemerkt – ein paar von ihnen recken die Hälse und reden über sie oder über mich, wer weiß. »Ich bin mit meinen Kollegen hier.«

»Kein Problem«, sage ich und setze mich wieder. »Vielleicht laufen wir uns ja noch mal über den Weg. Ich bin über Weihnachten bei meinen Eltern.«

Aber so leicht komme ich nicht vom Haken.

»Quatsch, das überlassen wir doch nicht dem Zufall!« April legt mir die Hand auf den Arm. Auf ihren rot lackierten Fingernägeln glitzert es weihnachtlich. »Los, lass uns Nummern tauschen!«

Ich komme mir vor wie ein Trottel, als ich mein Handy zücke und sie mir ihre Nummer diktiert. Dass das in meinem Leben noch einmal passieren wird, hätte mein schmachtendes Ich von damals nie zu hoffen gewagt. Und jetzt klopft mein blödes Herz, als wollte es demnächst meinen Brustkasten sprengen, obwohl ich nicht achtzehn, sondern achtundzwanzig bin.

»Ruf mich an, ja?«, sagt April dann auch noch mit einem zuckersüßen Lächeln, und ich denke, dass sich jetzt gleich der Raum um mich drehen wird und ich dringend an die frische Luft muss. Aber da ist sie schon weg und gesellt sich zu ihren Kollegen.

»Gütiger Himmel«, sagt Sarah und wendet mir wieder ihre Aufmerksamkeit zu. »Denk nach, bevor du sie anrufst.« Sie schnappt sich ein leeres Zuckertütchen vom Tisch und fängt an, es zwischen den Fingern zu einer kleinen Kugel zu rollen.

»Sorry, ich fürchte, ich bin gerade völlig neben der Spur.«

Ich schüttle fassungslos den Kopf. »Welcher lustige Dämon ist in diese Frau gefahren? Früher hat sie nur mit mir geredet, wenn sie meine Hausaufgaben abschreiben wollte.«

»Tja, die Zeiten ändern sich.« Sarah zuckt gleichgültig mit den Schultern. »Sie hat jedenfalls nach der Highschool keine Zeit verloren und diesen Schwachkopf von Brady geheiratet. Erinnerst du dich? Blond, groß, wahnsinnig hübsch, aber sonst war mit dem nicht viel los.«

»Autsch«, sage ich, und Sarah nickt.

»Oh ja, ich weiß. Sie ist nach Boulder gezogen und hat in irgendeinem Restaurant gejobbt. Dann kamen schnell hintereinander zwei Kinder. Aber sie hat sich bald wieder von Brady scheiden lassen.«

Sie schnippt die kleine Papierkugel in meine Richtung. »Wenn du auf Ärger aus bist oder auf ein kleines Abenteuer, bist du jedenfalls bei ihr genau richtig. Sie arbeitet intensiv an ihrem zweifelhaften Ruf.«

»Danke für den Tipp«, sage ich. »Eigentlich bin ich hier, um endlich einen klaren Kopf zu kriegen, was meine aktuelle Beziehung betrifft.« Ich werfe noch einmal einen Blick zu April hinüber, die gerade den Kopf zurückwirft und lachend ihre blonde Lockenmähne schüttelt. »Aber es scheint, als ob ich neuerdings ein Frauenmagnet wäre!«

»Inzwischen stehlen dir Frauen ja sogar deinen Koffer«, bemerkt Sarah und grinst.

»Oh ja.« *Das* ist allerdings eine ganz andere Frau. Vor meinem inneren Auge erscheint Chiara, wie sie mit der riesigen Signalweste und mit Schneeflocken in den Haaren zu mir aufblickt. Verdammt, denke ich. Diese Frau versprüht so viel Energie und Wärme, dass ich mir einbilde, ein paar Funken davon prickeln immer noch auf meiner Haut.

»Aber das ist jetzt nicht das Thema.« Ich ziehe mein Handy heraus und werfe einen Blick auf das Display. »Okay. Juliane schweigt.« Aber ich bin nicht erleichtert. Eher enttäuscht.

»Na also.« Sarah lehnt sich zurück und sieht mich durchdringend an. »Das war doch so geplant, oder?«

Aber so einfach ist es nicht. Und plötzlich wird mir klar, wie dringend ich den Rat meiner Schwester brauche. Oh Mann. Ich blicke überhaupt nicht mehr durch.

Als Sarah und ich später aus Cold Creek zurückkommen, parkt ein dicker SUV-Schlitten auf dem Hof.

»Wer ist das denn jetzt?«, brummt Sarah leicht gereizt und schließt die Haustür auf.

Ich bleibe noch draußen stehen und blinzle in die Sonne, die sich hinter einem feinen Wolkenschleier verbirgt. Es ist kalt, und von den Bergen weht ein eisiger Wind herüber. In diesem Moment kommt Buddy wie eine Kanonenkugel aus dem Haus geschossen und begrüßt mich stürmisch.

»Komm«, sage ich. »Wir gehen zur Weinberghütte.«

Buddy funkelt mich mit seinen lebhaften dunklen Augen an und rennt los.

Die Farm meiner Eltern ist verhältnismäßig überschaubar. Dad hat sie von seinem Vater übernommen, aber es war seine Idee gewesen, neben Obst und Gemüse auch Wein anzubauen. Obwohl die Konkurrenz der Weingüter im nahe gelegenen Grand Valley groß ist, hat sich Dad mit seinem Chardonnay einen Namen gemacht. Der Weinberg befindet sich auf einem leicht ansteigenden Hügel, einer idealen Sonnenterrasse. Ich liebe diesen Ort. Als ich ankomme, sitzt Buddy schon vor der Bank, die windgeschützt an der Wand der Weinberghütte steht. Ich setze mich und lasse den Blick schweifen. Von hier aus überblickt man praktisch alles, was zu unserer Farm gehört: die Weinberge vor mir, rechts in Richtung Tal der Hain mit den Apfelbäumen, die im Herbst süße rote Äpfel tragen. Und dahinter die makellos weißen Felder, auf denen Dad hauptsächlich Möhren und Kürbisse anbaut. Dieses Tal ist meine Heimat, und sein Anblick tröstet mich, wenn ich schlecht drauf bin.

Ich hatte gehofft, dass ich mich nach dem Gespräch mit Sarah besser fühlen würde, aber genau das Gegenteil ist der Fall. Sarahs Worte haben einen Nerv in mir getroffen. Irgendwie hatte ich mir immer vorgestellt, dass Juliane und ich nach den ersten eineinhalb wunderschönen Jahren einfach nur in einer Krise steckten und bald wieder zu all dem zurückkehren würden, was sich gut und leicht und richtig angefühlt hatte.

»Eineinhalb gute Jahre und genauso viele schwierige Jahre –

nennst du das etwa eine gute Bilanz?« Sarah hatte mich fast mitleidig angesehen.

Aber ich kann die Beziehung einfach nicht aufgeben. Ich glaube, ich liebe Juliane noch immer.

Ich stehe auf und laufe weiter. Ich werde das Problem heute nicht lösen und auch nicht morgen. »Die Zeit wird es lehren«, sagt Gran immer, und wahrscheinlich hat sie recht.

Wenn ich geahnt hätte, welche Neuigkeiten dieser Abend noch bringen würde, hätte ich mir das ganze Selbstmitleid mit Sicherheit gespart. Als ich mit Buddy zum Hause zurückkehre, ist das fremde Auto vom Hof verschwunden. In der Diele wische ich Buddys Pfoten gründlich mit einem Handtuch ab. Dann ziehe ich mir die Stiefel aus, hänge den dicken Parka an die Garderobe und frage mich, was um alles in der Welt in der Küche gerade so heftig diskutiert wird. Ich öffne die Tür, und sofort wird es still im Raum. Mom, Dad, Gran und Sarah, die Lilly auf dem Schoß hat, sitzen am Tisch und schauen mich an.

Sarah hat Tränen in den Augen, und Grans Mund, auf dem eigentlich immer ein stilles Lächeln liegt, ist eine dünne, scharfe Linie. Mir wird plötzlich übel vor Angst.

»Was ist los?«, frage ich.

»Setz dich«, sagt Dad. »Es gibt Neuigkeiten, die nicht gerade … gut sind.« Seine Stimme klingt schwer und müde.

Ich lasse mich auf den freien Stuhl neben Sarah fallen, ohne den Blick von Dad zu nehmen. In meinem Hals sitzt ein fetter Kloß.

Dad atmet geräuschvoll ein. »Der Geschäftsführer der Grundstücksgesellschaft war gerade hier. Die wollen unseren Pachtvertrag nicht verlängern.« Er schüttelt fassungslos den Kopf. »Ich kann es nicht glauben. Es ist völlig absurd.«

Ich starre ihn an. Seine tiefe Erschütterung ist förmlich zu greifen. Adrenalin rauscht durch meinen Körper. »Aber warum?«, frage ich. »Was soll das?«

»Three Oaks soll verkauft werden. Es gibt anscheinend einen interessierten Investor.«

»Das ist so seltsam«, murmelt Gran. »Ein Investor! Ich habe noch nie davon gehört, dass die Grundstücksgesellschaft einem Farmer sein Land wegnimmt, um es an einen Investor zu verkaufen.«

Dad nickt abwesend. »Ja, das ist neu. Es kann daran liegen, dass es eine neue Geschäftsführung gibt. Sie bedauern es sehr, angeblich.« Er schnaubt verächtlich. »Es steht mit den Finanzen wohl gerade nicht zum Besten, und sie wollen sich dieses Angebot nicht entgehen lassen.«

»Verbrecher«, sagt Sarah und reibt sich die Schläfen.

»Und dieser Investor bietet so viel«, sagt Mom, »dass wir bestimmt nicht in der Lage sind, ihn zu überbieten. Selbst wenn wir alles zusammenkratzen, das schaffen wir nicht.«

»Wie viel?«, frage ich und überschlage meine Kontostände im Kopf.

»Vier Millionen ungefähr«, antwortet Dad bitter. »Was mir allerdings viel zu hoch erscheint. Es sei denn, sie hätten unerwartet von einer Goldmine auf unserem Land erfahren.«

»Verdammt«, sage ich. »Wozu gibt es denn Banken? Sie sollen uns einen Kredit geben!« Die Aussicht, Three Oaks zu verlieren, ist so unvorstellbar, dass mich Wut und Angst wie eine riesige Welle überrollen.

»Das ist völlig unmöglich«, sagt Gran. »Einen so hohen Kredit gibt uns keine Bank der Welt.«

»Das heißt vielleicht, dass wir am Ende in die Stadt umziehen müssen, in einen dieser schrecklichen Wohnblöcke«, schluchzt Sarah und wischt sich mit der Hand über die Augen.

»Gabbi!«, sagt Lilly mit piepsiger Stimme und streckt ihre Arme nach mir aus. Sarah hebt sie auf meinen Schoß.

»Ich will, dass meine Tochter mit Hühnern und Katzen und Natur drum herum aufwachsen kann, so wie ich auch«, sagt sie leise und putzt sich geräuschvoll die Nase.

Dad lächelt traurig. »Das wünschen wir uns alle. Aber reden wir nicht länger darüber. Ich schreibe morgen einen Brief an die Geschäftsführung und fordere sie dazu auf, mir Zahlen und Fakten zu schicken. Vielleicht fällt uns dann doch noch etwas ein.«

»Was dagegen, wenn ich morgen mal hinfahre und mir diesen Typen vorknöpfe?«, frage ich.

»Tut mir leid, Gabriel«, sagt Dad ernst. »Ich glaube, das möchte ich lieber allein in Ordnung bringen.«

Ich sehe ihn an und nicke. Dad hat seinen verdammten Stolz. Und er kann wirklich stur sein. Trotzdem wird er mich nicht davon abhalten können, mit allen Mitteln um Three Oaks zu kämpfen.

CHIARA

Charlotte ist in den frühen Morgenstunden weggefahren. Ich habe gehört, wie die Haustür ins Schloss fiel, und dann das Motorengeräusch, das sich rasch entfernte. Ich habe mir die Decke über den Kopf gezogen und einfach weitergeschlafen, solange ich nur konnte. Aber das fiel mir ohnehin nicht schwer. Seit meiner Ankunft in Colorado schlafe ich wie ein Stein. Es muss die Höhenluft sein, und ich schätze, dass sich mein Körper die Erholung verschafft, die er nach den nervenaufreibenden Wochen dringend braucht.

Jetzt ist es allerdings höchste Zeit, aufzustehen. Bestimmt erwarten die süßen Schäfchen schon sehnlichst ihr Frühstück. Ich beschließe, mir die Dusche für später aufzusparen – nicht aber das Anziehen. Man weiß ja nie, wen der Wind als Nächstes auf unsere Farm weht … In meinem Kleiderschrank liegen jetzt ein paar hübsche warme Pullis, die ich gemeinsam mit Charlotte erstanden habe. Ich entscheide mich für einen roten. Dann fahre ich mir noch schnell mit der Bürste durch die Haare, reiße die Zimmertür auf – und lande um ein Haar auf der Nase.

Vor meiner Tür liegt Massimo, in der würdevollen Position einer Sphinx. Er hebt seinen Kopf und sieht mich mit dem Ausdruck reinsten Glücks an. Seine Rute klopft auf den Boden. Ich bin überwältigt von diesem unerwarteten Anblick. »Sag jetzt nicht, dass du auf mich aufpasst?«, murmle ich, während er aufsteht und mich anstupst. Was für eine zärtliche Berührung!

»Okay, ich glaube, du bist doch irgendwie ein netter Hund«, sage ich lächelnd. »Vielleicht können wir ja zumindest gut miteinander auskommen.« Wir gehen gemeinsam nach unten, und als Massimo mir auch dann nicht von den Fersen weicht, als ich in den Schafstall gehe, wird mir noch ein bisschen wohler ums Herz.

»Du bist wohl mein Beschützer oder mein Stalker«, sage ich, als ich die Stalltür aufschiebe.

Die Schafe blöken mir entgegen, und mein schlechtes Gewissen zwickt unangenehm. Morgen, ganz bestimmt, stelle ich mir den Wecker!

Nachdem auch Massimos Napf gefüllt ist, bereite ich das Frühstück für mich zu. Von dem Platz am Fenster fällt mein Blick auf den sonnenbeschienenen glitzernden Schnee und weckt eine unbändige Lust in mir, den Tag draußen zu verbringen.

In diesem Moment vibriert mein Handy. »Na, wie geht's denn so?«, meldet sich die muntere Stimme meiner Schwester. Sie klingt so nah, als wäre sie direkt um die Ecke.

»Es ist einfach nur wunderbar!«, sage ich und nehme schnell einen großen Schluck von meinem dampfenden Kaffee. Ich kenne meine Schwester zu gut. Denn jetzt will Lo so ziemlich alles bis ins letzte Detail hören, auch über Gabriel. Zielgenau steuert sie damit auf meine dumme kleine, alberne Schwäche für diesen Kerl zu. Und irgendwann verrät mich der Ton in meiner Stimme.

»Er gefällt dir also«, sagt sie wie ein Kommissar im Vorabendkrimi. »Und warum besuchst du ihn dann nicht auf seiner Farm und lernst seine Familie kennen? Schließlich hat er dich eingeladen!«

»Das wäre keine gute Idee«, sage ich, und dann erzähle ich ihr entgegen aller Vorsätze doch von dem Foto.

»Ist es nicht schrecklich?«, frage ich schließlich und weiß selbst nicht, ob ich damit auf die Tatsache anspiele, dass ich erstens so blöd bin, mich zu solchen Gefühlen hinreißen zu lassen, oder dass ich so blöd bin, ausgerechnet ihr davon zu erzählen.

»Oh Chiara …! Du musst dir doch nur ein einziges Mal den Richtigen aussuchen! Einen ehrlichen, ungebundenen Kerl zum Heiraten«, seufzt Lo, und mir fällt plötzlich auf, wie schwer sie atmet und dass das wahrscheinlich nicht nur vom vielen Reden kommt.

»Ist eigentlich alles in Ordnung bei dir?«, frage ich besorgt. Meine Hand umklammert das Handy und ich wünsche mir in diesem Moment nichts mehr, als bei Lo zu sein, die in der Backstube steht und, wie ich sehr gut im Hintergrund hören kann, nebenher Eischnee schlägt.

»Aber klar, ich fühle mich prächtig!«, sagt sie unbekümmert. »Ehrlich. Ich teste hier übrigens gerade ein Rezept, das ich in einem alten Backbuch gefunden habe. Es kommt mir ein bisschen wie die *Fioretti di Neve* von Nonna Elsa vor.«

»Tatsächlich?«, sage ich und merke, wie meine Hände feucht werden.

Lo seufzt. »Zu schade, dass Nonna ihre Rezepte nie aufgeschrieben hat. Ich meine, sie konnte ja nicht schreiben, aber es wäre wundervoll gewesen, sie hätte ihre Schätze irgendwie an uns weitergegeben.«

»Ja«, sage ich und fühle mich ziemlich schlecht.

»Sicher hätte sie es getan, wenn sie nicht so überraschend gestorben wäre«, fährt Lo nachdenklich fort.

»Bestimmt.« Jetzt fühle ich mich noch viel miserabler. Ich denke an das kleine gelbe Heft, das in meiner Handtasche mitgereist ist. Nicht nur, weil es ein Stück Heimat ist, ohne das ich keinen Schritt ins Flugzeug gemacht hätte. Lo würde mich umbringen, wenn sie wüsste, welches Rezept darin notiert ist.

»Ich muss Schluss machen!«, sagt Lo. »Sie brauchen mich vorne im Laden!«

»Pass auf dich auf«, sage ich, und wir legen auf.

Dann renne ich die Treppe nach oben in mein Zimmer. Das Heft liegt im Schrank, unter meinen brandneuen Spitzenslips, die ich aus Trotz eingepackt habe, obwohl das hier alles andere wird als eine Hochzeitsreise. Ich setze mich aufs Bett und schlage das Heft auf.

Es ist schon eine ganze Weile her, seit ich darin gelesen habe, und trotzdem kenne ich jede Seite in- und auswendig. Ich blättere bis zum Ende, und da sind sie: *Fioretti di Neve alla Nonna.*

Meine Finger fahren die unbeholfenen Buchstaben von Nonna Elsas Schrift nach. Sie hat die Rezepte mit meinem Schulfüller geschrieben, weil es ganz besonders schön aussehen sollte. In ihrem Haushalt gab es nur Bleistifte. Ich hätte ihr einen Füller schenken sollen, denke ich jetzt und seufze traurig.

Ich trage dieses kostbare Erinnerungsstück nun schon so lange mit mir herum, und noch nie habe ich mich dazu durchringen können, eines der Rezepte auch wirklich auszuprobieren. Es war die Angst, die mich all die Jahre zurückgehalten hat. Die Angst, dass mich die Trauer um Nonna wieder so überwältigt wie damals und dass mein Leben dann aufhört, zu funktionieren. Schließlich habe ich so hart daran gearbeitet, alle Erinnerungen an diese Zeit auszulöschen. Aber hier, viele Tausend Meilen entfernt von dem Ort, an dem ich die schönsten Sommer meiner Kindheit verbracht habe, ist es anders. Ich verspüre den Mut, endlich damit zu beginnen. Darauf hatte ich insgeheim gehofft. Und was würde besser zu dieser Jahreszeit passen als das wunderbare mit einer zarten Vanille-Pistazien-Creme gefüllte Gebäck in Form einer mit Puderzuckerschnee bestreuten Blüte. Mein Herz klopft wild vor Freude. Bis vor wenigen Minuten war mir noch ziemlich unwohl gewesen bei dem Gedanken, dass ich Giovanni heute nicht besuchen kann. Er hat eine Reihe wichtiger Untersuchungen, auf deren Ergebnis wir alle schon richtig gespannt sind. Ich hatte befürchtet, dass mir die Zeit elend lang werden würde. Aber jetzt sehe ich plötzlich ganz deutlich vor mir, was ich mit diesem fantastischen Tag anfangen werden. Zuerst durchforste ich die Küche auf Black Dog Lands nach den nötigen Zutaten. Anschließend mache ich eine kleine mutige Expedition zum Supermarkt, um mich vermutlich in den Gängen des gigantischen *Safeway* hoffnungslos zu verirren. Irgendwann werde ich alles gefunden haben, und der Spaß kann losgehen. Aber dann kommt mir noch eine Idee in den Sinn … Ich denke an Bonnies Auftrag. Ich kann hier nicht einfach nur einsam vor mich hin backen! Davon wird mein Liebesleben auf keinen Fall bunter und reicher! Ich halte inne. Wie wäre es mit einer Kombination der aktuell verlockendsten Pläne in meinem Leben: Vor dem Backen mache ich einen Spaziergang zu meinem attraktiven Nachbarn. Der Gedanke, ihn etwas näher kennenzulernen, ist zugegebenermaßen ziemlich cool. Vielleicht kann er mir am Ende sogar etwas borgen. Auch wenn ich es für eher unwahrscheinlich halte, dass ein Cowboy in seiner Küche so etwas wie Puderzucker vorrätig hat.

Ich überlege nicht mehr lange. Immerhin hat mir Charlotte eingeschärft, Massimo mindestens zwei Stunden am Tag kräftige Bewegung zu verschaffen, weil er sonst aus lauter Langeweile wertvolle Teile der Wohnungseinrichtung zerlegt, was ich unter allen Umständen vermeiden sollte.

Ich spüle das Frühstücksgeschirr, dusche und schminke mich – aber nur dezent, damit es gegenüber Dave nicht zu sehr danach aussieht, als wäre die Sache geplant. Massimo, der sowieso die ganze Zeit an meinen Fersen klebt oder mir dermaßen im Weg herumliegt, dass ich ständig über ihn zu stolpern drohe, flippt aus, sobald ich in den Flur gehe und die Leine vom Haken nehme.

»Oh, bitte nicht«, wehre ich ihn ab, als er mir einen feuchten Hundekuss auf den Unterarm drückt. Ich schließe die Haustür hinter mir ab, und dann gehen wir los. Ein Weg führt an der Hügelkette entlang hinüber zur nächsten Farm. Dank der Holzpflöcke, die alle paar Meter aus dem tiefen unberührten Schnee hervorragen, kann ich seinem Verlauf problemlos folgen. Ich schreite mit meinen neuen braunen Stiefeln kräftig aus und freue mich richtig, dass ich sie gekauft habe. Im Gelände trittfest unterwegs zu sein ist wirklich eine gute Sache.

Es ist so friedlich hier oben. Nur das laute Rauschen des Cold Creek unter uns im Tal ist zu hören, und ab und zu das Wiehern eines Pferdes. Ich male mir aus, wie schön es hier im Sommer sein muss, wenn die Wiesen mit Millionen von Wildblumen übersät sind. Giovannis Entscheidung, Deutschland den Rücken zu kehren und hierherzukommen, erscheint mir auf einmal gar nicht mehr so verrückt. Ich kann mir gut vorstellen, wie er sich gefühlt hat, als er die Weite der Landschaft und die majestätischen Schneegipfel zum ersten Mal vor sich sah. Das war auf einer Reise nach seinem Studium gewesen, und seither ging er uns allen mit seiner Schwärmerei gründlich auf die Nerven. Bis er dann Nägel mit Köpfen machte und hierherzog und damit eine mittelschwere Familienkrise auslöste.

Auch auf mich verfehlt die Weite und Ruhe der Landschaft nicht ihre Wirkung. Nach langer Zeit fühle ich mich zum ersten Mal vollkommen gelassen, froh und zuversichtlich. »Alles wird gut!«, rufe ich Massimo zu und breite die Arme aus. Er bleibt stehen und wirft mir einen Blick zu, dem ich seinen Gedanken zu entnehmen glaube: arme Irre.

»Blöder Hund!«, sage ich und werfe einen Schneeball nach ihm.

Ich habe absichtlich darauf verzichtet, Dave vorzuwarnen. Es soll so lässig aussehen, als wäre ich ganz zufällig in der Gegend. Einem Kerl, der sich ohnehin als Gottesgeschenk für die Weiblichkeit betrachtet, muss man nicht unbedingt erzählen, dass man extra seinetwegen einen Umweg geht. Nach einer Weile kommen mir allerdings Zweifel. Was, wenn er am Ende nicht zu Hause ist? Schließlich habe ich keine Vorstellung davon, was er den ganzen Tag über macht.

Ach, und wennschon. Notfalls kehre ich um, und es war einfach ein schöner Spaziergang.

Aber ich hätte ganz unbesorgt sein können, wie sich kurz darauf herausstellt. Und Massimo, der plötzlich losrennt, sobald wir uns Daves Farm nähern, vermasselt den Überraschungseffekt sowieso. Dave grinst, als ich Minuten nach Massimo eintreffe.

»Hi Chiara! Warte, ich komme gleich!« Er steht in einer Ecke des Hofs und streicht einem dunkelbraunen Pferd eine Paste auf das Vorderbein. Dass das Pferd von dieser Aktion nicht gerade begeistert ist, kann ich auch ganz ohne einen Hauch von Pferdeverstand erkennen. Das Tier hat die Ohren angelegt und stakst nervös herum. Aber Dave lässt sich davon nicht aus der Ruhe bringen.

Massimo hat mittlerweile eine Rauferei mit einem braunweiß gefleckten Hund angefangen. Irgendwie fühle ich mich verpflichtet einzuschreiten und lange nach Massimos Halsband, aber dieses Biest ist wirklich schneller, als man denkt.

»Mach dir keine Sorgen. Chipper und er sind beste Freunde!«, ruft Dave mir zu.

Ich drehe mich um. Er blinzelt mir lächelnd zu und fährt mit seiner Arbeit fort.

Mir bleibt also nichts anderes übrig, als zu warten und dabei so zu tun, als betrachtete ich die Umgebung. Irgendwo muss ich mit meinen Blicken schließlich hin. Ich kann nicht die ganze Zeit auf Daves kräftige Armmuskeln starren. Gestern, unter seiner Jacke, waren sie nur zu erahnen. Aber jetzt in Hemd und Weste kommen sie voll zu Geltung, und ich bin ziemlich beeindruckt.

Schließlich reiße ich mich von seinem Anblick los und marschiere auf den Stall zu. Ich habe keine Ahnung von Pferden. Aber wer weiß, vielleicht ändert sich das ja genau heute.

Das Haus, dessen Dach wir von Black Dog Lands aus sehen können, ist nur zum kleineren Teil ein Wohnhaus. Weitaus größer ist der Stall, aus dessen Fenstern mir einige Pferde mit neugierigen Augen entgegenblicken. Ich pirsche mich an ein dunkelbraunes heran und streichle ihm vorsichtig über die Nüstern. Sie sind weich wie Samt und ganz zart. Aber dann schnaubt das Pferd plötzlich, und ich ziehe meine Hand erschrocken zurück.

»Na, gefallen sie dir?«, ruft Dave. Ich drehe mich zu ihm um. Er scheint meine Tollpatschigkeit nicht bemerkt zu haben.

»Ja, sie sind hübsch«, sage ich und schlendere zu ihm hinüber.

»Nett, dass du vorbeikommst!« Dave hebt die Augenbrauen und grinst breit. »Ist es ein Notfall? Oder einfach so …?«

Ich verschränke die Arme und erwidere sein Lächeln. »Wollte mal schauen, was ein Cowboy im Winter macht!«

»Der hat eine Menge zu tun!« Die Grübchen neben seinen Mundwinkeln vertiefen sich. »Aber für eine schöne Frau unterbricht er gerne seine harte Arbeit.«

Mein Herz macht einen Satz. »Okay?« Ist das der Colorado-Style, jemanden zu einem Date einzuladen, oder was erwartet mich jetzt?

»Ich bringe rasch diesen Burschen in den Stall, und dann … ich könnte dir ein bisschen was von der Gegend zeigen.«

»Welche Gegend?«, frage ich misstrauisch. Wenn er damit den Whirlpool meint, den ich schräg neben dem Wohnhaus entdeckt habe, dann – dann hat er sich geschnitten. Dann drehe ich sofort auf dem Absatz um und gehe nach Hause.

Dave lacht, als würde er sich über meine Begriffsstutzigkeit wundern. »Das Tal mit seinen Canyons, den rauschenden Creek, die verschneiten Wälder, süße Rehe … lässt das dein Herz höher schlagen? Und nebenbei kannst du so viele Fotos machen, dass deine hunderttausend Follower grün vor Neid werden.«

Sein spöttischer Blick gefällt mir nicht, oder … doch, er gefällt mir. Er bringt mich zum Lachen.

»Jetzt bilde dir mal nicht zu viel ein«, sage ich. »Es gibt auch noch andere schöne Orte auf der Welt.«

»Aber dieser Ort«, sagt Dave im Brustton der Überzeugung, »dieser Ort ist magisch. Besonders im Winter.«

Ich sehe ihn prüfend an, aber er meint es wirklich so. Prima, dann steht einem entspannten Sightseeing mit meinem Nachbarn wohl nichts mehr im Wege.

»Gut«, sage ich. »Bei Magie bin ich immer dabei.«

Wir verfrachten Massimo und Chipper auf die Rückbank von Daves Pick-up und steigen ein.

»Warst du schon unten am Creek?«, fragt mich Dave, die Hand schon am Zündschlüssel.

»Nein, nicht richtig. Ich habe ihn nur gesehen.«

»Okay, dann fahren wir erst mal nach unten ins Tal.«

Wenige Minuten später biegt Dave auf die Straße unten im Tal und dann gleich auf einen Parkplatz neben dem Creek.

Das Rauschen ist ohrenbetäubend, als wir ans Ufer treten, und ich schaue fasziniert auf das glasklare Wasser, das schnell und in kleinen, schäumenden Wirbeln dahinfließt.

Ein Kajakfahrer am Ufer zieht sein Boot aus dem Wasser.

»Ab hier wird es zu wild«, sagt er grinsend und deutet flussabwärts.

»Im Sommer haben die Leute hier einen Riesenspaß«, sagt Dave. »Sie setzen sich auf diese aufgeblasenen donutförmigen Schläuche, die es dann überall zu kaufen gibt, und lassen sich talwärts treiben. Das musst du dir anschauen!«

»Du meinst, ich sollte im Sommer wiederkommen?«

»Unbedingt«, sagt er lächelnd und zieht die Augenbrauen hoch. »Sonst verpasst du was.«

Ja, schon klar. Aber zu meiner Überraschung sagt Dave: »Dann blühen Millionen von Wildblumen.«

Wie süß. Der wilde Cowboy ist ein Blumenliebhaber. Ich seufze. »Ja, davon habe ich schon gehört. Ich liebe Blumenwiesen!«

»Außerdem sind dann auch die Braunbären wach.« Dave gibt ein Brummen von sich und lacht, als ich ihn stirnrunzelnd anschaue. »Nicht lustig?«

»Nein«, sage ich. »Definitiv nicht.«

Weil ich mich viel zu sehr auf Dave konzentriere, kriege ich den Moment nicht mit, als Massimo und Chipper ins Wasser gehen.

»Hilfe!«, rufe ich. »Raus da, ihr zwei!«

»Ach, lass sie«, sagt Dave. »Die wollen ihren Spaß.«

Es dauert dann auch nicht lange, bis die Hunde wieder an Land kommen. Ich gehe vorsorglich aus dem Weg, als sie sich ausgiebig schütteln und die Wassertropfen nach allen Seiten spritzen. Dave geht zum Auto und zieht ein großes Frottiertuch vom Rücksitz. Er rubbelt den beiden kurz übers Fell und scheucht sie ins Auto.

»Komm«, sagt er zu mir. »Du sollst noch viel mehr sehen!«

Als wir bergauf fahren, kühlt es im Auto merklich ab.

»Sorry, die Heizung funktioniert nicht optimal.« Dave greift hinter sich und zieht eine Steppjacke von der Rückbank.

»Hier, zieh das an«, sagt er. »Ich habe sowieso immer eine Extrajacke dabei. Bei uns kann sich das Wetter nämlich blitzschnell ändern.« Er deutet aus dem Fenster in den strahlend blauen Himmel. »Kann sein, dass es in drei Stunden schneit wie die Hölle.«

Ich schüttle ungläubig den Kopf. »Wirklich? Es ist doch keine einzige Wolke am Himmel! Und windig ist es auch nicht!« Er denkt wohl, er kann mir hier einfach jeden beliebigen Bären aufbinden. Nicht mit mir!

Dave quittiert meinen Einwand mit einem nachsichtigen Lächeln. Ich kann diese Sorte Lächeln nicht ausstehen, und mir liegt eine patzige Antwort auf den Lippen. Aber dann erinnere ich mich gerade noch rechtzeitig daran, dass er mir seine schöne warme Jacke, in die ich mich gerade hineinkuschle, wie ein echter Gentleman überlassen hat. Außerdem gefallen mir seine Grübchen immer besser.

»Du wirst es herausfinden«, sagt Dave schließlich und zuckt mit den Schultern. »Dieses Land ist voller Überraschungen.«

»Was du nicht sagst.«

»Du glaubst mir wohl gar nichts?« Seine hellen Augen funkeln angriffslustig, als hätte ich ihn gerade zu einer handfesten Rauferei herausgefordert.

»Nicht alles, jedenfalls«, sage ich und starre auf meine schmutzigen Fingernägel. Morgen würde ich bei der Stallarbeit Handschuhe tragen. So viel ist klar.

Dave mustert mich von der Seite, als sähe er einem Goldhamster bei der Fellpflege zu.

»Du bist echt süß«, sagt er mit breitem Grinsen.

Ich lasse die Hände sinken und starre ihn an. »Willst du nicht besser auf die Straße schauen?«, frage ich genervt. »Und nenn mich bitte nie wieder süß!«

Wenn ich ehrlich bin, wollte ich schon immer, dass mich jemand süß findet. Aber es muss ja nicht ausgerechnet dieser selbstzufriedene Kerl sein, der glaubt, ein süßes Mädchen aus der Stadt von oben herab behandeln zu können.

»Okay, Boss«, sagt Dave mit einem Grinsen und sieht nach vorne auf die Straße.

Dann wäre das also geklärt. Ich lehne mich zurück und betrachte die Landschaft. Als Nächstes werde ich ihm beweisen, wie cool ich mich in der Wildnis bewege – nehme ich mir jedenfalls vor.

Ein paar Kurven weiter stelle ich fest, dass Dave einfach der beste Reiseführer ist, den man sich vorstellen kann. Auch wenn ich mich ab und zu dabei ertappe, wie sich mein Blick eher von ihm als von der Landschaft anziehen lässt, weiß ich schon jetzt so viel über diesen Teil der Rocky Mountains, als hätte ich Monate hier verbracht. Und jetzt bin ich mir auch sicher, dass es stimmt, was er vorhin gesagt hat. Dieses Tal mit seinen Dutzenden von kleinen Seitentälern, den *Canyons*, ist ein magischer Ort im Winter. Ein glitzerndes Wunderland in Breitbildformat.

Plötzlich tritt Dave vorsichtig auf die Bremse. »Psst!«, sagt er und zeigt auf eine Senke, über die gemächlich ein Elchbulle schreitet. Vorsichtig steigen wir aus dem Auto aus. Der Anblick des riesigen Elchgeweihs verschlägt mir den Atem. Einen Moment lang steht der Bulle regungslos da, den Kopf in unsere Richtung gewendet. Hat er uns entdeckt? Aufgeregt sehe ich zu Dave hinüber. Aber er bedeutet mir mit einer kleinen Geste, Ruhe zu bewahren. Eine ganze Herde folgt jetzt dem Bullen. Ich zücke mein Handy. Was für ein gelungenes Foto! Ich schicke es sofort an Bonnie und Lo.

Und dann rennt die Herde mit einem Mal los. Schnee stiebt auf, ein dumpfes Grollen liegt in der Luft, und die Erde scheint zu beben. Äste krachen, als die Tiere im Wald verschwinden, und dann ist der Spuk vorbei. Mein Herz flattert.

»Na, beeindruckt?«, höre ich Dave vergnügt neben mir.

Ich drehe mich zu ihm um. »Meine Güte! Wie schnell sie sind! Und sie waren so nah!«

Massimo, der meine Aufregung bestimmt spürt, kommt zu mir und drückt sich gegen mein Bein. Was für eine freundliche Hundegeste. Ich tätschle ihm dankbar den Rücken. Wenn das so weitergeht, werde ich am Ende noch sein größter Fan.

Dave und ich steigen wieder ein und fahren weiter. »So ganz geheuer war dir das eben nicht, oder?«

»Es war schon … ein bisschen unheimlich«, gebe ich zu und werfe vorsichtshalber auch gleich noch einen Blick zurück. Aber nichts regt sich, die Winterwelt liegt friedlich vor meinen Augen, als wäre nichts geschehen.

»Vorsicht ist auf jeden Fall gut«, sagt Dave. »Wenn so ein Tier losrennt, möchtest du auf keinen Fall im Weg stehen.«

Wir fahren weiter, und Dave erzählt mir unterwegs von einem bekannten Skiort, in dem Elche regelmäßig die Hauptstraße heruntertraben. Manchmal treiben sie sich sogar auf dem Supermarktparkplatz herum.

»Ein Kumpel von mir ist Ranger«, sagt er. »Und du würdest nicht glauben, wie viel Ärger er mit Leuten hat, die sich einbilden, man könnte so ein Tier einfach mal anfassen. Jedes Jahr verteilt er deshalb ein paar saftige Geldstrafen.«

Ich starre ihn ungläubig an. »Man muss Strafe zahlen, wenn man einen Elch streichelt?«

»Ja. Kein Scherz. Die Tiere sind wirklich unberechenbar.«

Er wirft mir einen kurzen Blick von der Seite zu. »Wenn du was Großes streicheln willst, nimm … ein Pferd.«

Auch wenn er manchmal selbstgefällig erscheint, ich mag die Art, wie er mit mir flirtet.

Wenig später erreichen wir die nächste Kleinstadt. Dave deutet auf ein anheimelndes Blockhaus, dessen Fassade hinter roten und goldenen Lichterketten förmlich verschwindet.

»Ich als dein persönlicher Reiseführer empfehle jetzt einen Stopp im Block House Café.«

»Gute Idee«, sage ich erleichtert. Tatsächlich könnte ich etwas Warmes vertragen, einen Kaffee und vielleicht auch etwas Süßes …

»Such du einen Tisch aus und lass mich bestellen, okay?«, sagt er, als wir das Café betreten haben. »Was trinkst du?«

»Einen großen Cappuccino«, antworte ich. Während ich mich noch aus seiner Jacke schäle, ist er schon an der Theke und bestellt. Chipper und Massimo haben sich zuvor aus der Wasserschüssel am Eingang bedient, und jetzt liegen sie unter dem Tisch und stecken ihre Nasen ins Fell. Ich lehne mich zufrieden zurück und lasse meinen Blick durch das anheimelnde Innere des Cafés wandern. An den unverputzten Holzwänden hängen alte Schwarz-Weiß-Aufnahmen von Cowboys bei der Arbeit. In der Ecke flackert ein Kamin munter vor sich hin, und im Hintergrund dudelt *White Christmas*. Wäre ich eine Katze, würde ich vor Wohlbehagen schnurren.

Dave kommt mit unserem Kaffee zurück. Kaum haben wir die ersten Schlucke getrunken, bringt uns die Bedienung zwei Teller mit frischen Pancakes. Sie sind fluffig und lecker, und wir essen sie natürlich triefend vor Ahornsirup.

»Ich glaube, ich schaffe das nicht«, stöhne ich nach dem dritten Pancake.

»Ich glaube, dass das eine verdammte Lüge ist«, sagt Dave mit einem charmanten Lächeln.

Sobald ich mich später auf dem Beifahrersitz wieder in Daves Jacke kuschle, merke ich, wie mich mit einem Mal eine schwere Müdigkeit überfällt.

»K. o.?«, fragt Dave und sieht mich von der Seite an. »Ich sollte dich besser nach Hause bringen.«

»Keine Eile«, sage ich und unterdrücke gleichzeitig ein Gähnen. »Hast du nicht noch etwas von einem See erwähnt?«

»Stimmt, der Grand Lake liegt ohnehin auf unserem Rückweg. Und ich verspreche dir, es lohnt sich. Da gibt es in diesen Tagen die schönsten Eiszapfen der Welt zu sehen.«

Als wir dort ankommen, hat die Dämmerung schon eingesetzt, und die Szenerie erinnert an ein romantisches Gemälde aus vergangener Zeit. Der See liegt still und glitzernd vor uns. Zwei dick eingemummte Gestalten überqueren ihn gerade auf

Schneeschuhen, und zwei Hunde folgen ihnen. Wir gehen ein Stück am See entlang. Wie Dave es angekündigt hat, hängen von einigen Bäumen am Ufer Eiszapfen, die länger sind als meine Arme. Die letzten Sonnenstrahlen lassen sie rötlich glühen.

»Fantastisch«, sage ich.

»Oh, fantastisch!«, echot Dave. Aber er meint etwas anderes. Er ist in die Hocke gegangen und studiert Spurenabdrücke im Schnee.

»Da haben wir mal einen Berglöwen … Ein ausgewachsenes Tier … ziemlich schwer … wahrscheinlich ein Männchen«, sagt er und schaut sich mit einem prüfenden Blick um, als erwarte er, dass das Monster irgendwo hinter einem Baum steht.

»*Diavolo!*«, sage ich panisch. »Schnell! Lass uns weiterfahren!«

Dave betrachtet mich entspannt. »Weißt du, die Spur ist schon mindestens acht Stunden alt«, sagt er.

Aber es ist mir egal, was er sagt. Ich will hier weg.

»Komm!«, sage ich und greife nach seinem Arm. Ich versuche, ihn in Richtung des Autos zu ziehen. Aber genauso gut könnte ich versuchen, das Kolosseum in Rom umzuschubsen.

Dave lacht, als hätte ihn eine Ameise gekitzelt.

»Schnell!«, flehe ich. »In meinem Buch steht, dass sie in der Dämmerung jagen!«

»Okay! Ich bringe dich in Sicherheit.« Bevor ich begreife, was geschieht, beugt er sich vor und hebt mich mühelos hoch. Mir bleibt für einen Moment die Luft weg.

Es schüttelt mich so durch, als Dave zum Auto sprintet, dass ich mit einer Hand nach seiner Schulter fasse und mich daran festkralle.

»Autsch!«, ruft er und lacht.

Am Auto angekommen lässt Dave mich heruntergleiten. Er grinst mich schwer atmend an und streicht mir mit beiden Händen die Haare aus dem Gesicht. Einen Moment lang starre ich ihn an. Dann steige ich ein und schlage die Tür zu. Die beiden Hunde auf der Rückbank protestieren mit einem leisen Winseln.

»Sorry, Jungs!«, seufze ich. Dave so nah gewesen zu sein lässt mein Herz wie verrückt hämmern, und ich sehe ihn nicht an, als er einsteigt und die Tür zuzieht. Bevor er den Zündschlüssel umdreht, zögert er einen Moment.

»Alles gut?«

»Natürlich!«

Der Motor springt an, und die Musik spielt leise. Dave summt mit. Auf seinen Lippen liegt ein kleines Lächeln. Er ist unwiderstehlich.

Madonna! Ja, ich weiß, ich bin eine Katastrophe, und wahrscheinlich wird wieder alles schiefgehen, und dann wird mein Leben noch chaotischer, als es sowieso schon ist – aber ich will, dass er mich küsst.

CHIARA

Ich hatte es ja geahnt. Das Leben auf Black Dog Lands ist nichts für schwache Nerven. In der Nacht wache ich von einem schauerlichen Geräusch auf. Es ist ein seltsames Kreischen, untermalt von Knurrlauten. Die Haut in meinem Nacken prickelt, und ich fühle jedes einzelne Härchen, als ich in die Dunkelheit lausche. Mein Herz rast. Was ich höre, klingt nicht nach einem Bären, der aus der Winterruhe erwacht ist. Auch nicht nach einem Berglöwen. Es ist ein kleineres Tier, aber trotzdem … ich gleite zitternd aus dem Bett und husche zur Zimmertür. Bitte, lieber Gott, lass ihn da sein, bete ich. Ich öffne die Tür, und dahinter liegt tatsächlich Massimo, eine riesige schwarze, kuschelige Kugel. Ich könnte heulen vor Erleichterung. Jetzt hebt er den Kopf und sieht mich überrascht an.

»Weißt du, was da so schreit?«, frage ich und sehe ihn ratlos an.

Er erhebt sich langsam und schläfrig und schüttelt sich. Sein Blick wandert hoffnungsvoll in das Innere meines Zimmers. Dieser Blick und meine Angst und das Getöse draußen – mir ist mit einem Mal völlig egal, ob Massimo seine schmuddeligen Pfoten auf den gemütlichen Teppich vor meinem Bett legt.

»Komm rein«, sage ich. »Schnell. Mir ist nämlich kalt.«

Massimo wedelt zaghaft mit der Rute, als könnte er sein Glück nicht fassen, und dann nimmt er Anlauf. Er springt direkt auf mein Bett und rollt sich mit einem wohligen Keuchen am Fußende zusammen.

Weil das Getöse genau in diesem Moment wieder losgeht, beschließe ich, ihn erst einmal dort liegen zu lassen.

Und dann endlich fällt es mir ein.

»Natürlich«, seufze ich. »Die Waschbären!« Vielleicht rufen sie nach dem Essen, das ich ihnen nicht gebracht habe?

Ich ziehe meine Decke unter Massimo hervor und kuschle mich ein. Es wäre unfair, meinen treuen Beschützer jetzt, nachdem ich mich beruhigt habe, wieder in die Kälte des Treppenhauses zu verstoßen.

»Ausnahmsweise«, sage ich und schließe die Augen.

Am nächsten Morgen stelle ich eine Schüssel mit Obst hinter den Stall. Von den Krawallmachern ist keine Spur zu sehen, aber ich hoffe, dass sie mit gefülltem Magen in der nächsten Nacht etwas leiser sein werden.

Heute kann ich Giovanni besuchen. Ich freue mich auf diesen Ausflug und fühle mich auch wirklich sehr cool, als ich am frühen Nachmittag mit seinem riesigen Geländewagen über den Highway fahre. Trotz Navi gelingt es mir allerdings, mich gründlich zu verfahren. Als ich endlich das Krankenhaus erreiche, blinkt mein Handy schon und präsentiert mir eine besorgte Nachricht von Giovanni. *Wo bleibst du? Mache mir Sorgen!*

Madonna. Eine halbe Stunde Verspätung, und mein Bruder macht sich *Sorgen.*

»Na endlich!«, sagt Giovanni, als ich völlig außer Atem in sein Zimmer platze. Er sitzt aufrecht im Bett und legt sein Buch zur Seite. Er strahlt mich an, und irgendwas ist anders.

»Irgendwas ist anders«, sage ich und lege den Kopf schief.

»Und wie! Schau her!« Giovanni trägt erstens nicht mehr dieses klein gemusterte Krankenhausnachthemd, sondern ein schwarzes T-Shirt. Und zweitens ist das Gipskorsett weg. Das ist die eigentliche Sensation.

»Super!«, sage ich und wische mir eine Träne aus den Augen. »Heißt das also, dass du bald nach Hause kommst?«

»Yep. Übermorgen schon!«

»Wirklich!« Ich starre ihn begeistert an. Insgeheim hatte ich tatsächlich furchtbare Angst gehabt, dass Giovanni an Weihnachten im Krankenhaus bleiben muss. Und Weihnachten ist immerhin schon nächste Woche.

»Aber jetzt erzähl mal von dir«, wechselt Giovanni das Thema. »Wie läuft es auf der Farm? Hat dich unser Nachbar schon rumgekriegt?«

»Wie bitte?« Ich schnappe nach Luft und spüre, wie ich rot werde.

»Sorry, war nicht ernst gemeint!«, sagt Giovanni. »Ganz so schlimm wie sein Ruf ist Dave wahrscheinlich doch nicht.«

Ich mache es mir in dem kleinen Korbstuhl neben Giovannis Bett bequem. »Dave ist eher ein richtiger Gentleman. Falls du das noch nicht weißt.«

Giovanni wirft mir einen kritischen Blick zu. »Und was genau soll das heißen?«

»Das, wonach es klingt«, entgegne ich schnippisch.

Tja. Es soll heißen, dass er mich nach unserem wundervollen Ausflug auf überraschend förmliche Weise vor meiner Haustür abgesetzt hat. Es gab weder eine Umarmung geschweige denn mehr.

»Hey, wir sehen uns!«, hatte er gesagt. »Es war echt schön mit dir!« Er meinte es ernst, ich sah genau hin. Die Schmetterlinge in meinem Bauch klapperten so laut mit den Flügeln, dass ich dachte, er müsste es eigentlich hören.

»Danke für den Ausflug und für die Einladung!«, hatte ich

mich verabschiedet. Müde ging ich ins Haus und machte mir einen Tee, obwohl mir nicht kalt, sondern heiß war.

»Tja, verwunderlich«, ruft mich Giovanni in die Gegenwart zurück.

Ich zucke mit den Schultern. Großer Gott. Ich kann offensichtlich noch nicht einmal an einen kleinen Flirt *denken*, ohne dass meine Familie ein Wörtchen mitreden will.

»Es geht mich ja nichts an«, sagt Giovanni, »aber …«

»Stimmt! Schön, dass du das auch so siehst.«

Mein Bruder lehnt sich vor und klopft mir beruhigend auf den Arm. »Warte doch mal, Chiara. Bitte hör mir zu, okay?«

»Also gut, schieß los«, sage ich und atme tief aus.

Er lehnt sich wieder zurück.

»Lo und ich haben gestern ziemlich lange telefoniert.« Fein. Dachte ich es mir doch. Immerzu machen sie gemeinsame Sache, wenn es darum geht, sich in mein Leben einzumischen. »Wir sind beide ein bisschen besorgt. Es scheint so, als ob du deine Entscheidungen in letzter Zeit sehr …«, er stockt und sieht mich an wie einen gefährlichen Feuerwerkskörper, der in Kürze explodieren wird, »sehr impulsiv fällst. Ich meine, diese unsinnige, übereilte Hochzeit. Und dann … verliebst du dich Hals über Kopf in den erstbesten netten Kerl, dessen Koffer du versehentlich mitgenommen hast, und als Nächstes verlierst du keine Zeit und treibst dich mit dem berüchtigtsten Frauenhelden von Cold Creek Valley herum …«

Ich beiße mir auf die Zunge und sage nichts. Ich weiß, dass es mein Bruder einfach nur gut meint. Von niemandem sonst würde ich mir diesen Mist anhören.

»Ihr habt gut reden«, sage ich nach einer Weile. Meine Stimme zittert ein bisschen, weil ich wütend und traurig zugleich bin. »Du hast Charlotte, und Lo hat ihre Familie. Und ich bin einfach noch auf der Suche. Mir wäre es doch auch lieber, wenn sich jetzt der Himmel auftäte, und mir Mr. Right vor die Füße fiele!«

»Ja, ist ja gut. Das ist ja alles in Ordnung«, sagt Giovanni besänftigend. »Es ist nur … du bist eine wirklich attraktive Frau. Ich bin sicher, dass es da draußen jede Menge Typen gibt, die es wert sind und – wichtiges Detail – die nicht schon vergeben sind!«

Ich zucke zusammen. Dass Gabriel bereits vergeben ist und wie ich es herausgefunden habe, hat Lo ihm also auch verraten.

»Du brauchst einfach etwas mehr Geduld. Okay?«, schiebt Giovanni hinterher.

»Okay«, sage ich widerstrebend. Aber nur deshalb, damit dieses Gespräch nicht noch Jahre dauert.

»Und Vertrauen«, ergänzt Giovanni mit Nachdruck. Er beugt sich wieder vor, und dieses Mal fährt er mir mit einer unbeholfenen Geste über meine Locken. »Das wird schon, Chiara.«

»Vielen Dank!«, sage ich. »Danke für die Fürsorge und das Coaching und all die brillanten Tipps, aber ich glaube, ich komme ganz gut zurecht.«

Und ich beschließe, von jetzt an geradezu berauschend gut zurechtzukommen. So berauschend, dass es meinen Geschwistern irgendwann richtig peinlich sein wird, mir jemals mit derart überflüssigen Ratschlägen auf die Nerven gegangen zu sein. Alles, was ich dazu brauche, ist ein Plan.

Aber Giovanni hat noch nicht damit aufgehört, mich anzustarren.

»Da ist noch was«, sagt er vorsichtig.

Ich sehe ihn argwöhnisch an.

Mein Bruder lächelt verlegen. »Ja. Ich wollte, dass du es als

Erste erfährst …« Er macht eine Pause und fährt sich verlegen durch die Haare.

Ich halte die Luft an. Wie kann das sein? Ich erfahre endlich einmal eine Neuigkeit vor meiner Schwester? Was für ein Tag ist das heute, bitte schön?

»Ich … also, wir … wie soll ich es sagen. Charlotte und ich, wir werden heiraten … sofern sie Ja sagt, aber davon gehe ich mal aus. Im nächsten Frühling, in Hamburg«, vollendet Giovanni seinen Satz und fügt schnell hinzu: »Aber bitte zerquetsche mich jetzt nicht … es tut alles noch etwas weh.«

Mir fehlen die Worte. Ich japse, und dann nehme ich seine Hand und zerquetsche sie anstelle seiner Rippen. Tränen verschleiern meinen Blick.

Giovanni lacht erleichtert auf. »Du freust dich also auch?«

»Natürlich, was denn sonst, du Dummkopf.« Ich schniefe und wische mir mit dem Ärmel meines Pullovers über die Augen. »Charlotte ist die beste Schwägerin, die ich mir nur wünschen könnte, das hast du großartig angestellt!«

Ich betrachte ihn glücklich, und gleichzeitig habe ich einen verdammt guten Geistesblitz. Er ist so großartig, dass ich es selbst nicht fassen kann. Denn da ist sie, meine Chance. Noch ahnen meine Eltern und Lo nichts … Ich kneife die Augen zusammen und halte Giovannis Hand fest in meiner.

»Und ich übernehme die Hochzeitstorte«, sage ich, als wäre es das Selbstverständlichste von der Welt. Obwohl ich schon jetzt die enttäuschten Gesichter von Lo und Mamma vor mir sehen kann. »Ich verspreche dir, sie wird ganz großes Kino!«

Giovanni lacht und drückt meine Hand. »*Deal.* Und du kannst dich nach Herzenslust austoben. Du weißt ja, ich bin ein echter Fan von deinen Kreationen!«

Wieder möchte ich ihn einfach nur hemmungslos zerquetschen.

Aber ich beherrsche mich und sage feierlich:

»Sehr schön. Es wird mir ein Vergnügen sein.«

Wenig später trete ich aus dem Krankenhaus ins Freie. Sofort erfasst mich eine eisige Windböe, und ich schnappe überrascht nach Luft. Das Thermometer muss um mindestens fünfzehn Grad gefallen sein, während ich bei Giovanni war und ein leichter Schneefall hat eingesetzt. Der arme Massimo!, denke ich mit Schrecken. Bestimmt friert er im Auto ganz jämmerlich!

Doch als ich das Auto erreiche und die Tür aufreiße, empfängt er mich mit fröhlicher Miene. Fröhlich und gleichzeitig auch etwas schuldbewusst. Der Grund dafür ist offensichtlich: Auf dem Beifahrersitz liegen die kläglichen Überreste meiner Handschuhe, die er zu klitzekleinen Fetzen verarbeitet hat. Na, prima. Ich werde also jetzt ohne Handschuhe eine Runde drehen müssen, damit er sein Geschäft erledigen kann. In dieser Eiseskälte. Ich seufze tief. Und nachher steht noch der mindestens einstündige Spaziergang an. Mir klappern jetzt schon die Zähne, und ich schaue besorgt zum Himmel. Der Wind treibt große, dicke Schneewolken vor sich her, und es wird dunkel sein, noch bevor ich zu Hause bin.

Dennoch bin ich auf der Heimfahrt in einer absolut fantastischen Stimmung. Eine Hochzeit in meiner Familie! Wie wunder-wunder-wunderschön! Seltsamerweise schmerzt es weniger als erwartet, dass es nicht meine eigene ist. Diese katastrophale Geschichte mit Leon ist tatsächlich schon so weit weg, als wäre sie in einem anderen Leben passiert. Jetzt gerade ist so viel Neues dran, denke ich, zum Beispiel die Torte. Meine Torte. Vor meinem inneren Auge entstehen bereits die ersten Visionen davon, während ich durch heftigen Schneefall und tosenden Wind gen Süden fahre. Ich bin ziemlich erleichtert, als ich Cold Creek erreiche. Jetzt noch schnell die Zutaten besorgen, und dann schleunigst nach Hause, bevor sich das hier zu einem richtigen Unwetter auswächst.

Ich spüre, wie sich ein triumphierendes Grinsen auf meinem Gesicht ausbreitet, als ich den Blinker setze und auf den Parkplatz des Supermarkts einbiege. Giovanni und Lo, euch erwartet ein Wunder!

GABRIEL

Wir sind schon am frühen Morgen zum Snowboarden nach Breckenridge aufgebrochen, und wieder einmal ist der Ort seinem Weltklasseruf gerecht geworden: Jede Menge *champagne powder* – Pulverschnee vom Allerfeinsten – wartete auf uns. Tayler, mein bester Kumpel aus der Highschool-Zeit, der hier sowieso den halben Winter verbringt, hängte mich bei jeder Abfahrt gnadenlos ab. Aber das war okay. Für mich lief es gut, und ich schwöre, ich spüre jeden einzelnen Muskel meines Körpers. Es ist ein fantastisches Gefühl. Wenn man endlich mal den Kopf freikriegen will, dann ist Snowboarden genau das Richtige. Ich fühlte mich für den Augenblick leicht und sorglos. Und das war mir gerade sehr willkommen. Und Tayler ist die ideale Gesellschaft, wenn es darum geht, eine richtig gute Zeit zu haben und ausnahmsweise keine Probleme zu wälzen.

Trotzdem bin ich froh, dass ich Tayler beim Mittagessen in einem gemütlichen Café von den Problemen meiner Eltern erzählen kann. Seit mein Vater mir die niederschmetternden Neuigkeiten eröffnet hat, zerbreche ich mir den Kopf, wie ich ihm helfen könnte.

»Es soll also alles zusammen verkauft werden?«, fragt Tayler, der immer direkt zur Sache kommt. »Das ganze Land, das zur Three Oaks Farm gehört?«

»So sieht es aus.« Wieder steigt die Wut in mir auf. Bis vor wenigen Tagen hatte ich mir nie Gedanken über diese Sache gemacht. Three Oaks war einfach unsere Farm. In Wahrheit gehört uns aber nur das Haus, in dem wir wohnen, und auch die wundervoll ausgebaute Scheune und der Stall – aber nicht das Land, auf dem das alles steht und das wir bewirtschaften. Dieses Land hat mein Großvater nur gepachtet, auf eine Dauer von achtzig Jahren. Und die sind übernächstes Jahr am Neujahrstag abgelaufen.

»Ich verstehe das nicht. Warum ausgerechnet wir?«, frage ich und trinke einen großen Schluck Wasser.

»Verstehe ich auch nicht«, sagt Tayler und massiert sich nachdenklich den Nacken. »Ich habe von niemandem im Tal oder in den umliegenden Canyons gehört, dem der Vertrag nicht verlängert wurde.«

»Dad hat natürlich ein Kaufangebot gemacht. So weit ihm das möglich ist. Du weißt ja, meine Eltern verdienen mit der Farm nicht gerade Reichtümer.«

Tayler nickt. »Und?«

»Der Typ hat nur müde abgewinkt. Es gibt einen Investor, der bereit ist, eine unvorstellbare Summe zu zahlen.«

»Mann, das klingt nicht gut. Und es klingt außergewöhnlich.« Tayler runzelt die Stirn. »Vielleicht ist das ein professioneller Tick von mir – aber ich denke, man sollte den Typen mal überprüfen. Was, wenn etwas ganz anderes dahintersteckt?«

Ich muss grinsen. Tayler ist Polizist. Es gehört bei ihm einfach dazu, argwöhnisch zu sein.

Aber bevor ich auf seine Frage eingehen kann, werden wir jäh unterbrochen. Auf unseren Handys, die wir neben uns auf dem Tisch liegen haben, ertönt gleichzeitig ein Warnton.

Wir ziehen sie synchron zu uns heran und checken das Display.

»Oh, das sieht verdammt schlecht aus«, sagt Tayler.

»Du sagst es«, erwidere ich.

Wir hatten schon so eine Ahnung gehabt, dass das Wetter im Laufe des Nachmittags umschlagen könnte. Aber jetzt liefert uns die Wetter-App unangenehme Gewissheit. Stark fallende Temperaturen von einem Moment zum anderen in den Rocky Mountains – das geht selten gut aus. Der gesamten Region Denver steht ein Blizzard bevor, der sich mit rasender Geschwindigkeit nähert.

»Lass uns aufbrechen!«

Wenige Minuten später sitzen wir schon im Auto. Die Rückfahrt wird verdammt ungemütlich, genau wie wir befürchtet haben. Dichter Verkehr auf dem Highway und dabei heftiges Schneetreiben. Wir kommen nur im Schneckentempo vorwärts.

Als endlich die Lichter von Cold Creek vor uns auftauchen, bin ich wirklich froh. Ich halte vor Taylers Haus an, und er klaubt seine Sachen vom Rücksitz.

»Du bist sicher, dass du noch nach Hause willst?«, fragt er.

Ich nicke. »Klar. Es ist ja nicht mehr weit.«

»Okay, dann mach los«, sagt Tayler und boxt freundschaftlich gegen meine Schulter. »Demnächst wieder, oder?«

»Gern. So bald wie möglich.« Ein einziges Mal auf dem Brett, und ich bin schon wieder süchtig.

»Cool, freut mich.« Tayler steigt aus und hebt die Hand, als ich losfahre. Nach wenigen Metern sehe ich ihn schon nicht mehr. Der Schnee fällt immer dichter.

Ich fahre Schrittgeschwindigkeit und weiß, dass ich mich beeilen muss. Allerdings muss ich vorher dringend noch etwas besorgen: Medizin für Lilly. Ihr Husten gefiel mir heute Morgen gar nicht. Vielleicht brauchen wir in den nächsten Tagen etwas Stärkeres als das, was Sarah daheim hat. Wenn wir erst mal eingeschneit sind, kann es dauern, bis wir wieder aus dem Tal herauskommen.

Zum Glück habe ich alle Medikamente gleich bekommen. Aber als ich fast schon im Laufschritt zum Ausgang der Mall eile, renne ich beinahe jemanden um. »Sorry«, sage ich. Und dann: »Ach, hallo!« Auch das noch. Es ist April.

»Oh, wohin so eilig?«, fragt sie lachend, stellt ihre mindestens zehn Einkaufstüten ab und fällt mir um den Hals.

»Hallo April!«, sage ich noch einmal. Ich bin total überrumpelt. Mir wird plötzlich unangenehm warm in meinem Skioverall, und ich erwidere ihre Umarmung nicht gerade geschmeidig.

»Ich frage mich«, sagt April und senkt verschwörerisch die Stimme, »wer jetzt wohl eine Kleinigkeit mit mir trinken geht?«

Oh Gott. Ich bestimmt nicht, denke ich. Ich bin doch nicht verrückt.

»Hm, ein anderes Mal wirklich … total gern.« Und mit einem vielsagenden Blick auf ihre wetteruntauglichen Stiefelchen füge ich hinzu: »Du weißt aber schon, dass ein Schneesturm im Anmarsch ist, oder?«

»Ach was, das kann noch Stunden dauern, glaub mir.« Mit ihren blauen Augen sieht sie mich aufreizend lächelnd an. Die wandelnde Katastrophenzone, höre ich Tayler in meinem Kopf sagen. Er kann sich immerhin auf eine authentische Erfahrung am eigenen Leib berufen. Auch wenn seine Affäre mit April nur ein paar Stunden dauerte, sie hat sich offensichtlich für alle Zeiten in sein Gehirn eingebrannt.

Ich zucke bedauernd die Achseln und erwidere ihr Lächeln. »Nimm's mir nicht übel, aber ich sollte besser los.«

»Schade«, sage April und bückt sich nach ihren Taschen.

»Komm, ich trage dir die Sachen zum Auto!«, biete ich an, weil ich nur noch eins will: nämlich weg, bevor diese Begegnung doch noch zu irgendwas führt, was ich Tayler und dem Rest der Welt für immer verschweigen muss. Und außerdem sitzt mir der Blizzard im Nacken.

Draußen auf dem Parkplatz hat der Sturm inzwischen wie befürchtet an Kraft gewonnen. Der Schnee fällt so dicht, als zielte jemand, der den Verstand verloren hat, mit einer Schneekanone auf uns.

April lacht und hakt sich bei mir ein, weil sie mit ihren Absätzen natürlich überhaupt keinen Halt mehr findet, und ich führe sie über den Parkplatz zu ihrem Auto. Sie schmiegt sich dabei dicht an mich.

»Immer schön, dich zu sehen!«, sagt sie atemlos, nachdem ich die Taschen im Kofferraum ihres Wagens verstaut habe.

Aber ich bin in Gedanken ganz woanders. Könnte sein, dass die Straße durchs Tal schon unpassierbar ist, schießt es mir durch den Kopf.

Als hätte sie es gehört, tritt April etwas näher an mich heran.

»Hey, ich meine, du kannst wirklich gern zu mir nach Hause mitkommen. Ich wohne nicht weit von hier. Warum nicht einfach ganz entspannt den Sturm abwarten?« Sie fährt mir mit dem Zeigefinger über die Wange bis zum Kinn. Ich kriege Gänsehaut und spüre, wie mein Widerstand aufweicht. Es ist einfach zu viel Zeit vergangen, seit Juliane aus unserem Bett ausgezogen ist. Ich bin kein Mönch und kein Heiliger.

Mein Puls rast.

Gabriel Anthony, bringe ich mich dann stumm zur Vernunft.

Hör auf. Du hast es hier in wenigen Minuten mit einem ausgewachsenen Blizzard zu tun, der deinen Pick-up innerhalb weniger Minuten unter sich begraben kann. Und du zögerst? Wegen dieser Frau? Das kann nicht dein Ernst sein.

Ich schüttle den Kopf. »Ich fahre jetzt besser.«

»O-kay, deine Entscheidung«, sagt April deutlich eingeschnappt. Sie steigt in ihr Auto und würdigt mich keines Blickes mehr, als sie den Wagen startet und davonfährt.

Während ich darauf warte, dass meine Scheibenwischer den Schnee auf der Windschutzscheibe bewältigt haben, sehe ich eine Gestalt aus der Mall kommen. Sie bewegt sich auf eines der wenigen verbliebenen Autos zu, das ein paar Stellplätze entfernt parkt. Für einen Moment sieht es nicht so aus, als würde sie es jemals schaffen. Sie schleppt eine schwere Tasche mit Einkäufen und stolpert gegen den Sturm an. Ich will schon aussteigen und meine Hilfe anbieten, da vibriert mein Handy.

»Hi, wo steckst du?« Sarah klingt besorgt.

»Vor der Crossroads Mall«, antworte ich und sehe, wie die dick vermummte Person schließlich ihr Auto erreicht.

»Sag bitte nicht, dass du extra für die Hustenmedizin angehalten hast.«

»Doch«, gebe ich zu. »War ja kein Umweg.«

»Ist das zu fassen?« stöhnt Sarah. »Jetzt mach, dass du nach Hause kommst!«

»Bin ja schon unterwegs!« Mit diesen Worten lasse ich den Wagen an und folge dem Auto vor mir in Schrittgeschwindigkeit.

»Komm schon da vorne«, murmle ich ungeduldig. »Das geht auch schneller.«

Aber noch bevor ich aus Cold Creek herausfahre und es

keine Straßenbeleuchtung mehr gibt, wird mir klar, dass dies nicht der Abend ist, an dem irgendwas schnell geht. Und das liegt nicht nur an meinem lahmen Vordermann, der mir immerhin mit seinen Rücklichtern eine gewisse Orientierung gibt. Weil es unablässig dichte große Flocken schneit, ist die Straße nämlich kaum noch zu erkennen, auch wenn hier offensichtlich vor Kurzem ein Schneepflug sein Werk getan hat. Viel schlimmer ist jedoch der Sturm. Bei jeder Bö spüre ich, wie mein Fahrzeug zur Seite gedrückt wird.

Immer wieder fällt mein Blick auf die Kilometerstandanzeige. Nach einer halben Ewigkeit habe ich immerhin eineinhalb der viereinhalb Kilometer geschafft, die ich bis nach Three Oaks zurücklegen muss. Im Radio spielen sie *Driving home for Christmas*, und ich pfeife mit. Es beruhigt meinen Puls. Dann wird die Musik plötzlich unterbrochen. Und während der Sprecher für das gesamte Gebiet um Denver herum den Katastrophenalarm verkündet, erwachen die Schilder rechts und links der Fahrbahn plötzlich zum Leben. Eine Digitalschrift erscheint und schreit mir mit einem nervösen Blinken entgegen: *STOPP. STRASSE GESPERRT.*

Der Fahrer vor mir stellt den Warnblinker an. Das Auto driftet nach rechts auf eine Lücke in dem Schneewall zu, den der Schneepflug hinterlassen ist. Das ist auch meine Chance. Hier kann ich wenden und nach Cold Creek zurückfahren. Ist ja alles kein Problem. Ich kann bestimmt bei Tayler pennen, und morgen früh sieht es da draußen sowieso schon wieder ganz anders aus. Aber das Auto vor mir hält an, und ich habe keine Wahl, als halb in der Ausfahrt stehend ebenfalls anzuhalten.

Leise fluchend setze ich den Warnblinker und warte ab. Nichts tut sich. Ich starre auf die Lichter vor mir.

Okay. Irgendwas muss jetzt passieren. Da vorne scheint ein unerfahrener Tourist zu glauben, man könnte sich einfach einschneien lassen. Um sich dann von Suchhunden ausbuddeln zu lassen, die ein Fässchen Whiskey um den Hals hängen haben, oder so ähnlich.

Sobald die nächste Sturmböe vorbei ist, reiße ich die Tür auf und springe mutig in den Tiefschnee.

CHIARA

Als das Auto mit einem rauen Stottern zum Halten kommt, ist es völlig still in mir. Ich höre meinen Herzschlag nicht mehr, der gerade eben noch so laut war, dass er den Motor übertönt hat. Aber anscheinend lebe ich noch, denn meine Hände zittern und schmerzen. Ich löse sie vorsichtig vom Lenkrad, an dem ich mich panisch festgeklammert habe. Dann öffne ich mit steifen Fingern den Gurt und beuge mich nach vorne. Hoffnungsvoll spähe ich in den Seitenspiegel auf der Suche nach dem Fahrzeug, das mir eine Zeitlang gefolgt war. Ist es noch da? Wird mir jemand helfen?

Es ist stockfinster, und der Sturm nimmt gerade wieder einen mächtigen Anlauf. Er wirbelt jetzt auch den Schnee am Boden auf. Ich kann hinter mir nur noch einen undeutlichen Schatten ausmachen, vielleicht ein Auto, vielleicht aber auch ein Felsen oder ein aus der Winterruhe erwachter Braunbär. Oder mein panisches Ich produziert ganz einfach Hirngespinste. Das unablässige Pfeifen und Heulen zerrt an meinen Nerven. Wenn dieser verdammte Sturm wenigstens für ein paar Minuten still sein könnte, würde es mir vielleicht gelingen, einen klaren Gedanken zu fassen. Einfach nur, um nicht durchzudrehen, hole ich das Handy aus meiner Handtasche. Aber natürlich gibt es kein Netz. Wie könnte es auch anders sein. Für einen kurzen Moment presse ich meine Fäuste auf den Mund und kämpfe gegen dieses Würgen in der Kehle an, das von der grässlichen heraufsteigenden Angst verursacht wird. Ich denke an Bonnie. »Atmen ist wichtig«, sagt sie immer und legt mir die Hand auf die Schulter, wenn ich mich aufrege. Bonnie hat einen zweitägigen Survival-Kurs in der Lüneburger Heide mitgemacht und kennt sich mit Gefahrensituationen aus. Ich lege mein ganzes Vertrauen in meine nächsten Atemzüge. Zu dumm nur, dass ich meinen Atem inzwischen als deutliches Wölkchen vor mir sehen kann – ein beunruhigendes Zeichen, das bestätigt, was ich ohnehin schon fühle. Es wird von Minute zu Minute kälter im Auto. Schon wieder steigt eine Panikwelle in mir hoch.

Das Radio. Natürlich. Mit zitternder Hand schalte ich es ein. Kein Empfang. Genauso wenig wie das Navi, wie ich wenige Sekunden später feststellen muss. Ein Schluchzen bahnt sich den Weg in meine Kehle. Aber gerade noch rechtzeitig stelle ich mir Nonnas Gesicht vor. Nonna wusste immer genau, was zu tun war, wenn es schwierig wurde. Wann immer ich mich nicht traute, etwas zu tun, gab sie dieses schrullige italienische Sprichwort zum Besten: *Wer keinen Mut hat, soll kein Liebhaber sein.* Und dann lachte sie, und ich sagte: »Ich will sowieso kein Liebhaber sein! Wenn schon, dann bitte schön eine Liebhaberin. Und mutig bin ich sowieso.« Jetzt, mitten in der eisigen Schneehölle, bringt mich die Erinnerung an meine Großmutter zum Lächeln. »Oh nein«, sage ich laut in die Stille des Wagens hinein. Ich bin ganz bestimmt nicht den ganzen langen Weg hierher nach Colorado gekommen, um vierhundert Meter vor Black Dog Lands in meinem Auto zu erfrieren. Weiter ist es nämlich gar nicht mehr bis nach Hause. Das hatte mir das Navi noch mitgeteilt, bevor es den Geist aufgab. Und ich weiß selbst, dass ich direkt an der Ausfahrt stehe, die zu unserer Farm hinaufführt.

»Nicht mit mir!«, füge ich hinzu und balle die Fäuste.

Jetzt schiebt plötzlich Massimo, den ich in meiner Aufregung vollkommen vergessen habe, seinen Kopf zwischen die Vordersitze.

»Himmel, wir stecken ganz schön in Schwierigkeiten!«, sage ich zu ihm und spüre die überwältigende Wärme seines Körpers neben mir.

»Komm!«, sage ich und klopfe mit der Hand einladend auf den Beifahrersitz. »Lass uns kurz nachdenken!«

Massimo folgt meiner Einladung und wuchtet seinen fluffigen Körper erstaunlich geschickt nach vorne. Er stößt ein Winseln aus und leckt mir hastig über die Wange. Okay, ich hatte nicht wirklich erwartet, dass er *nachdenkt*.

»Nicht, lass das!« Ich wehre ihn mit dem Ellbogen ab. Aber dann tut sich da draußen etwas, und ich stoppe mitten in der Bewegung. Jeder Gedanke an Hundespucke in meinem Gesicht ist vergessen, und mein Blut gefriert zu Eiskristallen. Seitlich in der Dunkelheit ist eine Hand erschienen. Eine große Hand, die in einem Handschuh steckt. Das Entsetzliche ist, dass es zu dieser Hand keinen Körper zu geben scheint. Jedenfalls kann ich nichts davon sehen. Ich schreie laut auf und sehe mit wachsender Übelkeit zu, wie die Zombiehand beginnt, auf meine Fensterscheibe einzuhämmern.

Einem heftigen Impuls folgend, schnelle ich auf meinem Sitz zur Seite. Leider bin ich nicht geistesgegenwärtig genug, rechtzeitig die Tür zu verriegeln. Und noch bevor ich mich darum kümmern kann, knurrt Massimo laut und springt mit einem Satz direkt auf meinen Schoß, wobei er mich halb unter sich begräbt. Die Krallen seiner Hinterpfoten bohren sich schmerzhaft durch den Stoff der Jeans in meine Oberschenkel, als er sich jetzt bellend gegen die Fahrertür wirft. Sein Gewicht drückt mich tief in den Sitz und raubt mir den Atem, und seine wedelnde Rute peitscht in mein Gesicht.

»Dummes Tier!«, stöhne ich, denn offensichtlich hält er das alles für ein äußerst unterhaltsames Spiel.

Mir wird schwummrig, plötzlich sind alle Geräusche gedämpft und ganz weit weg, und ich habe nur noch einen Gedanken: Okay, in spätestens einer Minute bin ich ohnmächtig, und das ist das Ende. Und ich werde meine kleine Nichte niemals kennen lernen.

Dann gibt es ein splitterndes Geräusch, und ich reiße die Augen auf. Aber mir ist die Sicht durch Massimos Körper versperrt. Jetzt gibt die Tür ein ächzendes Geräusch von sich. Sie scheint festgefroren zu sein, und da draußen versucht irgendwer, sie mit roher Gewalt aufzureißen.

Meine rechte Hand tastet nach irgendwas, das als Waffe taugen könnte. Ich kriege mein Handy zu fassen, das zur Seite gerutscht ist, und umklammere es entschlossen.

Dann plötzlich bin ich von Massimos Gewicht befreit, als die Tür nachgibt und er erschrocken aufjaulend ins Leere purzelt. Arktische Kälte flutet herein. Massimo rappelt sich auf und springt bellend an der Gestalt hoch, die jetzt neben meinem Auto steht.

»Massimo!«, ruft eine vertraute Stimme. »Alter … was machst du denn hier?« Und dann beugt er sich herüber, und im fahlen Licht des Autoinneren sehe ich die vagen Umrisse von Gabriel. Dass es keine Wahnvorstellung ist, merke ich daran, dass er mich fest am Arm packt.

»Chiara, alles in Ordnung?« Seine Stimme klingt alarmiert.

Er ist jetzt so dicht über mir, dass sein Atem meine Wange streift.

»Äh ja«, sage ich benommen. Sehr sogar. Geradezu wunderschön. Bleib einfach so.

»Oh, Gott sei Dank!« Gabriel lacht und deutet hinter sich.

»Schon mal so viel Schnee auf einmal gesehen?«, ruft er mir über den Sturm hinweg zu.

Ich schüttle den Kopf. »Mein Auto hat den Geist aufgegeben!«, brülle ich mit aller Kraft zurück.

Gabriel antwortet nicht. Er bückt sich, und was er als Nächstes tut, kommt mir vollkommen verrückt vor. Er fischt Massimo aus dem Tiefschnee und hievt ihn hoch.

»Ich bringe den Burschen in mein Auto!«, keucht er. »Warte hier auf mich.«

Gabriels Beine versinken tief im Schnee. Jetzt wird mir klar, dass es keineswegs verrückt ist, unter diesen Umständen einen – keine Ahnung, – hundert Kilo? – schweren Hund auf dem Arm zu tragen. Ich ziehe in der Zwischenzeit den Zündschlüssel ab, greife nach Handy, Handtasche und der Tüte mit meinen Einkäufen und lasse mich vom Fahrersitz gleiten. Es passiert genau das, was ich befürchtet habe: Der Schnee ist verdammt tief, und meine Beine stecken fest.

Gerade noch im richtigen Moment ist Gabriel wieder bei mir. Schwankend greife ich nach seinem Arm. »Mist«, sage ich wütend.

»Tragen oder laufen?«

Okay. Ich sehe sein Gesicht nicht. Aber ich kann sein Grinsen *hören.*

»Ich schaffe das allein«, sage ich verbissen. »Ich bin kein Hund.«

»Natürlich nicht.« Wieder dieses Grinsen in der Stimme.

Am liebsten würde ich ihm jetzt eine gute Handvoll Schnee ins Gesicht schleudern. Aber das geht nicht, denn ich habe gerade ganz andere Probleme. Schon beim ersten Schritt hebe ich den Fuß nicht hoch genug und setze mich um ein Haar in den Tiefschnee. Aber bevor das passieren kann, hat mich Gabriel am Arm gepackt, und ich richte mich unbeholfen wieder auf.

»Gib mir mal diese schwere Tüte. Und dann halte dich einfach an mir fest«, sagt er, und dieses Mal macht er sich nicht über mich lustig. Ganz im Gegenteil. Seine Stimme klingt weich und beruhigend, und mein Herz gibt einen tiefen Schluchzer von sich, bevor es sich zusammenschnürt und mit einem Mal so kalt wie der Blizzard wird. Jetzt spüre ich noch nicht einmal mehr die Kälte und den peitschenden Wind. Ich wollte Gabriel nicht mehr begegnen. Und erst recht will ich ihn nicht brauchen. Ich will ihn dumm und arrogant und zutiefst unattraktiv finden. Das Problem ist nur, dass er seine Rolle einfach miserabel spielt. Er schert sich nicht im Geringsten um meine Wünsche und ist stattdessen schrecklich *nett.* Am liebsten würde ich verzweifelt um mich schlagen, als er sich jetzt meine Einkäufe über die Schulter hängt und mir den Arm hinhält.

Er ist ein Wunder.

Ich hasse ihn.

Nach wenigen Schritten fühle ich mich wie in einem dieser Träume, in denen man läuft, aber nicht von der Stelle kommt. Nur dass es jetzt auch noch nass und kalt ist. Als wir endlich Gabriels Auto erreicht haben, bin ich so erleichtert, dass ich fast weinen möchte.

»Dann wollen wir mal«, sagt Gabriel. Ich erwidere nichts und meide vor Kälte zitternd seinen Blick.

Wir umkurven vorsichtig Giovannis Auto und fahren Meter für Meter das letzte Stück den Berg hinauf bis nach Hause. Der Sturm ist jetzt zu einem beständigen, alles übertönenden

Klangteppich geworden. Was mir durchaus entgegenkommt, denn für den Moment hat es mir die Sprache verschlagen. Es ist so lächerlich, dass es mich fertigmacht. Darüber werden noch Generationen von Di Pasquas Tränen lachen.

Chiara, die Stadtprinzessin, gerät in einen Schneesturm.

Und sie lässt sich von dem einzigen Kerl im Cold Creek Valley retten, dem sie absolut *nicht* begegnen wollte. Und natürlich kann sie ihn anschließend nicht vor die Tür setzen, nicht in dieser Nacht, mit gesperrten Straßen und Katastrophenalarm!

Was für eine unglaublich miese Story.

GABRIEL

Der Sturm und der viele Schnee – das ist nicht mein größtes Problem. Es ist dieses schreckliche Chaos in meinem Kopf. Ich blicke nicht mehr durch. Ich komme mir vor wie in einer Realityshow mit dem Titel *Wie vielen Versuchungen kann Gabriel Anthony widerstehen?*

Ich stelle mir die Gesichter von Sarah oder Tayler vor, wenn das hier bereits Vergangenheit ist und ich ihnen von dieser Nacht erzählen kann. Was für eine unfassbar witzige Story. »Ich hoffe, das Telefonnetz ist noch nicht zusammengebrochen«, sage ich. »Meine Familie wird sich Sorgen machen, das weiß ich.« Chiara kauert mit angezogenen Beinen auf dem Beifahrersitz und starrt nach draußen in die Dunkelheit. Jetzt wendet sie den Kopf und sieht mich fragend an. Wahrscheinlich wird sie ausflippen, wenn sie später ihr Gesicht im Spiegel sieht. Jedenfalls würde Juliane das an ihrer Stelle tun. Die Wimperntusche ist vollkommen zerlaufen, unter ihren Augen sind dunkle Schatten entstanden. Aber diese Augen sind wunderschön, denke ich jetzt wieder. Genau wie neulich im Flugzeug. Es ist verrückt. Nein, ich bin verrückt.

Ich konzentriere mich wieder auf die Straße vor mir, deren Verlauf ich nur noch vage erahnen kann. Als schließlich auf beiden Seiten die Pfosten der Weidezäune von Black Dog Lands auftauchen, an denen ich mich orientieren kann, bin ich mehr als erleichtert.

»Ich werde bei euch auf dem Sofa übernachten müssen. Ich hoffe, das geht in Ordnung.« Mir ist plötzlich ziemlich beklommen zumute.

Chiara lächelt mich an. »›Bei euch‹ ist gut. Ist sonst niemand da.« Sie nimmt die Füße herunter und richtet sich auf. »Aber das ist kein Problem. Das kriegen wir hin.«

Die Zurückhaltung in ihrer Stimme ist nicht zu überhören, auch wenn sie sich bemüht. Vielleicht macht ihr die Situation sogar Angst.

»Hör zu«, sage ich und werfe ihr den freundlichen Blick zu, den ich für meine ängstlichen Patienten auch immer übrighabe. »Du kannst mir vertrauen. In jeder Beziehung. Ich bin niemand, der aus einer Notsituation Profit schlägt.«

Das sollte helfen.

Chiara richtet sich allerdings eher noch mehr auf. »Das wäre ja noch schöner.« Sie atmet geräuschvoll aus und dreht sich zu Massimo um, der soeben damit begonnen hat, uns abwechselnd mit seiner Nase anzustupsen und leise Fiepgeräusche von sich zu geben.

»Alles gut«, sagt sie und streichelt ihm sachte über die Nase. Es klingt fast so, als redete sie mit sich selbst. Okay. Krisenintervention! Ich habe die falschen Worte gewählt, und jetzt ist sie noch misstrauischer als vorher.

Als endlich die Haustür hinter uns zufällt und es mit einem Mal merkwürdig still und ungeheuer warm ist, unternehme ich einen weiteren Versuch, Chiara zu beruhigen. »Ich telefoniere am besten gleich mal. Meine Verlobte wird sich schon Sorgen machen.« Gott. Meine *Verlobte!* Juliane würde mir den Kopf abreißen, wenn sie mich so reden hörte. Aber ich bin sehr zufrieden mit meinem Einfall. Es klingt seriös. Eben genau nach dem anständigen, langweiligen Kerl, der ich irgendwie geworden bin.

»In der Küche, auf der Anrichte, steht das Telefon«, erklärt Chiara und zerrt an ihren Stiefeln.

Mom geht beim dritten Klingeln dran. »Gabriel, wo steckst du?«, fragt sie besorgt. »Wir haben versucht, dich auf dem Handy zu erreichen!«

»Ich bin im Tal hängengeblieben und habe kein Netz«, sage ich. »Aber macht euch keine Sorgen. Ich bin auf Black Dog Lands und werde die Nacht hier abwarten.«

»Auf Black Dog Lands«, wiederholt Mom gedankenverloren. »Das ist doch gleich hinter …«

»Shit!«, höre ich Sarah im Hintergrund kichern.

Plötzlich wird mir sehr warm. Erstens, weil ich noch immer in meinem Skioverall stecke, und zweitens, weil Chiara jetzt in engen Jeans und Pulli die Küche betritt und ich zum ersten Mal überhaupt erkenne, was für ein schöner Körper sich unter diesem bunten XXL-Outfit von neulich verbirgt. Die dunklen Ringe unter ihren Augen sind verschwunden, und sie trägt die Haare jetzt offen. Die dunklen Locken fallen ihr weich über die Schultern, als sie den Herd einschaltet und einen großen Topf auf die Platte setzt.

»Bis morgen, Mom«, sage ich und lege auf.

Gott. Ich bin ein Idiot. Chiara wirft mir über den dampfenden Topf hinweg einen durchdringenden Blick zu.

»Ihr könnt mir übrigens auch vertrauen. Du und deine *Verlobte*«, sagt sie mit messerscharfer Stimme.

»Oh … ja, sicher.« Ich öffne den Reißverschluss, um endlich aus meinem Overall herauszusteigen. Inzwischen rinnt mir schon der Schweiß über die Stirn.

Ein Typ, der eine angebliche Verlobte anruft, die sich dann als seine Mom entpuppt, ist zweifelsfrei ein riesengroßes rotes

Tuch für jede Frau. Egal, ob gerade ein Schneesturm wütet oder nicht.

»Abgesehen davon, dass du sowieso nicht mein Typ bist«, fährt Chiara unvermittelt fort und rührt seelenruhig in ihrem Topf herum.

Ich zucke zusammen. Wie kommt sie darauf, mir eine solche Abfuhr zu erteilen! Nicht auf mich zu stehen ist das eine, mir aber ihr Desinteresse so deutlich um die Ohren zu hauen etwas ganz anderes. Als hätte ich die Absicht, ihr nahezukommen.

»Soll ich mal Feuer machen?«, frage ich, um das Thema zu wechseln.

»Oh, gerne. Danke!«, antwortet Chiara zerstreut.

Ich mache mich an die Arbeit und bringe bald ein schönes Feuer in Gang. »Hier, das musst du probieren Charlottes berühmter Apfelpunsch. Ziemlich lecker.« Chiara steht plötzlich hinter mir und streckt mir einen dampfenden Becher entgegen.

»Danke.« Ein wohltuender feiner Geruch steigt mir in die Nase.

»Ist hoffentlich nicht zu stark.« Sie hebt ihren Becher und prostet mir mit dem Hauch eines Lächelns zu.

Ich nehme einen tiefen Schluck. Und dann gleich noch einen. Sie hat völlig recht. Der Punsch ist lecker und … stark.

»Und?« Sie hebt den Kopf, und das Licht der Flammen spiegelt sich in ihren honigbraunen Augen. »Kann man das trinken?«

»Was für eine Frage!«

»Vielen Dank für deine Hilfe übrigens«, sagt sie ernst und beißt sich ein wenig verlegen auf die Lippen.

»Kein Problem«, sage ich. »Was hätte ich denn sonst machen sollen? Ein Video? Und dann im Internet posten vielleicht? Es blieb mir doch gar nichts anderes übrig.«

Sie lacht überrascht auf. »Du bist verrückt.«

Für einen Moment verfangen sich unsere Blicke. Dann senkt sie schnell den Kopf, so dass ihr der Vorhang ihrer Haare über die Augen fällt. Ich spüre, wie mir die Wärme zu Kopf steigt.

Was auch immer dieser Abend bringen mag, in diesem Moment ahne ich: Er wird nicht dazu beitragen, dass ich einen klaren Kopf bekomme. Eher glaube ich, ich bin verloren.

Das Wetter spielt total verrückt. Am Morgen ist es deutlich milder. Auf meinem Weg ins Tal hinunter fahre ich durch Berge von Schneematsch. Die grelle Morgensonne blendet. Aber ich fühle mich wie in einem Traum.

Der Abend, die Nacht hatte mit dem Punsch begonnen. Dann beschlossen wir, gemeinsam zu kochen. Hunger hatten wir nach dem Abenteuer im Blizzard sowieso. Ich genoss das gemeinsame Gemüseschnippeln und das lockere Plaudern. Chiara ist ein Mensch, in dessen Gegenwart man sich einfach wohlfühlen muss. Sie ist warm und herzlich und gleichzeitig echt schlagfertig und lustig.

»Du kannst dir nicht vorstellen, welche Angst ich davor hatte, nach Colorado zu kommen«, sagte sie einmal und fuchtelte mit dem Messer in der Luft herum. »Und wenn ich gewusst hätte, dass mein Bruder hinter den sieben Bergen wohnt und hier nachts die Waschbären rund ums Haus Radau machen und außerdem auch noch der Schnee von einer Sekunde auf die andere in Klumpen vom Himmel fällt, dann wäre ich vielleicht in Hamburg geblieben«, sagte sie lachend.

Sie ließ das Messer sinken, und ihre Augen glänzten. Vielleicht vom Apfelpunsch oder von den Zwiebeln auf ihrem Hackbrett oder einfach so. »Ich hätte eine Menge verpasst«, sagte sie und sah mich an.

Ihr Gesicht war weich und offen, und ich musste mich förmlich an der Arbeitsplatte festklammern. Weil alles in mir danach schrie, sie einfach nur in den Arm zu nehmen.

»Das Olivenöl steht da drüben«, sagte Chiara schnell, und ich hatte mich wieder im Griff.

»Aber jetzt bist du hier!« Ich träufelte etwas Öl in die Pfanne. »Was hat dich dazu gebracht, deine Meinung zu ändern?«

Sie wischte sich seufzend über die Stirn, ging zum Wasserhahn und wusch sich die Hände.

»Sorry. Ich muss von Zwiebeln immer … du weißt schon«, sagte sie und putzte sich die Nase.

Ich hatte die Hoffnung schon aufgegeben, dass sie mir noch antworten würde, aber dann sagte sie: »Ich brauchte einfach mal Abstand von Hamburg. Ich habe meinen Job verloren, und … ich muss darüber nachdenken, wie es weitergeht.«

»Das tut mir leid«, sagte ich, aber sie winkte ab.

»Ich glaube, es war höchste Zeit, dass ich ein paar Dinge verändere. Und dann hatte Giovanni diesen Unfall, und es ergab sich einfach.«

Auch wenn ich nicht wirklich ein Experte bin, irgendwie hatte ich doch das Gefühl, dass hinter dieser Story irgendein Mistkerl steckt, der es verzockt hat. Ich verkniff mir jedoch, sie danach zu fragen. Es ging mich ja auch wirklich nichts an.

Wir aßen unsere Pasta und redeten und lachten, im Kamin knisterte das Feuer, und Massimo lag schnarchend davor. Ab und zu gingen wir vor die Tür, um nachzusehen, was der Sturm so machte. Er wurde immer zahmer, und dann war es mit einem Mal ganz still draußen, und es schneite nicht mehr.

Die Wolken waren verschwunden, und der Himmel war klar.

»Wie schön«, sagte Chiara andächtig und legte den Kopf in den Nacken. »Die Sterne. Sieh nur.«

»Auch wenn du mich jetzt für einen schrecklichen Romantiker hältst«, sagte ich. »Aber ich habe in meiner Wohnung in Hamburg ein Teleskop. Ich mag den Sternenhimmel.«

Chiara stieß mich in die Seite. »Ach, wirklich? Bist du echt?«

»Ja«, sagte ich und schwankte ein bisschen von ihrem Knuff.

»Komm rein, es ist kalt!«, sagte sie dann und ging schnell auf die Haustür zu. Während sie den Vorratsschrank nach etwas Süßem durchforstete, setzte ich mich aufs Sofa und dachte, wie schön es doch war, dass ich noch bis zum Morgen hier sein konnte.

»Hmmm. Chocolate Chip Cookies!« Chiara kam hochzufrieden mit ihrem Fund zu mir herüber. Sie ließ sich aufs andere Ende des Sofas fallen und hielt mir die geöffnete Tüte hin. Ihre Augen glänzten im Schein des Kaminfeuers, und ihre Wangen waren gerötet.

Ich nahm einen Keks. Ich konnte dabei ganz unmöglich meinen Blick von ihr lassen. Das Knistern im Raum war überwältigend, und im selben Moment spürte ich es ganz deutlich: Ich Trottel war auf dem allerbesten Weg, mich Hals über Kopf zu verlieben. Das kann jetzt nicht dein Ernst sein, stöhnte ich innerlich.

»Tja«, sagte Chiara kauend und ließ ihren Blick unruhig durch den Raum flattern. Sie wirkte etwas verlegen. »Nicht schlecht, die Kekse, aber meine Nonna hätte die Tüte in den Laden zurückgebracht und das Geld zurückverlangt.«

Jetzt sah sie mich wieder an und grinste vergnügt.

»Aha?«, fragte ich, kaum fähig, zu sprechen. »Erzähl mal.« Ich war erleichtert, dass wir ein unverfängliches Thema gefunden hatten. Und gleichzeitig sehnte ich mich danach, sie in den Arm zu nehmen. Nach einer Weile stand ich auf, um das Feuer neu anzuschüren.

»Soll ich Holz nachlegen?«, fragte ich und sah in die kleinen Flämmchen. »Oder gehen wir ohnehin bald schlafen?«

Hinter mir herrschte plötzlich für einen Moment atemlose Stille.

»Ich bin wirklich müde«, sagte Chiara kaum hörbar.

»Kein Problem«, gab ich schnell zurück. »Ich auch. Das war ein anstrengender Tag.«

»Ja, stimmt.«

»Ich bleibe dann einfach hier«, sagte ich und ließ mich wieder in die Polster fallen. »Das macht einen ziemlich bequemen Eindruck!«

Chiara stand auf.

»Ich hole dir eine warme Decke.« Als sie mit der kuscheligen Daunendecke zurückkam, wirkte sie wieder etwas verlegen. Und ich war es plötzlich auch.

»Also dann«, sagte sie und setzte sich zu meiner Überraschung dicht neben mich. »Vielen Dank für den schönen Abend.« Sie zupfte nervös an den Ärmeln ihrer Jacke herum.

»Ja, das …«, sagte ich. Weiter kam ich nicht. Chiara beugte sich vor und schlang ihre Arme um meinen Hals. Ich spürte das Kitzeln ihrer Locken an meiner Wange und dann die sanfte kurze Berührung ihrer weichen Lippen. »Gute Nacht!«, flüsterte sie mir ins Ohr. Dann stand sie abrupt auf und eilte aus der Küche.

Es muss schon gegen Morgen gewesen sein, als ich von einem Geräusch erwachte. Ich setzte mich auf, und für einen Moment war ich völlig verwirrt. Wieso war ich hier? Und was zum Teufel machte Chiara mitten in der Nacht in der Küche?

Der ganze Raum duftete warm und süß nach Frischgebackenem.

Chiara trug gerade ein Blech durch die Küche und stellte es vorsichtig auf der Arbeitsfläche ab. Als sie sich die Ofenhandschuhe von den Händen streifte, bemerkte sie mich und lächelte. Da war es wieder, dieses ganz spezielle, süße Lächeln.

»Habe ich dich geweckt? Tut mir leid«, sagte sie und fuhr sich mit einer Hand über die Stirn.

»Was machst du?« Ich blinzelte gegen das Licht.

Chiara zuckte die Schultern, als ob es völlig normal wäre, die Nacht in der Küche durchzumachen.

»Das sind *Fioretti di Neve* – Schneeblüten.«

»Das Rezept von deiner Nonna, von der du mir erzählt hast?«

Sie strahlte mich überglücklich an und nickte. »Also, ohne mich selbst loben zu wollen, ich glaube, sie sind fantastisch!«

»Okay?« Ich konnte mich beim besten Willen nicht auf die Kekse konzentrieren. Chiara war einfach so atemberaubend wunderschön.

Es war eine mitreißende Geschichte gewesen, die sie mir erzählt hatte. Von unbeschwerten Sommern in Ligurien, von all den Dingen, die ihre Nonna ihr beigebracht hatte – und wie sie – umgekehrt – ihrer Nonna das Schreiben beibrachte. Leider gab es kein Happy End. Nonna Elsa war eines Morgens im August auf ihrer Bank vor dem Haus friedlich eingeschlafen. Und es war Chiara gewesen, gerade mal fünfzehn Jahre alt, die sie fand.

»Leider noch zu heiß zum Essen«, sagte Chiara jetzt und deutete auf die Bleche. Ihre Silhouette zeichnete sich vor dem warmen, gedämpften Licht der Küche ab, und mir war plötzlich auch sehr heiß.

»Okay«, sagte ich, zwang meine Augenlider, sich wieder zu schließen, und ließ mich auf das Sofa zurückfallen.

Am nächsten Morgen ist die Straße im Tal geräumt, und kurz darauf bin ich auch schon an der Tankstelle am Ortseingang von Cold Creek. Ich nehme den Ersatzkanister aus dem Wagen und fülle ihn mit Benzin. Nachdem das erledigt ist, fahre ich ein paar Straßen weiter zu der kleinen Bäckerei am Creek. Ich liebe diesen Ort. Es ist ein ganz einfaches kleines Holzhaus mit einer Theke und zwei Stehtischen in der Ecke, und durch die Fenster blickt man direkt auf den rauschenden Creek. Im Sommer stellt Liam manchmal zwei, drei kleine Tische vor die Tür, und da ist man so nah am Wasser, dass man fast die Füße hineinstecken könnte. Ein weiterer Grund für einen Abstecher zu Liam ist natürlich sein weltbester Kaffee. Als ich *Liam's Bakery* betrete, füllt Liam gerade die duftenden Brötchen in die Körbe. Er ist mindestens sechzig, und er kennt mich praktisch seit achtundzwanzig Jahren.

»Gabriel, so früh unterwegs?«, fragt er, als wäre ich nicht vor einem knappen halben Jahr, sondern gerade erst gestern hier an seiner Theke aufgetaucht.

»Scheint so«, sage ich grinsend. »Machst du mir einen doppelten Espresso?«

»Hart für deine Familie, dich so selten zu sehen, was?«, erkundigt er sich, als er mir die Tasse über den Tresen schiebt.

»Oh ja«, brumme ich. »Und für mich genauso. Gibst du mir noch zehn gemischte Brötchen?«

»Und ein Zimtbrötchen für die Kleine?«

Ich nicke und seufze innerlich. Ein kurzer Blick auf mein Handy hat mir soeben verraten, dass Sarah auf dem Weg zum Kinderarzt ist. Offensichtlich ist Lillys Husten in der letzten Nacht nicht besser geworden, und sie macht sich Sorgen. Ich mir auch, wenn ich ehrlich bin.

Von meinem Platz am Stehtisch aus beobachte ich das beständige Kommen und Gehen der Kunden. Heute ist Samstag, und die Leute holen Brötchen für ihr Frühstück. Es überrascht mich daher nicht besonders, als nach einer Weile Tayler in den Laden trabt. Bei meinem Anblick klappt ihm der Unterkiefer herunter.

»Hey, so früh unterwegs?«

Anstelle einer Antwort mache ich nur eine abwehrende Geste und tauche meine Nase in die Kaffeetasse. Tayler kauft seine Brötchen und kommt zu mir herüber. Der Ausdruck auf seinem Gesicht sagt mir, dass er sich exakt die heiße Nacht vorstellt, auf die ich dankend verzichtet habe.

»Außerplanmäßig in der Stadt übernachtet, was?«

»Ja, ich bin unterwegs hängengeblieben.«

Tayler klopft mir mit einem verständnisvollen Grinsen auf die Schulter. Halbwegs gedämpft, aber immer noch laut genug, dass es zwangsläufig der halbe Raum hören muss, sagt er: »Du brauchst mir nichts zu sagen, Kumpel. Ich weiß, April …«

»Nichts weißt du, Kumpel!«, gebe ich zurück. »Obwohl ich April tatsächlich noch einmal begegnet bin, nachdem ich dich abgesetzt habe … und sie sich alle Mühe gegeben hat, mich zum Bleiben zu überreden.«

In Taylers Augen steht echte Verblüffung.

»O-kay«, sagt er, und bevor er Luft holt, um weiter in mich zu dringen, komme ich ihm zuvor. Ich erzähle ihm die Kurzfassung von meinem vergeblichen Versuch, Three Oaks noch zu erreichen, von Chiaras Autopanne und von dem wunderschönen Abend, den wir miteinander verbracht haben.

»Ihr habt zusammen gekocht und gegessen«, sagt er, als ich fertig bin, und zieht die Augenbrauen zusammen. »Draußen der Schnee, drinnen das Kaminfeuer, eine schöne Frau, ein tauglicher Kerl. Gibt es etwas Romantischeres? Und dann pennst du auf dem Sofa, und ihr fällt nichts Besseres ein, als Kekse zu backen? Was ist los mit euch beiden?«

Ich zucke die Achseln. »Ich bin ein gebundener Mann. Schon vergessen?«

Tayler schnaubt verächtlich. »Erzähl mir mehr davon. Und wie oft hat *sie* sich in den letzten drei Jahren nicht direkt gebunden gefühlt und dich kurzerhand betrogen?«

»Himmel, Tayler«, sage ich und hebe beschwichtigend die Hände. Vom Tresen habe ich bereits die ersten mitleidigen Blicke aufgefangen. »Zweimal«, sage ich dann widerwillig. »Glaube ich jedenfalls. Und immerhin war es beide Male derselbe Kerl.«

Tayler hebt eine Augenbraue. »Das macht es natürlich so viel besser.«

Tayler, der liebe, gutmütige Tayler, der die Frauen liebt wie kaum jemand, konnte Juliane von Anfang an nicht leiden.

»Aber du magst sie schon sehr, diese Chiara?«, hakt er nach.

»Doch, schon«, sage ich einsilbig. Es gibt einfach keine Worte, ihm zu erklären, welchen Gefühlssturm diese ungewöhnliche Frau in mir auslöst. Ich müsste sie erst noch erfinden, und auch dann hätte es keinen Sinn. »Aber hey, egal«, füge ich ungeduldig hinzu. »Ich bin sowieso nicht ihr Typ.«

»Woher willst du das denn jetzt wissen, du Frauenexperte?«

»Hat sie gesagt.«

»Das hat Becky damals auch behauptet. Ich habe ihr dann überzeugend bewiesen, was für ein toller und zuverlässiger Kerl ich bin.« Tayler grinst und kratzt sich am Kinn. »Ach so, stimmt ja, Becky – ich muss jetzt los. Die warten daheim aufs Frühstück. Du bist eingeladen, wenn du mitkommen willst?«

Ich winke lächelnd ab. Ich mag Becky mit ihrer roten Wuschelmähne und dem unverwüstlichen Humor, und auch Milla und Mikey, die Zwillinge. Aber ich brauche jetzt wirklich ganz dringend eine Atempause.

»Danke, ich fahre nach Hause. Lilly ist krank, und ich muss mich dort endlich mal sehen lassen.«

»Verstehe. Aber lass uns demnächst noch mal in die Berge fahren!«, sagt er, während er sich schon rückwärts in Richtung Ausgang bewegt.

»Klar!« Ich hebe den Daumen. Dann schaue ich ihm hinterher, wie er mit diesen uralten Bikerstiefeln zielstrebig auf seinen Pick-up zuläuft, quer durch Pfützen und Schneematsch. So sieht ein Typ aus, der weiß, wohin er geht. Und der im vollkommenen Einklang mit sich und seiner Welt ist. Und ich? Von Einklang und klaren Zielen bin ich meilenweit entfernt. Wann war eigentlich genau der Zeitpunkt, an dem ich zu diesem Typ geworden bin? Jedenfalls kann ich ihn gerade überhaupt nicht ausstehen.

Ich trinke aus und widerstehe dem Wunsch, mein Handy nach einem Lebenszeichen von Juliane zu checken. Das habe ich in den vergangenen Tagen viel zu oft getan. Ich sollte es mir wirklich abgewöhnen.

Auf dem Heimweg biege ich noch einmal Richtung Black Dog Lands ab. Hinter Giovannis Auto halte ich an. Aber der Tankdeckel des Autos lässt sich nicht öffnen. Es bleibt mir also nichts anderes übrig, als den Berg wieder hinaufzufahren und den Kanister vor der Haustür abzustellen. Von drinnen ist Massimos Winseln zu hören. Einen Moment lang zögere ich, weil ich mir nichts sehnlicher wünsche, als dass Chiara aufmacht. Auch wenn ich annehme, dass sie jetzt schläft. Wenn mich nicht alles täuscht, ist sie erst kurz vor Tagesanbruch nach oben in ihr Schlafzimmer gegangen. Und heute Morgen stand die Küche voller Bleche. Das Gebäck ist wirklich mehr als lecker. Zart und saftig zugleich, es schmilzt auf der Zunge. Ich würde es ihr gerne sagen.

»Wir sehen uns … hoffentlich«, sage ich stattdessen jetzt zu der geschlossenen Tür. Und spüre den Schmerz der Zerrissenheit in meiner Brust. Aber selbst wenn ich frei wäre – die Signale, die heute Nacht von ihr ausgingen, waren so uneindeutig. Einerseits: ihr Kuss, den ich auch jetzt noch auf meiner Haut zu spüren glaube. Andererseits: Sie hat mir noch nicht einmal ihre Handynummer angeboten. Wer weiß, wer da in Hamburg auf sie wartet. Ich reiße mich los und gehe zum Auto. Im Radio laufen kitschige Weihnachtssongs, und auch das ist mir egal. Ich muss nach Hause, zu Sarah und Lilly. Sie brauchen mich jetzt.

CHIARA

Als ich die Augen öffne, scheint die Wintersonne grell in mein Zimmer. Eine bleierne Müdigkeit erfüllt meinen Körper, und ich habe keine Ahnung, wie spät es ist. Wenn mich nicht alles täuscht, war da gerade ein Geräusch – ein Klopfen, das es bis in meinen Traum geschafft hat. Aber alles, was ich jetzt höre, ist das Tropfen des Schmelzwassers vom Dach. Ganz friedlich ist es draußen.

Aber dann höre ich tatsächlich ein Poltern und Massimos Bellen, das aus der Küche kommt. Unten im Haus sind Schritte zu hören.

Mein Herz klopft, und ich setze mich auf. Gabriel ist noch da! Wie wunderbar!

»Chiara, bist du wach?«, ruft es von unten herauf. Ich bin mit einem Satz aus dem Bett. »Das kann nicht sein«, stöhne ich. Meine Küche scheint eine magnetische Anziehungskraft auf die attraktivsten Typen im Cold Creek Valley auszuüben.

Ich reiße die Zimmertür auf und eile die Treppe hinunter. Besser, ich sehe gleich nach. Wer weiß, wer sich da alles tummelt und was überhaupt Sache ist. Aber es ist nur Dave, der vermutlich durch die unverschlossene Hintertür ins Haus kam. Er hockt auf dem Boden und balgt sich mit Massimo um ein Hundespielzeug. »Hi Dave!« Beim Anblick des leeren Sofas verkrampft sich mein Magen vor Enttäuschung.

»Hi Chiara! Alles in Ordnung?«

Dave richtet sich auf. Er trägt Chaps mit Fransen über seinen schmutzigen Jeans, dazu Cowboystiefel. Seine blonden Locken sind wild verwuschelt, und er sieht ein bisschen müde aus.

»Ja, alles klar. Und welcher Sturm hat dich über meine Türschwelle geweht?« Ich nehme unauffällig die beiden Punschgläser vom Tisch und trage sie zur Spüle.

»Immer schön, dich zu sehen, Chiara!« Daves Blick gleitet über meinen Bienenschlafanzug. »Oh, jemand sollte einen Imker rufen!«

»Halt einfach die Klappe, Dave.« Schnell schlüpfe ich in meine rote Strickjacke, die noch von gestern über der Lehne des Küchenstuhls hängt. »Trotzdem schön, dass du vorbeischaust!« Ich lächle ihn an, muss aber gleichzeitig ein Gähnen unterdrücken. »Kaffee?«

»Immer.«

Ich gehe zum Herd, und während ich den Kaffee mahle, betrachtet er beeindruckt die vollen Backbleche auf der Ablage.

»Sag mal, was hast du denn heute Nacht getrieben?«, fragt er. »Gebacken? Und was noch?«

»Dies und das«, weiche ich aus. »Wieso fragst du?«

»Tja, Giovannis Auto steht unten im Tal am Straßenrand, und vor deiner Haustür steht ein voller Benzinkanister. Das bringt mich zum Nachdenken.« Er lächelt herausfordernd und lehnt sich mit verschränkten Armen neben mir an den Küchenschrank. »Jemand hat sich um dich gekümmert.«

Wortlos schiebe ich die Espressokanne auf die Herdplatte.

»Außerdem siehst du nach einer wilden Nacht aus!«, fügt er hinzu und streicht mir wie nebenbei eine Haarsträhne aus der Stirn.

»Du aber auch!«, sage ich, ohne ihn anzusehen. Ich bin gerade etwas überwältigt von all den Eindrücken der letzten Stunden. Die Haut an meiner Schläfe prickelt von seiner Berührung, und es ist … schön.

»Ja, ich war bei meinem Freund im Norden, um mir das Pferd anzusehen.«

»Was war das noch gleich für ein Pferd?«, frage ich und gieße Milch in die Tassen.

»Ein Quarter Horse. Ein Wallach, sechsjährig. Ein fantastisches Tier. Ich musste ihn einfach haben.«

Mir wird warm ums Herz. Er sieht einfach unfassbar glücklich aus.

»Superwendig, intelligent, schnell und wunderschön. Alles, was das Herz begehrt.« Er sieht mich argwöhnisch an. »Ist das jetzt irgendwie lustig?«

»Nein, gar nicht«, sage ich schnell. Der Kaffee fängt an zu brodeln, und ich drehe mich um und schalte den Herd aus.

»Nimm dir von meinem Gebäck!«, sage ich über die Schulter. »Und sag mir deine ehrliche Meinung!«

»Schon passiert«, sagt er kauend. »Wow, Chiara, die schmecken fantastisch!«

Mein Herz hüpft. »Das sagst du nicht einfach nur so?«

»Nein, nein.« Er sieht mir tief in die Augen.

Wir stehen einander gegenüber – ich mit zwei brühheißen Bechern Kaffee in Händen, er mit einem halben Keks in seiner. Ich halte seinem Blick stand. Mein Atem stockt.

»Du solltest dein Talent zu Geld machen«, sagt er schließlich. »Ich wette, das Zeug würde weggehen wie sonst was. Und so, wie du gerade aussiehst, würde dich das verdammt glücklich machen.«

Während ich innerlich noch nach Luft schnappe und plötzlich tausend Bilder im Kopf habe, wie ich den ganzen Tag genau das tue, was mir Spaß macht, anstatt in irgendeinem Büro zu versauern, geht Dave zum Kamin und schichtet geschickt ein paar Holzscheite auf. Binnen Sekunden ist das Feuer entfacht.

»Ja, ich glaube, das würde mich glücklich machen«, sage ich schließlich. Ich setze mich auf einen Stuhl, nehme den ersten Schluck heißen Kaffee und strecke meine nackten Füße mit einem genussvollen Seufzer der Wärme entgegen, als die ersten Flammen aus dem Holz schlagen.

»Und du hast auf alle Fälle ein Riesentalent für wärmende Kaminfeuer.«

»Meine Talente sind sehr vielseitig«, stellt Dave trocken fest, ohne den Blick vom Feuer zu lösen. Aber ich sehe die Grübchen in seinen Wangen.

Eine Weile schweigen wir beide. Dann steht er auf, wischt sich die Hände an seinen Jeans ab und setzt sich mir gegenüber an den Tisch.

»Wie sieht es aus, Chiara? Kriege ich jetzt wenigstens die Story von heute Nacht zu hören?«

Ich stöhne übertrieben auf. »Na ja, du wirst ziemlich enttäuscht sein, aber bitte schön: Ich war zuerst bei Giovanni im Krankenhaus. Und auf dem Rückweg hat mich dieser scheußliche Schneesturm überrascht.«

»Lass mich raten. Und dann war plötzlich das Benzin alle.« Er stützt das Kinn in die Hände, und ich kann nicht anders, als auf seinen Mund zu starren.

»Hast du das jetzt einfach so geraten?«

»Ach was. Giovanni redet schon das ganze Jahr davon, dass die Tankanzeige kaputt ist.«

Widerwillig löse ich den Blick von seinen Lippen. »Ach, interessant.« Giovanni hatte doch behauptet, das Problem sei neu. Na warte.

»Und dann kam der Ritter in seiner glänzenden Rüstung und hat dir nach einer wunderbaren Nacht den Kanister vor die Tür gestellt.«

»Nicht ganz. Zufällig kam der Typ vorbei, mit dem ich den Koffer vertauscht hatte.« Ich stutze. »Ach herrje, diese Geschichte kennst du ja gar nicht. Na, jedenfalls kannte ich den Mann schon flüchtig, und er hat mich nach Hause gebracht. Tja, und das war's auch schon!«

Ich springe auf und gehe zum Herd. »Noch einen Kaffee?«

»Nein danke, ich muss los. Aber warte mal … der Kerl hat sich doch hoffentlich mit Namen vorgestellt?«

Ich zögere kurz. »Ja klar. Gabriel Anthony. Von der Three Oaks Farm.« Bitte sag, dass du ihn nicht kennst.

Dave lacht auf und klopft mit den Fingerknöcheln auf den Tisch. »Bravo. Der richtige Mann in der Not. Gabriel Anthony. Klar doch! Er war mit mir in der Schule. Ein absolutes Ass in Sport. Und ziemlich schlau.«

Mein Herz klopft aufgeregt, und ich brenne förmlich darauf, dass Dave noch ein paar interessante Details über Gabriel herauslässt. Obwohl ich weiß, dass es keinen Sinn macht und dass es ganz bestimmt wieder sehr wehtun wird, wüsste ich gerne mehr darüber, wer Gabriel Anthony eigentlich ist. Und was es mit dieser Verlobten auf sich hat.

»Ein Typ wie echtes Gold. Und die Frauen fliegen auf ihn.« Er legt den Kopf in den Nacken und blinzelt die Zimmerdecke an. »Ist seit vielen Jahren in festen Händen. Bin ihm mal mit seiner Lady begegnet. Extrem *tough*, die Frau. Hat die Hosen an, klare Sache.«

Ich zucke zusammen. Kaffee schwappt aus dem Espressokännchen auf meinen Jackenärmel. In Windeseile breitet sich ein hässlicher Fleck aus.

Dave mustert mich spöttisch über den Rand seiner Kaffeetasse. »Bestimmt hat er seinen Charme an dir ausprobiert! Und hier übernachtet!«

Draußen poltert ein dicker Eiszapfen vom Dachgiebel.

»Wir hatten nicht wirklich eine Wahl. Wie du sicher weißt, war die Straße gesperrt«, erwidere ich betont gleichgültig. »Also haben wir das Beste draus gemacht. Apfelpunsch getrunken und zusammen gekocht, und irgendwie konnte ich nicht einschlafen. Deshalb habe ich mir die Zeit mit Backen vertrieben. Tja – das ist die ganze elend langweilige Story.«

Dave gähnt demonstrativ, und dann lacht er ausgelassen.

»Süß.«

»Jedenfalls ist er ein Mensch, auf den man sich in der Not verlassen kann.« Ich sehe Dave prüfend in die Augen. »Wieso interessiert dich das überhaupt?« Und hör auf, mich so anzusehen. Es macht mich nervös.

Er trinkt seinen Kaffee in einem Zug aus. »Einfach so.« Dann steht er auf und zieht sich die gefütterte Lederjacke über. »Danke für den Kaffee, wir sehen uns.«

»Ja, bis dann.«

Er hat schon die Türklinke in der Hand, als er sich noch einmal zu mir umdreht.

»Was meinst du, Chiara?« Seine Stimme hat mit einem Mal einen rauen Klang, bei dem sich in Sekundenschnelle meine Nackenhärchen sträuben. »Gehen wir heute Abend zusammen aus?«

»Ja, cool, gute Idee!« Mein selbstbewusstes Grinsen hält gerade so lange, bis er aus der Tür ist.

Dann falle ich innerlich in Ohnmacht.

CHIARA

Ich starre noch minutenlang auf die geschlossene Haustür, meine Gedanken ein reines Chaos. Aufgewühlt reibe ich mir die Stirn und beginne zu rechnen. In einer Stunde hat Lo Feierabend. Ich muss sie dringend anrufen. Das Blöde ist nur, dass ich ihr von den meisten Dingen, die mir gerade durch den Kopf schwirren, nur allerhöchstens die Hälfte erzählen kann. Weder der Schneesturm noch meine Rettung durch Gabriel und erst recht nicht mein bevorstehendes Date sind geeignete Themen für meine reizbare hochschwangere Schwester.

Vielleicht kann ich es riskieren, ihr von meinen neuen Karriereplänen zu erzählen. Aber ganz bestimmt nicht von dem Heft, das dabei eine wichtige Rolle spielt. Damals, als Nonna es mir gab, sagte sie: »Verstecke es gut. Niemand soll davon erfahren.«

Und ich habe mein Wort gehalten. Bis heute.

Gabriel ist seit der vergangenen Nacht der einzige Mensch auf der Welt, der von der Existenz des Hefts erfahren hat und von den Umständen, unter denen es entstanden ist. Irgendwie hatte ich das Bedürfnis, es ihm zu erzählen. Ich wusste, er würde mich verstehen, und bisher bereue ich es nicht im Geringsten. Im Gegenteil. Es ist ein schönes, warmes Gefühl, dass es jemanden gibt, mit dem ich diese Geschichte teilen konnte.

»Sie war eine sehr stolze Frau«, hatte ich erzählt. »Und ich war auch ein wahnsinnig stolzes Kind. Ich wollte ihr zeigen, was ich in der Schule lernte, und deshalb brachte ich in diesem Sommer meinen ganzen Schulranzen mit. Wir sahen uns gemeinsam meine Hefte an und all die Buchstaben, die ich schon gut konnte, und die, an denen ich noch übte. Nonna betrachtete alles sehr genau, voller Faszination und Bewunderung. ›Zeigst du mir, wie du das machst?‹, fragte sie mich auf einmal, und ich weiß noch, dass ich das nicht besonders ungewöhnlich fand. ›Ich würde auch sehr gerne üben‹, fügte sie lächelnd hinzu. Und das haben wir dann einfach gemacht. Und wir haben es niemandem verraten, weil es unser gemeinsames Geheimnis war.«

Gabriel lächelte nachdenklich. »Hast du dich damals gewundert, dass eine Erwachsene nicht lesen und schreiben kann?«

Ich schüttelte den Kopf. Mit sechs Jahren war meine Welt voller Märchen und Magie, und dieses Geheimnis zwischen Nonna und mir gehörte einfach dazu.

»Erstaunlich, wie sie durch ihr Leben gekommen ist, ohne dass es jemandem aufgefallen wäre«, sagte ich nachdenklich.

Nonna war allerdings auch keine vollkommene Analphabetin. Sie kannte die Buchstaben. Aber das Schreiben übernahm bis zu seinem Tod Nonno Alfredo. Irgendwie ist sie zurechtgekommen. Aber sie wollte sich nicht damit zufriedengeben.

»Wir haben jeden Tag geübt. Und als ich nach Hamburg zurückfuhr, hat sie einfach nicht aufgehört damit. Und so ging es weiter. Im dritten Sommer schrieb sie mir dann mit schönster Schrift ihre ganz besonderen Rezepte auf.«

Nur widerstrebend reiße ich mich von meinen Erinnerungen los und beginne, die Küche aufzuräumen. Dabei fällt mein

Blick plötzlich auf die herausgerissene Seite eines Notizbuches. Eine Nachricht von Gabriel!

Bin schon los, besorge dir einen Kanister Benzin. Vielen Dank für diesen wunderschönen Abend. Ich liebe deine Kekse. Gabriel.

Ein paar Sekunden vergehen, und ich starre einfach nur auf meine reglosen Hände, die das Papier umklammern. Dann lasse ich mich auf das Sofa fallen, wie eine Marionette, der man die Fäden abgeschnitten hat. Ich ziehe die Knie an und umschlinge sie fest mit meinen Armen. Da ist der Schmerz, ein kleiner brennender Feuerball in meiner Brust. Weil mir in dieser Sekunde klar wird, wie schön das Zusammensein mit ihm war. Aber Gabriel und ich werden uns weder morgen noch übermorgen, sondern wahrscheinlich nie wieder sehen. Wir haben noch nicht einmal Handynummern getauscht. Okay, vielleicht hat er erwartet, dass ich die Initiative ergreife. Ich hätte es tun sollen, denke ich jetzt voller Bedauern. Auf der anderen Seite … *Ich liebe deine Kekse.* Ich weiß nicht, welches verliebte Herz eine solche Botschaft in Entzücken versetzen könnte. Mein dummes, dummes Herz hat jedenfalls eher *Ich liebe dich* lesen wollen, und das schmerzt mit einem Mal zutiefst. Und dann kommt die Scham dazu. Das Ganze ist wieder einmal so lächerlich und grauenhaft, genau wie meine geplatzte Hochzeit, die ich in der Zwischenzeit schon fast vergessen hatte. Tränen steigen mir in die Augen. Alles um mich herum verschwimmt.

Eine Weile lang sitze ich wie erstarrt da, nur mein Atem kommt und geht. Die altmodische Wanduhr über dem Herd tickt laut. Eine riesige schwarze Leere erfüllt mein Inneres. Aber dann spüre ich, wie meine Kräfte allmählich zurückkehren, wie sich vor mir plötzlich ein Plan für die nächsten Schritte auftut. Ich muss lächeln, weil mir Dave wieder einfällt. Eigentlich passt unser Date heute Abend perfekt zu meinem Vorhaben. Ich springe so plötzlich auf, dass Massimo erschrocken den Kopf hebt und mit seiner Rute auf den Boden klopft. Allerdings habe ich als Aushilfsfarmerin erst mal eine ganze Menge zu tun. Hund und Schafe füttern. Den Stall ausmisten. Mit Massimo eine Runde laufen. Das alles wird mir ohnehin helfen, die trüben Gedanken zu verscheuchen und nach vorne zu schauen.

Ich blinzle die Tränen weg. Und als ich am Kamin vorbeigehe, zögere ich nicht eine Millisekunde. Ich muss mich vor mir selbst retten, bevor mein Herz erneut am Boden zerschmettert. Ich zerknülle Gabriels Nachricht und werfe das Papier in die Glut, wo es sofort Feuer fängt. Der erste Schritt ist geschafft. Ich werde ihn vergessen.

Finito.

Das urige Restaurant im Zentrum von Cold Creek ist laut, warm und ziemlich voll. Jedes Mal, wenn die Tür aufgeht, mischt sich *Jingle Bells*, der Endlos-Soundtrack des kleinen Weihnachtsmarkts vor dem Restaurant, mit der Countrymusik von drinnen. Und genau wie Dave es mir versprochen hat, sind die Bratkartoffeln, die neben einem üppigen Salatteller vor mir stehen, einfach eine Delikatesse – hauchdünn, knusprig und würzig.

»Du hast recht, ich sollte mich eigentlich nicht so aufregen.«

Dave greift zu seinem Bierglas, ohne dabei den Blick von mir zu wenden. Ich kann mir nicht helfen, aber ich finde, er ist heute Abend in seinem hellblauen Hemd und der Jeans noch anziehender.

Das Telefonat mit Lo hat mich wütend und enttäuscht zurückgelassen. Ich war so unfassbar stolz auf meine neuen Ideen gewesen. Und bin irgendwie gegen eine Wand gelaufen.

»Kaum habe ich eigene Pläne, spielt meine Familie verrückt!«, beklage ich mich und stecke mir wie zum Trost eine besonders knusprige Kartoffel in den Mund.

Dave nickt. »Ach, weißt du, ich bin sicher, sie meinen es gut. Aber du bist erwachsen, also mach dein eigenes Ding!«

Wenn das so einfach wäre! Anstatt mich zu beglückwünschen, dass ich endlich mein tiefes Tal der Verzweiflung durchschritten habe und nun offen für die Zukunft bin, ist die liebste Schwester auf der ganzen Welt tatsächlich in Tränen ausgebrochen, als sie hörte, dass ich ernsthaft über ein eigenes kleines Café nachdenke.

»Aber du kannst doch bei uns im Laden mitarbeiten!« Das sagte sie ungefähr ein halbes Dutzend Mal.

»Kannst du nicht einfach verstehen, dass ich nicht vorhabe, mein ganzes Leben am Rockzipfel meiner Familie zu hängen?«, konterte ich. Hin und her ging es zwischen uns, bis auch Mamma Wind davon bekam. Sofort war das Drama perfekt.

Die Jukebox setzt zu einem neuen Song an, ein romantisches Lied über einen Cowboy, der sein Mädchen liebt. Mir wird ganz warm ums Herz. Wie schön, dass ich hier bin. Niemals hätte ich geglaubt, dass es einen anderen Ort als Hamburg geben könnte, an dem ich mich so gut fühle.

»Wie war das mit dir? Machst du den Job, den sich deine Eltern für dich vorgestellt haben?«

Dave sieht mich nachdenklich an. Dann schüttelt er den Kopf und lächelt. »Ich bin kein Cowboy *geworden*, ich bin so zur Welt gekommen. Ich wollte nie etwas anderes sein. Meine Eltern haben eine Rinderfarm in Wyoming. Fünfhundert Rinder, und wir hatten keine Helfer. Mein Bruder Jake und ich haben gleichzeitig reiten und laufen gelernt.«

Ich versuche es mir vorzustellen, aber es hört sich an wie eine Geschichte aus einer anderen Welt.

»Und wann bist du dort weg?«

Dave seufzt. »Als ich achtzehn war. Mein Bruder hat geheiratet, und sein Schwager, ein richtig guter Kerl, war auf der Suche nach Arbeit. Das war meine Chance.«

»Und dann bist du hierhergekommen?«

Dave nickt. »Ein Freund von mir hat ein Stück das Tal hinauf eine Farm, und er war gerade auf der Suche nach jemandem, der ihm mit den Bullen helfen kann.«

Er lehnt sich zurück und verschränkt die Arme hinter dem Kopf. »Ein glücklicher Zufall«, fügt er mit einem sonnigen Lächeln hinzu.

»Bullen?«, frage ich, »wieso nur Bullen?«

»Keine normalen Bullen«, erklärt Dave geduldig. »Sondern Buckelbullen. Die braucht man zum Rodeo. Ich helfe bei der Aufzucht, und wir wählen die besten aus. Es taugt nämlich nicht jeder Bulle für die Arena. Manche sind einfach zu friedlich und verschmust.«

»Verschmust«, wiederhole ich ironisch und schiebe meinen Teller beiseite. »Gibt es beim Rodeo eigentlich auch Frauen?«

Daves Augen leuchten auf. »Na klar doch! Es gibt das *Barrel Racing*, da geht es darum, welches Pferd die Tonnen am schnellsten umrundet. Das ist größtenteils eine Frauendisziplin. Ich trainiere ein paar Mädels.«

Vielleicht würde sogar ich mich auf den Rücken eines Pferdes wagen, wenn ich einen Trainer wie Dave hätte.

»Du hast ganz schön viele Jobs«, sage ich nachdenklich.

»Ich mag es.« So zufrieden, wie er mich dabei ansieht, glaube ich ihm jedes Wort.

Die Bedienung läuft an unserem Tisch vorbei. »Wie wäre es mit einem Dessert?«, fragt Dave und lächelt mich an.

»Lieber bei mir«, schlage ich vor und halte seinem strahlenden Blick stand.

»Okay, klingt gut«, sagt Dave. »Da kann ich nicht widerstehen.« Er greift über den Tisch und nimmt meine Hand. Unsere Finger verschränken sich fest ineinander. Ich spüre die Kraft unter der rauen, warmen Oberfläche seiner Hand. »Lass uns gehen. Das Tiramisu wartet.«

»Ich muss noch was klären«, sage ich, als wir im Auto sitzen und mit deutlich mehr als der zulässigen Höchstgeschwindigkeit nach Black Dog Lands zurückfahren.

Dave wirft mir einen kurzen Blick zu und sieht dann wieder auf die Straße vor sich.

Ich hole noch einmal tief Luft. Es fällt mir nicht leicht. Es ist Neuland für mich.

»Du musst etwas wissen. Ich bin nicht auf der Suche nach einer romantischen Beziehung«, erkläre ich mit klopfendem Herzen.

Ich will einfach nur eine Affäre. Eine Affäre mit ihm. Himmel, ich hoffe, er hat mich richtig verstanden. Noch nie in meinem Leben habe ich so etwas zu einem Mann gesagt.

Dave starrt mich von der Seite an. »Du bist großartig«, sagt er. »Das heißt also – keine Kerzen, keine Kuschelsongs?«

»Du weißt genau, wie ich das meine.«

Er kratzt sich am Kinn. »Weißt du, ich bin selbst nicht so romantisch veranlagt.«

»Dachte ich mir schon«, erwidere ich in dem sachlichen Ton, in dem ich früher mit unseren Mandanten ihre Steuererklärungen durchgesprochen habe. »Aber es wäre natürlich trotzdem schön, wenn du den Kamin für uns anmachst.«

Unsere Blicke begegnen sich kurz, und er lächelt.

»Geht klar.«

»Okay.« Ich lehne den Kopf an die Nackenstütze und schaue hinaus in die Dunkelheit. Prima, dann wäre ja alles geklärt. Endlich habe ich mal eine unverbindliche Affäre, und hinterher heult: niemand.

Zu Hause angekommen parkt Dave neben Giovannis Auto, das – vielen Dank, Gabriel – genug Benzin im Tank hat, um mich sicher bis zur nächsten Tankstelle zu bringen. In der Diele müssen wir zuerst einmal Massimos tollpatschige Liebesbeweise über uns ergehen lassen. Er scheint mich schrecklich vermisst zu haben und kann sich kaum beruhigen.

»Komm, großer Junge«, sagt Dave und lockt ihn von mir weg. »Wir machen Feuer.«

Ich verdrücke mich rasch ins Badezimmer. Mit einem Mal bin ich richtig nervös. Ich lasse mir das lauwarme Wasser länger als nötig über die Hände laufen und betrachte dabei mein Spiegelbild. Heftige Zweifel steigen in mir auf. Und wenn ich jetzt kurz davor bin, eine riesenhafte Dummheit zu begehen? Oder ist eine kleine Affäre zur Abwechslung einmal das Richtige? Soll ich vorwärtsgehen oder doch lieber einen Rückzieher machen?

Avanti! Das ist ganz ohne Zweifel Bonnies Stimme in meinem Kopf. Aber vor meinem inneren Auge tauchen auch Lo und Mamma auf. Und wie meistens übernimmt jetzt der vernünftige Teil meines Gehirns. Hör sofort damit auf! Du weißt doch, zum Schluss gibt es Herzschmerz! Es ist noch nicht zu spät!

Mein Kopf brummt. Ja, ich habe verstanden. Vielleicht ist das alles hier doch etwas überstürzt.

Ich schalte das Licht aus, gehe mit energischen Schritten in die Küche. »So, jetzt das Dessert«, sage ich, ohne die geringste Ahnung zu haben, was ich eigentlich will.

Dave hockt vor dem Kamin und schiebt mit dem Schürhaken Holzscheite in die Flammen, die sofort daran hochzüngeln. Massimo sitzt neben ihm und fiept begeistert.

»Hm?«, brummt Dave und beobachtet die Flammen.

Ich nehme die Schüssel mit dem Tiramisu aus dem Kühlschrank. Der schwere, süße Duft ist überwältigend. Die Glasschälchen aus dem Schrank klirren leise, als ich sie auf die Ablage stelle. Plötzlich steht Dave hinter mir, und ich drehe mich um.

»Das sieht richtig gut aus«, sagt er, aber sein Blick ist nicht auf das Dessert gerichtet. Er sieht mir direkt in die Augen.

Wie einen Flashback sehe ich eine Szene vor mir. Ich bin sieben Jahre alt und stehe an der Spitze des Zehnmeterbretts. Von unten ruft Giovanni. Er ist sauer, weil er selbst gekniffen hat.

»Du kannst das nicht, Chiara, gib auf!«, ruft er.

Ich will es nicht, und ich will es doch. Mein Bauch kribbelt. Und dann springe ich.

Ich überwinde die Distanz zwischen Dave und mir. Ich stelle mich auf die Zehenspitzen und lege meine Arme um seinen Nacken, und er zieht mich fest zu sich heran.

Als er mich endlich küsst, ist sein Kuss so drängend und voller Verlangen, dass mir heiß wird, als wäre der ganze Raum plötzlich in Flammen aufgegangen. Ich will, dass dieser Moment niemals aufhört.

»Chiara«, flüstert Dave, und ich schließe die Augen, und alle Vernunft löst sich auf. Alles, was ich fühle, fühlt sich absolut richtig an.

GABRIEL

Ich sehe Gran schon von Weitem. Sie trägt ihren langen roten Wollmantel, der ihr das Aussehen einer Filmdiva aus den Dreißigern verleiht. Ihre Stiefel stecken fast bis zum oberen Rand im Schnee. Sie steht beim Apfelbaum neben der Veranda und streut Futter in das Vogelhäuschen.

Hier oben auf der Three Oaks Farm liegt noch ein leichter Dunst über der Sonne. Als ich die Autotür öffne, schlägt mir beißende Kälte entgegen.

Gran winkt mir zu und kommt mir mit vorsichtigen Schritten entgegen.

»Hi Gran.«

»Bin ich froh, dass du da bist«, sagt sie mit einem matten Lächeln, als wir voreinander stehen.

»Sarah hat mich erreicht«, sage ich. »Ist sie schon wieder zurück?«

Gran schüttelt den Kopf. Ihre dunklen Augen erscheinen mir im Licht der Morgensonne plötzlich noch dunkler.

»Der Arzt hat Lilly direkt ins Krankenhaus überwiesen.« Sie legt ihre schmale Hand auf meinen Arm. »Er vermutet eine Lungenentzündung.«

»Oh nein!« Meine Brust füllt sich mit Sorge. Ich ziehe das Handy aus der Tasche. Mein Display zeigt drei verpasste Anrufe – zwei von Sarah und einen von Mom. Offenbar hatte ich unterwegs keine Verbindung.

»Es tut mir so leid, dass ich nicht helfen konnte«, murmle ich. »Ich hätte gestern nicht wegfahren sollen.«

Gran seufzt und sieht mich warm an.

»Ach, Gabriel. Der Sturm hat uns alle überrascht.« Sie klopft mir liebevoll auf den Arm. »Ich bin froh, dass du heil nach Hause gekommen bist.«

So schlimm war es eigentlich nicht, möchte ich sagen. Aber das ist wirklich ein ganz anderes Thema.

»Was hat der Arzt sonst noch gesagt?«, frage ich.

»Dass es besser gewesen wäre, früher zu kommen.« Gran verdreht die Augen. »Aber wie denn, in einer so schrecklichen Nacht!«

»Okay. Das hört sich nicht gut an.« Arme Lilly. Und arme Sarah.

»Ich fahre sofort hin«, sage ich und will gleich wieder in mein Auto steigen.

»Warte.« Gran deutet zum Haus. »Du musst ein paar Sachen für sie mitnehmen.«

In der Küche treffen wir auf Mom, die ein kleines Lunchpaket zurechtmacht.

»Meinst du nicht, dass sie im Krankenhaus genug zu essen kriegen?«, versuche ich zu scherzen. »Die Cafeteria in Denver hat einen sehr guten Ruf.«

»Sie sind nicht in Denver«, unterbricht mich Mom und presst die Lippen zusammen. »Sie sind in der Rosemond-Klinik in Boulder. Der Arzt hat sie dorthin geschickt, weil es der kürzeste Weg war.«

»O-kay«, sage ich gedehnt. Schlagartig wird mir das Ausmaß der Katastrophe klar. Nicht genug damit, dass es Lilly anscheinend schlimm erwischt hat, die Rosemond-Klinik ist zudem eine private Klinik für Leute mit richtig viel Kohle. Leider zählt meine Familie nicht zu diesen Leuten. Es ist also kein Wunder, dass Mom mit ihrem Lunchpaket den rührenden Versuch unternimmt, zumindest das teure Essen zu sparen.

»Mach dir keine Sorgen«, sage ich und lege ihr den Arm um die Schulter. »Ich kümmere mich um alles. Und ich kann die Rechnung übernehmen, kein Problem.«

»Danke, Gabriel!«, sagt Mom und reicht mir das Paket.

»Aber du weißt, dass Sarah das ganz bestimmt nicht annehmen wird. So dickköpfig, wie deine Schwester ist!«

Das weiß ich allerdings. Ein Muli ist ein hochflexibles Tier im Vergleich zu meiner Schwester.

»Hier, das muss auch noch mit«, sagt Gran und händigt mir eine kleine Sporttasche mit Kleidung aus.

»Okay, dann bin ich jetzt weg.« Ich hänge mir die Tasche über die Schulter. »Ich halte euch auf dem Laufenden.«

»Schau den Ärzten auf die Finger!«, ruft mir Gran hinterher, als ich schon an der Tür bin.

Die weitläufige Eingangshalle der Klinik sieht aus wie das Foyer eines Fünf-Sterne-Hotels. Nur nicht so belebt. Außer einem Portier, der gelangweilt am Lamettaschmuck eines riesigen Weihnachtsbaums herumzupft und mir freundlich zunickt, begegnet mir nur ein Paar mittleren Alters, dessen ganzer Auftritt darauf schließen lässt, dass draußen gleich ihr Chauffeur mit einem glänzenden Luxusschlitten vorfahren wird. Ich dagegen bin mir der unangenehmen Tatsache bewusst, dass meine Schuhe eine schmutzig nasse Spur auf dem polierten Holzparkett hinterlassen.

Sarah weiß Bescheid, dass ich komme. Sie hat mir eine Nachricht geschrieben, und ich finde sie im Warteraum vor der Röntgenabteilung. Dort geht es etwas lebhafter zu.

Sarah hat sich die Kapuze ihrer Jacke tief in die Stirn gezogen. Ihr Gesicht ist blass, sie wirkt todmüde.

»Hi Sarah«, sage ich und beuge mich zu ihr hinunter, um sie in den Arm zu nehmen. Sie lässt es mit sich geschehen wie ein kleiner zarter Vogel. Durch den Stoff ihrer Jacke hindurch spüre ich, dass sie zittert.

»Sie ist gerade da drinnen«, sagt sie und zeigt mit dem Kinn auf die Tür, auf der in großen roten Buchstaben KEIN ZUTRITT! steht. »Sie haben ihr etwas gegeben, damit sie schläft.«

»Erzähl mir alles!« Ich setze mich neben sie auf die Bank und lege ihr den Arm um die Schulter.

Sarah seufzt tief auf. »Gestern Abend schien noch alles okay. Nur ein bisschen Temperatur, und ab und zu hat sie gehustet. Aber dann wurde sie kurz nach Mitternacht wach, und sie hat ganz furchtbar geweint. Es war schrecklich. Sie hat geglüht, und ihr Atem klang seltsam.«

»Großer Gott, Sarah! Wieso hast du mich denn nicht angerufen?«

Sarah wischt sich über die Augen und wirft mir ein schwaches Lächeln zu. »Was für eine dämliche Frage. Du hättest dich, egal wo du bist, bei diesem Höllenwetter sofort ins Auto gesetzt, sämtliche Straßensperren ignoriert und dein Leben riskiert. Nein danke. Das hätte ich nicht gewollt. Ich liebe dich nämlich.«

»Ja, wahrscheinlich hätte ich genau das getan.« Ich drücke ihre Schulter. »Tut mir leid, dass ich nicht da sein konnte.«

In diesem Moment geht die Tür zum Behandlungszimmer auf. Ein junger Arzt tritt heraus, und hinter ihm ein Krankenpfleger, der ein Bett vor sich herschiebt. Sarah und ich springen fast gleichzeitig auf. In dem Gitterbett sieht Lilly erschreckend winzig aus. Obwohl ich Tag für Tag kranke Kinder sehe, schneidet mir der Anblick ins Herz.

»Familie Anthony?« Der Arzt nickt uns freundlich zu. Er trägt seine schwarzen, lockigen Haare zu einem lässigen Männerdutt zusammengeknotet, und in seinen dunkelbraunen Augen liegt ein sanfter, freundlicher Ausdruck, als er uns beide flüchtig mustert. Mir entgeht nicht, dass sein Blick eine Spur länger als nötig an Sarahs Gesicht hängen bleibt.

»Ja«, flüstert Sarah und schaut an seiner Schulter vorbei auf Lilly, deren geschlossene Lider leicht flattern.

»Ich bin Dr. Garcia«, sagt der Arzt und sieht wieder auf das Tablet, auf dem er mehrere Röntgenaufnahmen in Miniformat durchklickt.

Sarah scheint nichts davon wahrzunehmen. Sie wirkt durch und durch überwältigt von der gesamten Situation, und ich beschließe, die Sache in die Hand zu nehmen.

»Wie geht es Lilly?«, frage ich.

Dr. Garcia sieht mich an. »Es sieht besser aus, als ich erwartet habe, ehrlich gesagt. Ich zeige Ihnen gern die Aufnahmen von Lillys Lunge.«

Er hält das Tablet so, dass Sarah und ich auf das Display schauen können.

»Hier würde man Schatten sehen, wenn es eine Lungenentzündung wäre«, sagt er und deutet mit einem Kuli auf eine Aufnahme. »Aber da ist nichts«, bestätigt er auch meinen Eindruck.

Jetzt reagiert Sarah endlich. Sie sieht Dr. Garcia mit großen hoffnungsvollen Augen an. »Und was bedeutet das genau?«

»Lilly hat jedenfalls keine akute Lungenentzündung.« Sein Blick folgt ihrer Bewegung, als sie sich die Kapuze vom Kopf zieht und zum ersten Mal lächelt. Eine zarte Röte zeigt sich an seinem Hals, als er ihr Lächeln erwidert.

»Darf Lilly also nach Hause?« Sarah legt den Kopf schief, und ich glaube, sie hat gerade registriert, was für einen attraktiven Kerl sie vor sich hat. Ihr Lächeln verändert sich. Wird selbstbewusst und hinreißend.

Dr. Garcia räuspert sich. »Ich muss erst noch die Laborergebnisse abwarten. Dann können wir sehen, wie es weitergeht.«

»Ah«, sagt Sarah ein bisschen enttäuscht. »Pardon!« Sie schiebt sich an dem Arzt vorbei zu Lilly. Sein Kuli fällt zu Boden.

Gleichzeitig bücken sich die beiden, um ihn aufzuheben, und stoßen dabei fast mit den Köpfen zusammen. Sarah scheint nicht zu bemerken, dass der Arzt einen hochroten Kopf bekommen hat. Sie wendet sich vielmehr Lilly zu. »Na, meine Süße!«, flüstert sie, beugt sich über die Kleine und streicht ihr über den Kopf.

Dr. Garcia wiederum scheint sich von dem Anblick kaum losreißen zu können. »Adrian, bringst du Familie Anthony bitte in den Warteraum?«

Der Krankenpfleger schiebt Lillys Bett auf den Gang und gibt uns ein Zeichen, ihm zu folgen. Der Warteraum ist hübsch eingerichtet, fast wie eine kleine Suite in einem Landhotel: geblümte Vorhänge, behäbige Sessel, ein Lesetischchen, ein Podest mit einer kleinen Pferdeskulptur.

Und dann wacht Lilly auf. Sie blinzelt, und Sarah nimmt sie auf den Arm.

»Wenn Sie mich brauchen, klingeln Sie einfach.« Der junge Mann deutet auf eine Klingel an der Wand und lässt uns allein.

Lilly sieht mich schlaftrunken über Sarahs Schulter an und verzieht das Gesicht.

»Hey, Lilly«, sage ich und lächle sie an.

»Hause!«, schluchzt Lilly.

Ich auch, denke ich. Ernsthaft, Lilly, ich will auch nur noch nach Hause.

Ein paar Minuten später schläft Lilly auch schon wieder. Sarah setzt sich vorsichtig in einen der Sessel und wiegt ihre Tochter sachte, während sie mit abwesendem Blick leise vor sich hin summt. Ich stehe am Fenster, das auf einen kleinen, verschneiten Park hinausgeht. Die Äste der Bäume biegen sich unter der Schneelast. Ab und zu geht eine kleine Lawine zu Boden, und pulvriger Schnee stiebt durch die Luft. Meine Augen können sich nicht daran sattsehen, so sehr habe ich den Schnee vermisst.

Die Tür klickt, und ich drehe mich um.

»Okay, wir haben jetzt alle Untersuchungsergebnisse zusammen«, erklärt Dr. Garcia ein wenig atemlos. »Lilly hat eine ernst zu nehmende Bronchitis, aber es ist nichts Lebensbedrohliches. Das kriegen wir in den Griff.« Er scheint sich zu freuen, uns – und ganz besonders Sarah – diese gute Nachricht überbringen zu können. Und sie bleibt natürlich nicht ohne Wirkung. Sarah legt erleichtert eine Hand auf ihren Mund, und ihre Augen schimmern.

»Dann können wir also nach Hause, oder?«, bricht es schließlich aus ihr heraus. Ihr strahlendes Lächeln scheint den Arzt gänzlich aus dem Konzept zu bringen. Ohne ein Wort zu sagen, erwidert er ihr Lächeln. »Wir haben es noch nicht erwähnt«, fährt Sarah da schon fort, »aber mein Bruder ist auch Arzt. Geben Sie uns einfach die ganzen Medikamente mit. Er wird sich um alles kümmern.«

»Wir …«, Dr. Garcia zögert. »Ich glaube, wir kennen uns von früher. Ihr habt bei meinem Dad Reitunterricht gehabt. Ich bin Manuel.«

Sarah reißt die Augen auf und lächelt begeistert. »Stimmt!«, ruft sie und wiegt die schlafende Lilly noch ein bisschen schwungvoller hin und her. »Manuel Garcia! Schön, dich wiederzusehen!«

Manuel Garcia von der Silver Ranch, richtig. Plötzlich sehe ich ihn wieder vor mir. Schon damals trug er die Haare lang. Und schon damals war er ein fantastischer Reiter. Und er war viel cooler als ich. Sarah und ich gingen fast zwei Jahre lang regelmäßig zum Reitunterricht bei seinem Vater, und Sarah war ein bisschen verknallt in Manuel. Anders als heute hatte er damals keine Augen für sie. Niemals hätte ich gedacht, dass er sein Leben etwas anderem widmen würde als dem Rodeo.

»Freut mich auch, wirklich!« Manuel lässt seinen Blick zwischen Sarah und mir hin- und herwandern.

Sarah, in deren Gesicht nun endgültig die Farbe zurückgekehrt ist, strahlt wie tausend Wunderkerzen.

»Das ist ja irre!« Sie mustert ihn von Kopf bis Fuß. »Lebst du noch auf der Ranch?«

Manuel nickt. »Yep. Manchmal gebe ich sogar am Wochenende Reitunterricht, wenn Dad mal eine Pause braucht. Kommt doch einfach mal vorbei!« Er nimmt eine Visitenkarte aus seiner Brusttasche und gibt sie Sarah.

»Klar«, sagt Sarah, »klar komme ich vorbei! Ist das spannend!«

Im Warteraum ist das Knistern kaum mehr zu überhören. Okay, ich glaube, ich bin hier raus. Ich trete wieder ans Fenster und wähle unsere Nummer zu Hause. Schon beim zweiten Läuten klickt es in der Leitung.

»Ja? Gabriel?« Gran klingt atemlos.

»Gute Nachrichten, Gran«, sage ich beruhigend. »Wir kommen gleich nach Hause. Es ist nur eine Bronchitis.«

»Das ist ja wunderbar«, sagt Gran, und ich kann das Zittern in ihrer Stimme hören.

Und jetzt merke ich erst, wie müde ich bin. Die vergangenen vierundzwanzig Stunden waren eine Art Gefühlsmarathon, und ich wünschte, ich könnte jetzt einfach mal zur Entspannung mit meinem Kumpel quatschen. Über ganz unkomplizierte Dinge, wie zum Beispiel Snowboarden.

Ich blättere zu meinem Chat-Programm, noch ein bisschen unentschlossen, ob ich Tayler wirklich kontaktieren soll. Da sehe ich in meiner Kontaktliste den grünen Punkt neben Julianes Namen. Sie ist seit Tagen zum ersten Mal gleichzeitig mit mir online.

Eine unerträgliche Spannung breitet sich in meinem Körper aus. Ich starre auf den grünen Punkt und merke, dass ich wirklich auf der Stelle wissen möchte, was Sache ist. Diese Ungewissheit macht mich einfach nur wahnsinnig.

Dann schreib ihr doch, Mann, sagt eine Stimme in mir.

Okay, gut, aber ich weiß nicht, wie ich es anfangen soll.

Ich stelle mir ihr Gesicht vor und ihre Stimme und wie gut es wäre, wenn wir endlich miteinander redeten.

Hallo, wie geht es dir inzwischen?, schreibe ich schließlich mit zitternden Fingern und schicke die Nachricht ab.

schreibt … erscheint in grüner Schrift, mit kleinen pulsierenden Punkten, während ich auf ihren Namen starre. Mein Herz klopft mir bis zum Hals, als ginge es um mein Leben. Aber natürlich, es geht ja auch um mein Leben. Um unser Leben.

Gabriel, ich habe viel über uns nachgedacht. Ich habe meine Affäre beendet. Es tut mir so leid, dass ich dich verletzt habe. Wenn du zurückkommst, müssen wir uns zusammensetzen. Und reden. Ich meine: richtig. Ich glaube, es gab jede Menge Missverständnisse. Ich will das nicht mehr. Ich liebe dich.

Ich starre auf die Nachricht, und der Knoten in meiner Brust löst sich. WOW. Endlich. Darauf habe ich so lange gewartet.

Dass wir richtig reden. Unsere Zukunft planen. Und dass sie mir sagt, dass sie mich liebt.

Ein überwältigendes Gefühl erfasst mich. Ich weiß es. Jetzt wird alles gut.

Am Nachmittag liege ich auf meinem Bett und versuche vergeblich, mich auf das Fachbuch über Herz-Kreislauf-Erkrankungen zu konzentrieren. Mein eigenes Herz ist viel zu aufgewühlt, und ich ertappe mich immer wieder dabei, wie ich das Foto von ihr betrachte, das als Lesezeichen in meinem Buch lag. Ich lese mir noch einmal unseren kurzen Chat durch. Ich hätte gerne endlos weitergeschrieben, aber Juliane war mit einer Freundin verabredet. Es ist nicht vorbei, es ist nicht vorbei, singt eine frohe Stimme in meinem Kopf. Alles, was Juliane mir geschrieben hat – von der Arbeit in der Klinik, vom Schmuddelwetter in Hamburg, von ihren Weihnachtsvorbereitungen, alles fühlt sich so vertraut an. Unsere Beziehung liegt nicht in Scherben, sie fängt gerade erst wieder neu an.

Ich betrachte das Selfie, das sie mir auf mein Drängen hin geschickt hat. Gut sieht sie aus, strahlend. Oh Mann.

Schließlich halte ich es allein nicht mehr aus und klopfe bei Sarah an.

»Komm rein!«, antwortet Sarah leise von drinnen. Sie hat sich in ihrem Lesesessel neben Lillys Bett eingekuschelt. Lächelnd schaut sie auf und legt rasch das Handy beiseite.

»Wie geht es ihr?«, flüstere ich und trete neben Lillys Bett.

»Ich glaube, das Antibiotikum wirkt schon. Schau, ihr Atem geht jetzt viel leichter.«

Ich bleibe eine Weile stehen und sehe zu, wie sich die Decke mit den blauen und gelben Pinguinen über Lillys kleinem Brustkorb hebt und senkt.

»Ja, sieht gut aus«, bestätige ich und setze mich auf die Couch.

Sarahs Augen glänzen, und ihre Wangen sind rosig. »Wenn sie wieder gesund ist, mache ich mit ihr einen Ausflug zur Silver Ranch.« Sie tippt auf ihr Handy. »Das haben wir gerade ausgemacht. Oh, ich freue mich so! War das nicht ein unfassbarer Zufall? Manuel Garcia – Himmel, und er ist noch genauso heiß wie früher!«

»Sarah!« Ich schüttle ungläubig den Kopf. »Kann es sein, dass ich gerade den Beginn deiner nächsten Lovestory miterlebe?«

Sarah zuckt die Achseln und wiegt den Kopf. »Kann sein!«, sagt sie und grinst breit.

Und tatsächlich vibriert ihr Handy gerade wieder und kündigt schätzungsweise den Eingang der nächsten Flirtbotschaft von Manuel an.

»Nur keine Zeit verlieren!«, sage ich spöttisch.

Sarah sieht zu mir auf und boxt mich gegen den Unterarm. »Hör bloß auf zu lästern.«

Oh ja, wie gut ich dieses Spiel kenne. Wenn sich Sarah verliebt, und sie verliebt sich rasend schnell, dann ist das Ganze immer die reinste Naturgewalt. Sie schmettert sich kopfüber in diesen Gefühlsstrudel hinein. Ohne Kompromisse. Und sie tut es immer wieder, obwohl ihre Seele schon ein halbes Dutzend Mal mit Schrammen und Kratzern aus einer Geschichte wieder herausgestolpert ist. Während ich mich noch monatelang in einer stillen Ecke verkriechen würde, um meine Wunden zu lecken, macht Sarah schon wieder einen Reset, zurück auf null, und es geht von Neuem los. Jedes Mal ist sie aus tiefstem Herzen überzeugt, dass sie einen Schatz gefunden hat, so kostbar, dass sie es kaum fassen kann. Als gäbe es keine Vernunft, keine zermürbenden Streitigkeiten über Bartstoppeln im Waschbecken, keine unterschiedlichen Lebens- und Karrierepläne, keine Affären und Enttäuschungen, sondern nur – Liebe. Rosarote Liebe.

»Man fühlt es einfach«, sagt sie jetzt und lässt ihren Blick zärtlich über ihre schlafende Tochter wandern.

»Was?«, frage ich, weil ihr Blick mehrere Deutungen offenlässt.

»Wenn es der Richtige ist.«

Normalerweise würde ich sagen: Hey, Sarah, erinnerst du dich an Bill, Jason, Rob, Kenny und wie die anderen *Mr. Rights* alle hießen?

Aber heute sage ich nichts. Manuel Garcia ist kein Fremder für mich, und ich glaube, er ist ein ganz anständiger Kerl. Vielleicht hat sie recht. Sie geht einfach drauflos, während ich der ewig Zögernde bin.

»Leider hat er Nachtschicht am Dreiundzwanzigsten. Sonst würden wir natürlich zum Christmas Ball gehen«, sagt Sarah mit einem bedauernden Seufzen.

In diesem Moment fällt mir die überraschende Nachricht von April wieder ein, die schon vor Stunden eingetroffen ist. Ich sollte demnächst darauf reagieren, aber, ganz ehrlich, ich weiß nicht, was ich antworten soll.

»Sarah«, sage ich möglichst beiläufig, »was meinst du? Soll ich April zum Christmas Ball begleiten?«

Sarah sieht mich einen Augenblick lang irritiert an, dann prustet sie los. »April? Um Himmels willen, wieso das denn?«

Ich seufze genervt. »Weil sie mich gefragt hat. Und hör auf zu lachen. Ich lache ja auch nicht über deine Verabredungen, oder?«

»Sorry. Stimmt natürlich.« Sie wischt sich über die Augen. Dann wendet sie sich zu Lilly, die unruhig geworden ist und hustet, und streicht ihr über den Kopf.

»Andererseits«, flüstert sie. »Warum nicht? Es könnte ein netter Abend werden. Und wenn April sich mal wieder betrinkt oder dir an die Wäsche will – hey, in ein paar Tagen bist du fünftausend Meilen weg von hier! Null Risiko!«

»Hm, kann schon sein«, sage ich zögernd. »Aber Juliane würde das wahrscheinlich nicht so prickelnd finden. Ich weiß nicht …«

»Wenn ihr sowieso gerade eine Art Pause macht, dürfte das ja wohl erlaubt sein«, meint Sarah schulterzuckend.

»Es ist nicht gerade eine richtige Pause«, sage ich. »Na ja, okay – ich habe sie angeschrieben. Vorhin. Und jetzt reden wir wieder, und irgendwie – es fühlt sich gut an.«

Sarahs Augen verengen sich zu Schlitzen, der Mund steht ihr offen. »Entschuldige meine Offenheit, aber ich frage mich, was eigentlich mit dir los ist. Die Frau führt dich seit Jahren an der Nase herum!« Sie seufzt theatralisch. »Aber wenn du das willst, lautet mein Rat: Nutze die Chance, geh mit April zum Ball und amüsier dich, so gut du kannst. Denn wer weiß, wann du jemals wieder Spaß in deinem Leben haben wirst.«

»Danke, das hilft mir super weiter«, antworte ich gereizt und ernüchtert.

»Gern«, sagt Sarah und klingt nicht weniger gereizt und ernüchtert.

»Falls mich jemand sucht – ich bin im Schuppen und hacke Holz für den Kamin.« In der Diele ziehe ich mir Stiefel und Jacke über und verlasse das Haus. Die nächste halbe Stunde schwinge ich die Axt wie ein Besessener.

Plötzlich steht Dad in der Tür. »Sieht so aus, als hättest du eine Menge Adrenalin loszuwerden«, sagt er trocken, aber seine Augen lächeln.

Ich nicke.

»Alles nicht so einfach mit den Frauen?«

Ich zucke mit den Schultern. »Es ist nur eine.«

»Eine reicht«, erwidert Dad ernsthaft. »Wenn es die Richtige ist.«

»Danke für deine wertvolle Einschätzung«, murmle ich vor mich hin. »Habe ich heute schon mal gehört.«

»Kommst du zum Abendessen?«

»Ist es schon so spät?«

Dad nickt und wendet sich wortlos zum Gehen.

»Dad, hast du noch mal mit der Grundstücksgesellschaft gesprochen?«, frage ich.

Dad schüttelt den Kopf. »Ist schwer zu erreichen, dieser Typ.«

»Sag mir, wenn ich etwas tun kann.«

Dad nickt stumm und geht davon.

Später rufe ich Tayler an.

»Aber natürlich gehst du mit April zum Ball, Mann!« Tayler klingt, als fände er die Sache ziemlich unterhaltsam. »Du musst dir nur vorher überlegen, was du mit April vorhast! Sonst sitzt du ganz schnell in einem Schnellzug ohne Bremsen und findest dich ruckzuck an einem Bahnhof wieder, an dem du nie sein wolltest … wenn du weißt, was ich meine.«

»Gut gesagt. Aber eigentlich muss ich da gar nichts überlegen. Juliane und ich reden seit Kurzem wieder, und ich glaube, wir sind auf einem richtig guten Weg.«

Tayler stöhnt leise auf. »Bitte zwinge mich nicht, einen Kommentar dazu abzugeben.«

»Ja, vielleicht besser, wenn du die Klappe hältst«, erwidere ich bissig und beende das Gespräch.

Irgendwie bleiben mir nur zwei Möglichkeiten: mich entweder hemmungslos zu betrinken, oder mich einfach ins Bett zu hauen. Ich entscheide mich für Letzteres und verschiebe meine Antwort an April auf den nächsten Tag.

CHIARA

»Ich muss los«, flüstert mir eine Stimme ins Ohr.

»Oh nein, bleib noch.« Ich drehe mich auf den Rücken und schlinge meine Arme schlaftrunken um seinen Hals. Dave beugt sich zu mir herunter und küsst mich. Sein Atem wird schwerer, ich kann es hören. Aber dann schüttelt er mich ab.

»Meine Pferde warten«, sagt er.

»Meine Schafe auch.« Ich lausche seinen Schritten nach. Mit seinen schweren Stiefeln eilt er die Treppe hinunter, die Tür fällt ins Schloss, und der Pick-up startet.

Dann setze ich mich seufzend auf. So also sieht eine Affäre auf dem Land aus. Bei der Erinnerung an die vergangene Nacht muss ich lächeln. So fühlt sich eine Frau, die sich nichts vorschreiben lässt und ihr Leben in vollen Zügen genießt! Gleich beim Frühstück werde ich eine Nachricht an Bonnie schreiben.

Zwei Stunden später wirbele ich wie eine Verrückte durch Stall und Haus. Giovanni kommt heute nach Hause, und später auch Charlotte. Die beiden sollen mit eigenen Augen sehen, dass ich hier einen fantastischen Job gemacht habe.

Nach dem Füttern und Ausmisten putze ich die Küche spiegelblank. Dann fahre ich zur Crossroads Mall, tanke das Auto voll und kaufe Vorräte für die nächsten Tage.

Am Ausgang der Mall ist ein kleiner Stand aufgebaut. *Cold Creek Christmas Ball* steht in Glitzerbuchstaben darüber.

»Hi.« Eine junge Frau tritt auf mich zu. »Haben Sie schon Karten für unseren Ball?«

Ich bleibe überrascht stehen. »Ehrlich gesagt, weiß ich überhaupt nichts davon …«

»Wenn das so ist, müssen Sie unbedingt kommen!«, sagt ein gutaussehender blonder Typ hinter dem Stand und lächelt mich an.

»O-kay«, sage ich gedehnt und erwidere sein Lächeln. »Sollte ich?«

»Unbedingt. Ich werde auch da sein.«

»Tja, dann ist es eine Überlegung wert.« So wie der Kerl aussieht, könnte er Model sein oder Schauspieler.

»Es sind jede Menge guter Tänzer da. Sie können also auch allein kommen«, sagt die junge Frau und reicht mir einen Flyer. »Und eine Karte können Sie notfalls auch noch an der Abendkasse kaufen. Es würde uns sehr freuen. Die Einnahmen gehen nämlich an verschiedene Wohltätigkeitsprojekte.«

Ich bedanke mich und stecke den Flyer in meine Handtasche. Wundervolle Bilder tauchen in meinem Kopf auf. Von einem festlich geschmückten Saal, in dem Dave und ich eng umschlungen zu den Klängen der Musik tanzen, eingetaucht in ein glitzerndes Lichtermeer. Wie Daves Atem beim Tanzen meine Wange streift und ich die Hitze seines Körpers spüre. Und natürlich trage ich, kleines Detail am Rande, ein fantastisches Kleid.

Wie immer bin ich etwas zu schnell unterwegs und fahre beinahe an dem kleinen Hinweisschild für den Weihnachtsbaumverkauf vorbei, das etwas außerhalb von Cold Creek an der Landstraße steht. Ich biege ab, und das Auto holpert und rumpelt über einen unbefestigten Weg bis zu einer kleinen Lichtung. Eine ältere Frau mit Pelzmütze und Schneeanzug sitzt auf einem Klappstuhl, neben ihr lodert ein kleines Feuer. Zu ihren Füßen liegt ein Hund, der ohne Weiteres aus demselben Wurf wie Massimo sein könnte.

»Hallo, meine Liebe!«, sagt die Frau, als ich aussteige, und erhebt sich schwerfällig von ihrem Stuhl. Der Hund kommt auf mich zu und schnuppert an meinen Beinen. Dann geht er argwöhnisch zum Auto hinüber, wo Massimo seine Nase gegen die Scheibe presst.

»Ich suche einen mittelgroßen Baum. Schön gerade gewachsen und mit viel Platz für Schmuck«, sage ich.

Belustigt deutet die Frau auf das kleine Wäldchen zu unserer Rechten. »Das sollte kein Problem sein.«

Okay, es könnte eine längere Suche werden, denke ich. Die Frau begleitet mich, während ich die Reihen abgehe, und gibt mir Tipps. Dann plötzlich fällt mein Blick auf den perfekten Baum.

»Der hier ist es.«

Die Frau nimmt die schwere Axt in beide Hände und will schon damit beginnen, den Baum zu schlagen. Aber in mir steigt mit einem Mal ein seltsames Gefühl auf. Ich werde unseren Baum selbst fällen, kommt es mir in den Sinn. Natürlich kann ich das! Habe ich nur vergessen.

»Geben Sie mir die Axt«, sage ich lächelnd.

Nonna Elsa beheizte ihren Backofen mit Holz. Es war ein unförmiger, riesiger Ofen, der hinter ihrem Haus stand.

Ich bewunderte sie, wie sie die Holzscheite mit einem gezielten Schlag der Axt zerteilte. In den ersten Jahren machte sie »Tssss!« und schüttelte energisch den Kopf, wenn ich es auch probieren wollte. Als ich zehn war, ließ sie es schließlich zu.

»Du machst das gut!«, sagte sie, als das erste gespaltene Holzscheit zu Boden fiel.

Ich erinnere mich, dass Mamma außer sich war, als sie davon erfuhr. »Das ist keine Arbeit für Mädchen oder Frauen!«

»Aber Nonna ist doch auch eine Frau!«, widersprach ich wütend.

»Siehst du, Ettore.« Mamma hob anklagend den Blick zu Papà. »Sie verwildert bei deiner Mutter! Ich will nicht wissen, was sie sonst noch alles dort macht.«

»Lass sie doch«, brummte Papà. »Sie kann alles machen, was sie sich zutraut. Chiara ist doch ein vernünftiges Mädchen.«

Ich bin nicht sicher, ob sein großzügiges Einverständnis nicht an seine Grenzen gestoßen wäre, hätte ich ihm erzählt, dass ich bei Nonna außerdem lernte, wie man Bier braut und Grappa herstellt. Wie man es schafft, alles, was wir auf dem Wochenmarkt verkaufen wollten, auf einem kleinen Karren über endlose holprige Feldwege zu ziehen, ohne dass man vor Hitze und Erschöpfung zusammenklappt. Und vieles mehr.

Außerdem wird Mamma nie davon erfahren, dass ich bei Nonna Elsa nie auch nur eines der Kleider anzog, die in meinem Koffer lagen. Jedes Jahr, wenn ich aus Hamburg kam, hatte mir Nonna eine Hose und ein paar einfache Blusen genäht, und für kältere Tage gab es eine Strickjacke. Ich weiß nicht, wie es ihr gelungen ist, aber ich kann mich nicht erinnern, dass jemals ein Kleidungsstück von ihr zu weit oder zu eng gewesen wäre.

»Woher kommen Sie?«, fragt die Frau, als ich bezahle.

»Aus Hamburg. Deutschland.«

»Oh. Ist es da sehr viel anders als hier?«

»Ja«, antworte ich und schaue in ihr Gesicht, das von vielen kleinen Falten durchzogen ist. Ein Ausdruck vollkommener Gelassenheit und Ruhe liegt in ihren dunklen Augen.

»Dann bin ich lieber hier«, sagt sie mit einem stillen Lächeln.

Erst als ich wieder auf die Straße biegen will, fällt mir ein, dass ich eine ganze Weile für den Rest der Welt *offline* war. Ich hole mein Handy aus der Handtasche. *Es war wunderbar mit dir,* lese ich. *Lass uns das wieder tun.* Schreibt Dave.

Kannst du mich in ungefähr einer Stunde abholen? Schreibt Giovanni.

Lo ist in der Klinik. Baby kommt. Schreibt Mamma. Und darunter fünfhundert Herzchen-Smileys, wie sie es immer macht.

Es ist ein wunderbares Gefühl, als sich Black Dog Lands allmählich wieder mit Leben füllt. Und Giovanni ist so froh, wieder zu Hause zu sein. Kaum angekommen zieht er sich auf der Stelle die festen Stiefel an und geht mit Massimo in den Stall. Vermutlich zum Schafekuscheln.

»Es macht mich so glücklich«, sagt er und legt mir seinen gesunden Arm um die Schulter, »dass du auf alles ein Auge hattest. Ich danke dir wirklich sehr.«

»Keine Ursache«, sage ich und werde ein bisschen rot. Er wird mit Sicherheit bald herausfinden, dass ich auch auf seinen Nachbarn ein Auge hatte.

Am Spätnachmittag endlich ist Motorenlärm zu hören. Charlotte ist zurück. Sie trägt noch ihr schickes Business-Outfit und überragt mich mit ihren eleganten Pumps noch mehr als sonst.

»Danke, dass du hier so tapfer ausgehalten hast!« Sie schenkt mir eine kräftige Bärenumarmung. »Ausgerechnet einen Blizzard zu erleben, tssss … und dann geht dir noch das Benzin aus …« Sie wirft Giovanni einen strafenden Blick zu.

»Na ja, es ging ja alles gut«, sage ich schnell.

Charlotte lacht laut. »Ja! So ein brillanter Zufall! Gabriel Anthony eilt herbei und rettet dich – vielleicht ein Wink des Schicksals?«

Ich schüttle unangenehm berührt den Kopf.

»Kommt, setzt euch«, sage ich schnell, weil ich das Thema nicht vertiefen will. »Ich habe mexikanisch gekocht!«

»Du bist ein Schatz«, sagt Charlotte.

Ich zwinkere ihr lächelnd zu. Du wirst bald meine Schwägerin und weißt es noch nicht, summt es fröhlich in meinem Kopf.

»Warum bleibst du nicht einfach für immer hier. Das wäre echt schön …« Sie lässt sich seufzend auf die Eckbank fallen.

Tatsächlich habe ich schon darüber nachgedacht, wie das eigentlich wäre. Verrückt. Wie konnte sich in so kurzer Zeit so viel verändern? Nicht eine Sekunde war mir in den Sinn gekommen, mich zitternd im Haus zu verschanzen. Es ist keine Angst mehr, die ich angesichts der Rauheit der Natur verspüre, sondern Faszination. Und – jetzt rammt mir Massimo gerade seine Nase ins Knie – ich habe meine Liebe zu Tieren wiederentdeckt. Sie hatte einen festen Platz in meinem Leben gehabt. Vor langer Zeit.

Erst als wir am Tisch sitzen, merke ich, dass ich seit dem Frühstück überhaupt nichts mehr gegessen habe. Dieser Tag hat mich wirklich in Atem gehalten.

»Nichts Neues!«, sagt Giovanni gerade und legt sein Handy zurück auf den Tisch.

Es sieht so aus, als wollte das Baby sich noch eine Weile Zeit lassen. Mamma ist bei Lo, und sie hält uns mit ausführlichen Nachrichten auf dem neuesten Stand. Natürlich fragen wir uns alle, wer von den beiden aufgeregter ist.

»Chiara, du bist hier ja anscheinend ganz gut zurechtgekommen?«, erkundigt sich Charlotte.

Ich nicke mit vollem Mund.

»Hat sich Dave mal blicken lassen, um dir zu helfen?«

»Doch, ja«, stottere ich und verschlucke mich fast am letzten Bissen. »Er war wirklich sehr … hilfreich.« In meiner Kehle steckt ein hysterisches Kichern, das unbedingt herauswill, aber dann rettet mich Massimo. Er springt auf und rennt zur Hintertür, die in diesem Moment aufgeht.

»Hallo zusammen!«, ruft Dave gut gelaunt, und hinter ihm springt Chipper aufgeregt in die Küche. Sofort entsteht eine wilde Balgerei.

»Oh, ihr Hunde, könnt ihr bitte woanders spielen?« Charlotte ist aufgestanden und scheucht die beiden in die Diele hinaus. Dann wendet sie sich Dave zu.

»Hi! Schön, dich zu sehen! Wir sprachen gerade von dir!«

»Ah«, sagt Dave und grinst mich an. Ich lege verstohlen den Zeigefinger auf meine Lippen.

Offensichtlich sprechen wir aber nicht dieselbe Zeichensprache. Anstatt einfach nur die Klappe zu halten, kommt er um den Tisch herum, beugt sich über mich und küsst mich auf die Lippen.

»Hi Sweetie.«

Giovannis Augenbrauen schnurren blitzartig zusammen, und er wirft mir einen finsteren Blick zu. Ich ziehe eine Grimasse und kann mir ein selbstgefälliges Grinsen nicht verkneifen. *Cool bleiben*, Giovanni, ich bin erwachsen!

»Hey, Giovanni, wie geht es dir?«, erkundigt sich Dave. »Du siehst ganz gut aus, wenn du mich fragst!«

»Ja, ist alles so weit in Ordnung«, erwidert Giovanni. »Wird aber noch ein bisschen dauern, bis ich wieder richtig zupacken kann.«

»Na, klar. Sag Bescheid, wenn du Hilfe brauchst.«

Charlotte geht zum Herd, füllt einen Teller und stellt ihn auf den freien Platz neben mir. »Komm, Dave, iss mit uns! Chiara hat gekocht.«

»Gerne. Ich bin am Verhungern, um ehrlich zu sein.« Er zieht den Stuhl vom Tisch und setzt sich mit einem wohligen Seufzer neben mich. »In diesem Haus gibt es einfach immer großartiges Essen. Ich sage nur …«, er beugt sich zu mir und lächelt mich komplizenhaft an, »dieses Eine-Million-Dollar-Gebäck von Chiara …«

»Oh ja, ich weiß«, sagt Giovanni genervt. Ich kenne ihn gut genug, um zu wissen, wie es gerade in ihm arbeitet.

Charlotte blinzelt Giovanni irritiert an. Ihr Mund formt die Frage: Was ist los? Aber er schüttelt nur wortlos den Kopf.

In diesem Moment surren unsere Handys. Neuigkeiten in der Familiengruppe. Ich schaue kurz auf mein Display.

»Okay. Mamma schreibt: immer noch nichts. Ich fahre jetzt nach Hause. Die Hebamme sagt, das wird heute Nacht nichts mehr.«

»Ach, das kriegt sie doch allein hin«, sagt Dave.

Ich pruste unwillkürlich los. »Nur zur Info: Lo ist kein Pferd.«

Dave zuckt die Achseln. »Trotzdem.« Er streckt seinen Arm aus und legt ihn um meine Schulter.

»Danke für das Essen! Eigentlich bin ich noch wegen etwas anderem hier.«

»Und das wäre?«, frage ich.

Dave reibt sich mit der Hand den Nacken.

»Tja, ich weiß nicht, ob du schon davon gehört hast: Am Dreiundzwanzigsten ist in Cold Creek der traditionelle Christmas Ball. Es ist ein großer Spaß.«

Mein Herz macht einen riesigen Satz. »Du würdest …«, beginne ich atemlos.

»Ja«, sagt er und grinst. »Ich würde dich gern fragen, ob du Lust hast, mit mir hinzugehen.«

»Also wirklich, Chiara. Was war *das* denn?«, fragt Giovanni, als Dave weg ist, und sieht mich vorwurfsvoll an.

Aber Charlotte fällt ihm ins Wort. »Wie aufregend, Chiara, was ziehst du an?«, fragt sie und strahlt mich begeistert an.

Mein Blick wandert vom einen zur anderen, und ich kann nicht anders, als lauthals zu lachen.

Aber Giovanni ist nicht im Geringsten zum Lachen aufgelegt.

»Okay, zwischen euch läuft also was«, stellt er mit todernster Miene fest.

»Wie du das so schnell gemerkt hast!« Charlotte steht auf, um die Teller zusammenzuräumen.

»Und wennschon. Geht dich eigentlich nichts an«, sage ich schnippisch.

»Das ist ja auch kein Kloster hier, Giovanni. Lass sie!«, sagt Charlotte. »Es ist doch schön, wenn sie eine gute Zeit hat!« Dann beugt sie sich über den Tisch und blinzelt mich an. »Du hast es wirklich verdient nach diesem ganzen schrecklichen Mist.«

Giovanni stöhnt genervt auf. »Also ehrlich, ich weiß nicht …«

»Du wirst dich unterstehen und Lo etwas davon erzählen!«, unterbreche ich ihn und schiebe meinen Stuhl mit einem heftigen Ruck nach hinten. »Du weißt, wie leicht sie sich aufregt, wenn sie glaubt, ich wäre auf dem falschen Pfad.«

»Du *bist* auf dem falschen Pfad.«

Charlotte schüttelt energisch den Kopf. »Jetzt hör schon auf. Lass uns lieber über das Ballkleid reden.«

Plötzlich verändert sich Giovannis Miene. »Wir könnten ja auch hingehen?«, bemerkt er wie beiläufig und trägt die Gläser zur Spüle. »Wir waren noch nie dort. Sicher ist es sehr romantisch!«

Ich ahne es – er hat soeben einen Masterplan für seinen Heiratsantrag gemacht.

Aber Charlotte schüttelt nur den Kopf. »In deinem Zustand, bist du wahnsinnig? Das ist viel zu riskant! Du könntest noch nicht mal anständige Kinnhaken verteilen, sollte es erforderlich sein!«

Sie dreht sich zu mir und grinst, als sie mein erstauntes Gesicht sieht. »Du hast richtig gehört. Manchmal geht es auf diesem Ball ganz schön heiß her.«

»Klingt super«, sage ich. »Aber mit Dave an meiner Seite brauche ich wahrscheinlich ohnehin nichts zu fürchten.«

»Nichts zu fürchten, haha«, grollt Giovanni. »Dave *ist* die wandelnde Gefahrenzone. Jedenfalls, wenn man eine Frau ist.«

»Davon verstehst du als Mann natürlich sehr viel«, gebe ich grinsend zurück. Und Charlotte grinst und sagt: »Wir hören dir gerade nicht zu.«

CHIARA

Natalia Anna Christina kommt in dieser Nacht um drei Uhr dreißig Hamburger Ortszeit zur Welt. Nur eine knappe Stunde, nachdem Mamma das Warten aufgegeben hat und mit dem Taxi nach Hause gefahren ist, macht sie sich auf den Weg. Und sie hat es auf einmal verdammt eilig.

»Tja, was lernen wir daraus?« Giovanni grinst und lässt einen dicken Klacks Erdbeermarmelade auf sein Brötchen tropfen. »Solltest du irgendwann in die Verlegenheit kommen, liebe Chiara, dann nimm bloß nicht Mamma mit. Sie scheint wie ein Wehenhemmer zu wirken.«

»Giovanni, wie kannst du so etwas Gemeines sagen!«, protestiere ich lachend. Aber dann wird mein Blick gleich wieder vom Display meines Handys angezogen, auf dem schon die nächste Nachricht von Lo aufblinkt. Meine Schwester scheint von Glückshormonen berauscht zu sein. Sämtliche Erschöpfungssymptome sind offenbar wie ausgelöscht. Seit dem frühen Morgen schickt sie mir im Viertelstundentakt die süßesten Fotos von meiner kleinen Nichte. Natalia ist zwar nicht groß, aber erstaunlich proper. Deshalb sieht sie viel weniger zerknautscht aus als die meisten Neugeborenen. Auf ihrem Kopf hat sie dunklen Flaum. Die geschwungenen Augenbrauen und die dichten Wimpern hat sie von meiner Schwester. Ihre Haut erinnert mich an Marzipan. Kurzum, sie ist unfassbar bezaubernd, und mein Herz ist tonnenschwer von all dem Glück.

Und Natalias Geburt, übrigens drei Tage zu früh, war nicht die einzige wunderbare Überraschung dieses Morgens.

Mir hatte sich schon gestern der Verdacht aufgedrängt, dass Giovanni und Charlotte hinter meinem Rücken irgendwas ausheckten. Ich hatte keine Ahnung, was es sein könnte. Bis Giovanni vorhin in die Küche kam und grinsend ein zusammengefaltetes Blatt Papier neben meinen Teller legte.

»Das musst du dir anschauen, Chiara!«

Ich faltete das Blatt auseinander. »Ist das euer Ernst?«, rief ich aufgeregt. »Bitte sag, dass das wahr ist!«

Giovanni nickte lächelnd. »Absolut wahr.«

Es waren die Flugtickets für Giovanni und Charlotte. Sie hatten, ohne mir davon zu erzählen, denselben Flug gebucht, mit dem ich nach Hamburg zurückkehren werde. Ich schlug mir die Hände vors Gesicht, aber dieses Mal heulte ich nur ein kleines bisschen. Ich mache Fortschritte.

»Wir müssen doch das Baby sehen«, sagte Charlotte, als ich sie mit tränenfeuchten Augen ansah. »Und wir bleiben bis nach Silvester, um mit euch allen ins neue Jahr hineinzufeiern.«

»Es gibt ja wirklich viele Gründe, unsere Familie zu besuchen …«, sagte Giovanni vieldeutig, und sofort machte mein Herz einen kleinen Salto. Wann würde er Charlotte wohl den Antrag machen? Hier in Cold Creek? An Heiligabend, den wir nach guter deutscher Sitte feiern wollen, oder vielleicht doch erst am zweiten Weihnachtsfeiertag in Hamburg?

»Sorry, Chiara«, sagte Giovanni und tätschelte meinen Arm. »Wir wollten es dir erst sagen, wenn ich aus dem Krankenhaus entlassen bin …«

»Alles klar.« Ich atmete tief aus und kam langsam wieder runter. »Und was stellt ihr dieses Mal mit Massimo an?«

Charlotte grinste. »Den nimmt Dave für einige Tage zu sich, nachdem die beiden Hunde sich so sehr lieben.«

»Dave gehört ja jetzt praktisch zur Familie«, brummte Giovanni. Ich überhörte den Sarkasmus und nickte.

Eine Rückreise zu dritt! Ein gemeinsames Silvester!

Das waren grandiose Aussichten.

Am Nachmittag machen Charlotte und ich uns auf den Weg, um ein Ballkleid für mich zu finden.

Als Charlotte den Motor anlässt, breiten sich zu meiner Überraschung zarte Klänge im Innenraum aus.

»Was ist passiert?«, frage ich überrascht. »Ist deine Hard-Rock- und Country-Phase etwa vorbei?«

Charlotte grinst. »Ja, stimmt«, sagt sie, »in der letzten Zeit bin ich irgendwie romantisch geworden.« Sie zieht die Augenbrauen hoch. »Keine Ahnung, woran das liegt.«

»Ich schon«, behaupte ich. »Giovanni hat dir gefehlt. Offensichtlich brauchst du einen Ausgleich.«

Sie grinst mich von der Seite an. »Mag sein, dass du recht hast. Aber er kann auch eine ganz schöne Nervensäge sein. Besonders, wenn er glaubt, seine kleine Schwester beschützen zu müssen.«

»Ach, das bin ich gewohnt.«

»Und trotzdem«, sagt Charlotte, und ihre Miene wird ganz weich, »trotzdem ist er das Beste, was mir jemals passiert ist.«

»Das klingt schön«, sage ich leise, und plötzlich überkommt mich ein Anflug von Traurigkeit. Wird die Leerstelle in meinem Herzen jemals besetzt werden, oder muss ich für immer voller Sehnsucht den anderen bei ihrem Glück zuschauen? Wir fahren eine ganze Weile schweigend über Land. Heute nehmen wir eine andere Strecke, nach Norden, die Rockies links von uns und rechts die weite Ebene. Ich entdecke einen Berg mit einer außergewöhnlichen Formation, dem wir uns allmählich nähern. Es sind fünf mit Schnee bedeckte Felsen, die sich aneinanderzulehnen scheinen.

»Wie heißen diese Berge?«

Charlotte stellt die Musik leiser. »Das sind die *Flatirons*, das berühmte Wahrzeichen von Boulder«, erklärt sie. »Eine der ersten Siedlerfrauen hier hat der Formation den Namen gegeben, weil die Felsen aussehen wie fünf Bügeleisen.«

»Es sieht super aus. Ich muss im Sommer wiederkommen«, sage ich und mache ein Foto. »Unbedingt. Und zwar, wenn die Wildblumen blühen. Das sagt sogar Dave, der völlig unromantisch ist.«

Charlotte lacht und sieht mich dann von der Seite an. »Hey, du bist jung, schlau und ungebunden, vielleicht willst du einfach auch hierherkommen? Das wäre super!«

Ich schüttle den Kopf. »Nicht auszudenken, was meine Familie dazu sagen würde. Außerdem denke ich gerade über ein eigenes kleines Café in Hamburg nach.«

»Das klingt auch gut!«, sagt Charlotte. »Du hast ganz bestimmt das Zeug dazu.«

Mittlerweile sind wir in Boulder angekommen. In Anbetracht meines knappen Budgets hatte Charlotte vorgeschlagen, dass wir uns in einem der Secondhandläden umschauen. Ich war von der Idee begeistert, aber dann entpuppt sich der Laden als eine riesige Halle in einem Gewerbegebiet, und ich bin ein wenig ernüchtert.

»Bist du sicher, dass wir hier richtig sind?«, frage ich unsicher beim Anblick der Töpfe, Pfannen und Kuscheltiere gleich im ersten Regal. »Du weißt schon, dass ich ein echt, echt schönes Kleid brauche!?«

»Vertrau mir!«, sagt Charlotte. Sie deutet auf ihre schwarze Hose und die auffallend schicken Stiefel, die sie heute trägt. »Das ist beides von hier! Und wir finden ganz bestimmt ein Kleid, das du niemals in deinem Leben vergessen wirst.«

»Und Dave hoffentlich auch nicht«, sage ich.

Charlotte wirft mir einen spöttischen Blick zu. »Verlass dich drauf. Alles, was kein Pferd ist, vergisst Dave ziemlich schnell wieder!«

Sie steuert auf eine Wand zu, an der unzählige Kleiderständer mit Abendkleidern in den verschiedensten Farben stehen. Staunend sehe ich mich um. Was für eine Auswahl, und egal, für welches Outfit ich mich entscheide, es wird mich ganz bestimmt nicht in den Ruin treiben.

Ich lege voller Optimismus los. Eine halbe Stunde später stehe ich schon etwas erschöpft in Slip und BH in der Umkleidekabine, in der es, wie im ganzen Laden, irgendwie süßlich nach Staub und altem Stoff riecht. Fünf Kleider habe ich schon anprobiert, aber alle waren viel zu lang und zu weit.

»Wenn das so weitergeht, wechseln wir in die Kinderabteilung!«, beschwere ich mich bei Charlotte, die auf der anderen Seite des Vorhangs steht und schon mit dem nächsten Kleiderbügel klappert. »Außerdem habe ich Lust auf einen Kaffee!«

»Sofort«, sagt Charlotte. »Aber zuerst kommt noch dieses Kleid hier. Es ist … ach, zieh es einfach an!« Sie öffnet die Tür ein wenig von außen und schiebt einen wahren Berg aus zartrosa Stoff mit üppiger Spitze durch den Spalt.

Atemlos halte ich das Kleid vor mich hin. Es ist zauberhaft. Wie das Ballkleid von Aschenputtel in meinem Lieblings-Märchenfilm. Ich reiße die Tür auf und übersehe geflissentlich den tadelnden Blick einer griesgrämigen Mittfünfzigerin auf meine Unterwäsche. »Charlotte, das ist ein Traum!«, zische ich begeistert. »Komm sofort rein und hilf mir beim Anziehen!«

Ich wage kaum, in den Spiegel zu sehen, als Charlotte den Reißverschluss schließt. Mein Herz klopft wild. Achtzig Dollar für diesen Traum … es wäre zu schön … es muss einfach passen …

»Ich fasse es nicht«, sagt Charlotte endlich. »Wer auch immer dieses Kleid hier abgegeben hat – muss exakt deine Figur gehabt haben! Es ist dir wie auf den Leib geschneidert.«

Ich wage einen Blick auf die Frau, die mir aus dem Spiegel entgegenschaut. Sie ist die Prinzessin, die ich an Weihnachten unbedingt sein wollte. Und sie ist mehr. Mir fällt auf, wie meine Augen glänzen, meine Haut strahlt, und ich sehe so glücklich aus, wie ich mich schon überhaupt nicht mehr in Erinnerung hatte.

Charlotte berührt mich am Arm und holt mich in die Realität zurück. »Komm nach draußen, da gibt es einen großen Spiegel!«

»Okay.« Ich folge ihr barfuß und auf Zehenspitzen.

»Himmel«, sagt Charlotte, »du musst es nehmen. Ich erlaube dir nicht, irgendwas anderes zu tragen!« Sie deutet auf meine Füße. »Was hältst du davon, wenn ich schon mal nach Schuhen suche? Und dann fahren wir noch in ein gemütliches Café!«

»Ja, das wäre genial!«, sage ich und sehe ihr dankbar hinterher, wie sie in Richtung Schuhregal loszischt.

Dann wende ich mich noch einmal meinem Spiegelbild zu und betrachte mich von allen Seiten. In diesem Moment sehe ich aus dem Augenwinkel zwei junge Frauen, die den Gang entlangschlendern. Sie sind in ein lautes Gespräch vertieft, das mit einem Schlag verstummt, als sie mich erblicken. Ein seltsames

Gefühl beschleicht mich, und ich behalte sie im Blick, als sie hinter mir vorbeigehen. Für eine Millisekunde kreuzen sich unsere Blicke im Spiegel. Die Art, wie sie mich ansehen, trifft mich im Innersten, und ich muss den Impuls bezwingen, mich auf der Stelle in die Kabine zu flüchten. Noch nie in meinem ganzen Leben habe ich eine solche Feindseligkeit von jemandem gespürt, der mich noch nicht einmal kennt. Mein Herz beginnt zu hämmern. Was immer hier gerade geschieht, es muss ein Irrtum sein!

Ich drehe mich um und starre den beiden verwirrt nach.

Jetzt lachen sie, und die Dunkelhaarige sagt so laut, dass ich es mühelos hören kann: »Ist das nicht wahnsinnig lustig? Jenny Tanaka hat ihr Kleid gespendet!« Die Blonde, deren Hüften sich mit jedem Schritt hin und her wiegen, antwortet noch lauter, und ich habe mit einem Mal das Gefühl, dass es volle Absicht ist, mich mithören zu lassen. »Warum auch nicht. Das Kleid hat ihr jedenfalls nicht dabei geholfen, ihren supertollen Dave zu behalten.«

Die beiden brechen in hysterisches Lachen aus und entfernen sich dann rasch.

Ich stehe wie ein begossener Pudel da, als Charlotte zurückkommt.

»Was ist denn mit dir los?«, fragt sie mich. »Du bist ganz blass!«

Ich schüttle den Kopf. »Ich weiß nicht … das war gerade sehr seltsam.«

»Wieso? Was ist passiert?« Charlotte bückt sich und stellt fünf Paare helle High Heels vor mir ab.

»Sie haben irgendwie über dieses Kleid geredet«, sage ich. »Das Kleid, das ich anhabe. Und dann haben sie Dave erwähnt.«

»Ach, komm schon«, sagt Charlotte und legt mir die Hand auf die Schulter. »Es gibt jede Menge Daves. Schau dir lieber meine Ausbeute an!«

Ich beuge mich über die Schuhe, die allesamt echt fantastisch und spottbillig sind. Und schon als wir den Laden verlassen, in dem ich für Kleid und Schuhe gerade mal hundert Dollar gelassen habe, ist die merkwürdige Episode vergessen.

Wir gönnen uns einen ausgedehnten Besuch in einem Café im Zentrum von Bolder, das von vielen Studenten besucht wird. Es ist bunt, laut und eng, und der Cappuccino ist hervorragend.

So etwas in der Art stelle ich mir vor. Ein gemütliches Café mit einem kuscheligen Ambiente und netten Gästen. Während ich von meinem eigenen Café träume, träumt Charlotte von etwas anderem.

»Meinst du, so ein richtig langes Kleid mit Spitze würde mir auch stehen?«, fragt sie unvermittelt.

Ich starre sie überrascht an. »Aber natürlich! Lass uns zurückfahren und ein Kleid für dich aussuchen!«

»Nein, nein«, winkt sie hastig ab. »Es war nur so ein Gedanke.«

So langsam muss Giovanni mit seinem Antrag herausrücken, denke ich mir.

Abends fahren Dave und ich zu ihm auf seine Ranch.

»Willkommen in meinem Stück vom Paradies«, sagt er und kickt die Eingangstür mit einem kräftigen Tritt auf. Über beide Arme gehängt trägt er einen tonnenschweren, reich verzierten Westernsattel, den er zuvor vom Sattler abgeholt hat.

Das Prachtstück ist für *Love Story* bestimmt, Daves neue Liebe. Das Pferd heißt nicht nur so, es *ist* eine Lovestory. Ich kann es an jeder Regung in Daves Gesicht sehen, wenn er über dieses Wundertier spricht.

»Ich hole ihn bald«, hat er gerade noch im Auto gesagt.

»Okay, dann ist wohl schon bald Schluss mit uns beiden.« Ich warf ihm einen scherzhaften Seitenblick zu.

Dave blickte stur gerade aus auf die Straße. Die letzte Strecke vor seiner Farm war gespickt mit Schlaglöchern. Aber mir entging nicht, wie sich die Grübchen auf seinen Wangen vertieften. Wie unglaublich sexy. Diese Stelle möchte ich wirklich immerzu küssen.

Im Radio sang Lenny Kravitz *It ain't over, till it's over*, und Dave sah zu mir herüber und strich mir wortlos über die Wange. Es ist erst vorbei, wenn es vorbei ist.

In diesem Moment liebte ich ihn ein kleines bisschen, was natürlich völlig gegen die Spielregeln war.

GABRIEL

Im Radio läuft ein Weihnachtslieder-Wunschkonzert. Es ist heiß in der Küche. Gran hat soeben ihr schätzungsweise dreitausendstes Blech Weihnachtsgebäck in den Ofen geschoben. Jetzt stellt sie sich neben Mom an den Küchentisch und hilft ihr beim Verpacken der Weinpräsente. Trotz der über uns schwebenden Katastrophe wird Dad diese Geschenke nachher mit den besten Weihnachtswünschen bei seinen besten Kunden vorbeibringen. Auch wenn er den ganzen Tag unterwegs sein wird – das lässt er sich seit Jahren nicht nehmen. Es gehört für ihn einfach zu Weihnachten.

»Soll ich mitfahren?«, habe ich ihn gestern Abend gefragt.

Aber Dad hat nur gelächelt und den Kopf geschüttelt. Ich hatte das ungute Gefühl, dass er Gesprächen unter vier Augen gerade kategorisch aus dem Weg geht. Es ist ein zutiefst verstörendes Gefühl. In unserer Familie wird sonst immer alles offen diskutiert, so unangenehm das auch manchmal sein mag, aber vielleicht ist der drohende Verlust der Farm einfach zu groß, als dass ihn Dad in Worte fassen könnte.

Ich sehe mich in der Küche um. »Kann ich euch helfen?«

»Natürlich«, sagt Mom und betrachtet mich mit einem Lächeln. »Trägst du die fertigen Pakete ins Auto?«

Ich gehe in die Diele und hole meine Stiefel.

In der Nacht hat es wieder eine Menge Neuschnee gegeben. Ich nehme mir einen Handfeger und rücke der dicken Schneehaube auf Dads Auto zu Liebe, bevor ich anfange, die Pakete aus der Küche zu holen.

»Danke, Gabriel!« Dad kommt gerade aus dem Weinkeller. Er sieht müde aus, als er jetzt auf den Hof tritt.

»Dad«, sage ich, als er sich vorbeugt und einen prüfenden Blick in den Kofferraum wirft. »Wir müssen irgendwann über die Sache mit dem Pachtvertrag reden.«

Dad richtet sich auf und sieht mich mit gerunzelter Stirn an.

»Da gibt es gerade nicht so viel zu bereden«, sagt er. »Ich warte noch auf eine Antwort. Bisher halten sie es noch nicht einmal für nötig, mir eine schriftliche Kündigung zu schicken.«

»Ich könnte mit der Bank reden«, unterbreche ich ihn ungeduldig. »Vielleicht geben sie uns doch einen Kredit, wenn ich mit meinem Einkommen bürge. Schließlich verdiene ich in Hamburg nicht schlecht.«

Dad schnaubt resigniert auf. »Ach, lass gut sein, Gabriel. Vielleicht ist es einfach eine Art Wink des Schicksals.«

»Dad, das ist Unsinn!« Der Zorn in meiner Stimme überrascht mich selbst.

Dad klopft mir auf die Schulter. »Schau, in zwei Jahren bin ich sechzig. Das Leben hier draußen bedeutet einige Mühen. Deine Mom, Gran und ich – wir könnten in eine der neuen Wohnanlagen in Cold Creek ziehen. Sarah wird sowieso früher oder später ausziehen.«

Die Vorstellung, dass die drei in einer Apartmentanlage wohnen, in der man für jede Katze eine Extraerlaubnis einholen muss, bringt mich fast um den Verstand.

»Dad! Glaubst du wirklich, du kannst ohne das alles hier leben?«, frage ich und zeige mit einer ausladenden Geste auf alles, was zu unserer Farm gehört. Wie auf Kommando erheben sich die weiß-grauen Tauben aus unserem Taubenhaus, die

Gran seit über vierzig Jahren züchtet, und flattern malerisch in den zartblauen Winterhimmel.

»Ich weiß nicht«, sagt Dad tonlos. »Ich glaube, ich muss mit einem Anwalt reden.« Er macht einen Moment Pause und haucht sich Wärme auf die geröteten Hände. »Aber so ein Anwalt kostet auch wieder eine Menge Geld.«

»Wir finden einen Weg, Dad«, sage ich. »Bitte lass uns darüber reden.«

»Okay«, sagt er schließlich. »Wenn du darauf bestehst.«

Ich klopfe ihm auf die Schulter und gehe zurück ins Haus.

Mom und Gran schauen mich mit fragenden Gesichtern an, als ich in die Küche komme. Offensichtlich haben sie Dad und mich durch das Küchenfenster beobachtet.

»Wisst ihr, wie der Kerl von der Grundstücksgesellschaft heißt, der neulich hier war?«, frage ich.

»Oh, irgendwas mit O … Ogilvy oder so …«, sagt Mom.

»Du könntest auf dem Schreibtisch deines Vaters nachsehen«, sagt Gran trocken und beobachtet, wie draußen das Auto vom Hof fährt. »Da liegt eine Visitenkarte.«

Ich habe ein schlechtes Gewissen gegenüber Dad, als ich die Nummer der Grundstücksgesellschaft wähle. Andererseits lässt mir die Sache einfach keine Ruhe.

»Burns Real Estates, Melanie Simmons am Apparat, was kann ich für Sie tun?«, meldet sich eine freundliche Stimme.

»Guten Tag. Mein Name ist Gabriel Anthony. Können Sie mich mit jemandem verbinden, der für die Pachtverträge im Cold Creek Valley zuständig ist?«, frage ich.

»Warten Sie, ich stelle Sie gleich zur Geschäftsführung durch.«

Mist. Ich hatte gehofft, bei irgendeinem Sachbearbeiter zu landen, der mir vielleicht irgendwas erzählt, was Mr. Ogilvy meinem Vater verschweigt.

»Wie kann ich Ihnen helfen, Mr. Anthony?«, meldet sich nach kurzer Stille in der Leitung schließlich der Chef mit routinierter Höflichkeit.

»Meine Eltern haben das Land in Three Oaks von Ihnen gepachtet. Ich wüsste ganz gerne, wie der aktuelle Stand ist.«

Eine kleine Pause entsteht.

»Das habe ich Ihrem Vater bereits alles mitgeteilt«, sagt Mr. Ogilvy knapp. »Bitte haben Sie Verständnis dafür, dass ich keine weiteren Auskünfte an Sie erteilen kann.«

»Meinetwegen«, erwidere ich. »Mein Vater hat allerdings nie eine schriftliche Kündigung erhalten. Das erscheint uns etwas ungewöhnlich.« Ich habe den Lautsprecher angestellt, und Mom und Gran, die mir ins Büro gefolgt sind, nicken mir bekräftigend zu.

»Doch, doch, mit Sicherheit. Ihr Vater hat bereits eine Kündigung erhalten. Das ist sicher schon zwei, drei Wochen her.«

Mom und Gran schütteln energisch den Kopf.

»Dann ist sie wohl auf dem Postweg verloren gegangen«, sage ich kühl. »Schicken Sie sie bitte noch einmal?«

»Natürlich.«

Ich bedanke mich knapp und lege auf.

»Was war das denn?«, fragt Mom.

Ich schüttle irritiert den Kopf. »Irgendwas ist hier faul«, sage ich. »Ich glaube, ich muss mit Tayler darüber sprechen.«

Taylers Handy klingelt eine Weile, bis er schließlich drangeht.

»Tayler«, sage ich. »Kannst du mir einen Gefallen tun? Es geht um die Sache mit dem Grundstück meiner Familie.«

»Klar.« Ich höre im Hintergrund die Zwillinge streiten und Beckys laute Stimme. »Familie ist etwas Wunderbares«, sagt Tayler mit sarkastischem Unterton. »Man sollte alles für sie tun.«

»Hör zu«, sage ich. »Wir haben das neulich nicht zu Ende diskutiert. Dieser Typ von der Grundstücksgesellschaft ist der neue Geschäftsführer. Er heißt Oliver Ogilvy. Ich habe seine Visitenkarte auf Dads Schreibtisch gefunden. Sagt dir der Name irgendwas?«

»Hm. Also persönlich kenne ich den nicht. Aber irgendwas sagt mir der Name. Ich kann leider nicht denken bei diesem Krach«, sagt Tayler, dessen Stimme immer lauter geworden ist. »Lass mich das mal recherchieren. Becky fährt mich gerade zur Arbeit. Ich bin praktisch da. Wenn ich es überlebe …«

»Mach dich nicht wichtig, Tayler!«, höre ich Becky im Hintergrund sagen.

Ich atme erleichtert auf. »Cool, danke. Das weiß ich sehr zu schätzen.«

Jede noch so kleine Information kann mir helfen, wenn ich mit diesem Kerl verhandeln muss. Tayler kommt natürlich an viel mehr Informationen heran als jeder Normalsterbliche. Vielleicht ist irgendetwas Nützliches dabei.

»Ich melde mich. Und gib mir bitte Bescheid, wenn sich was Neues tut.«

»Klar«, sage ich und lege auf.

CHIARA

»Chiara, wie wäre es mit einer Schneeschuhtour?«, fragt Charlotte mit einem Blick aus dem Fenster. »Du hast noch viel zu wenig von den Bergen gesehen, und das Wetter ist perfekt!«

Ich folge ihrem Blick. Der Morgen ist sonnig und klar und wirkt äußerst einladend auf mich.

Weil ich gerade in ein vor Butter triefendes Croissant gebissen habe, nicke ich statt einer Antwort zustimmend.

Giovanni hüstelt. »Ich würde lieber mit Massimo zu Hause bleiben«, sagt er. »Es gibt noch so schrecklich viel zu erledigen vor Weihnachten.«

Charlotte sieht zu ihm. Auf ihrem Gesicht breitet sich ein verständnisvolles Lächeln aus. »Kein Problem. Wir wissen es doch – du hast die Schafe sehr vermisst.«

Giovanni seufzt erleichtert und greift nach dem Tierfutterkatalog, seiner aktuellen Lieblingslektüre, die er immer in Griffweite liegen hat. Wenn er sich nicht gerade mit gebrochenen Gliedmaßen herumschlagen muss, arbeitet er drei Tage die Woche im Vertrieb einer Firma für landwirtschaftliche Nutzfahrzeuge. Die restliche Zeit verbringt er mit seinem Mountainbike auf halsbrecherischen Pisten und natürlich mit dem Aufbau einer Schafzucht. Darauf will er sich in Zukunft konzentrieren, wenn alles nach Plan läuft. Dementsprechend ernst nimmt er die ganze Sache. Aus den fünf Schafen sollen schon im Frühjahr fünfzehn werden, mit Massimo als Hütehund. Letzteres finde ich insgeheim ziemlich gewagt und äußerst ehrgeizig. Bisher tut sich Massimo nicht gerade durch große Nützlichkeit hervor. Außer, man findet es nützlich, dass er Socken und Hausschuhe entwendet, um sie in einem stillen Winkel zu zerschreddern.

»Na, dann lass uns aufbrechen«, sagt Charlotte und erhebt sich vom Tisch. »Heute solltest du dich wirklich warm anziehen, Chiara!«

Charlottes Ermahnung erscheint mir inzwischen überflüssig. Klar weiß ich, wie frostig es in höher gelegenen Gefilden ist! Nur, dass mir in diesem Moment noch nicht bewusst ist, wie sehr ich die Dimensionen dieses atemberaubenden Landes wieder einmal unterschätze. Wir brechen schon bald nach dem Frühstück auf und fahren auf breiten Straßen in Richtung Norden. Ich versuche, das faszinierende Panorama mit meiner Handykamera zu erfassen, aber das Bild hält der überwältigenden Wirklichkeit nicht stand. Außerdem passt einfach nicht genug Panorama auf ein Bild. Trotzdem werden mir die Fotos bestimmt eine kostbare Erinnerung sein, wenn ich wieder zurück in Hamburg bin. Immer höher und höher kommen wir, und ab und zu halten wir an, um die Aussicht zu genießen und Fotos zu machen, und bei jedem Stopp ist die Luft kälter und dünner. Dann haben wir den Ausgangspunkt unserer kleinen Schneeschuhwanderung erreicht – einen Rundweg, der um einen See führt. Charlotte hat extra für mich bei einer Freundin ein Paar Schneeschuhe und die zugehörigen Stöcke ausgeliehen. Ich bin gespannt, wie ich damit klarkommen werde. Alle Sportarten, die mit Schnee zu tun haben – mit Ausnahme von Schlittschuhlaufen –, sind Neuland für mich. Es fühlt sich zunächst einmal ziemlich ungewöhnlich an. Als würde man über Schlagsahne laufen. Es bringt mich spontan zum

Lachen, und nach wenigen Minuten finde ich es einfach nur gigantisch.

Um uns herum ist alles still. Der See liegt unter einer dicken unberührten Schneedecke, hin und wieder knackt ein Zweig. Einmal sehen wir ein Reh.

Schweigend lassen wir den Zauber der Landschaft auf uns wirken. Eine kalte Wintersonne scheint, und die verschneiten Gipfel sind zum Greifen nah.

»Es ist paradiesisch«, sage ich seufzend, als wir zwei Stunden später zum Auto zurückkehren. Charlotte holt eine Thermoskanne mit heißem Tee aus dem Kofferraum, und ich nehme dankbar einen Schluck.

»Und jetzt fahren wir nach Steamboat Springs«, sagt Charlotte. »Du kannst dieses Land nicht verlassen, ohne eine Colorado-Style-Pizza gegessen zu haben!«

»Nie gehört.« Ich ziehe überrascht die Augenbrauen hoch. »Was soll das sein?«

Charlotte grinst. »Genauso kritisch hat Giovanni auch geschaut, als ich ihm zum ersten Mal davon erzählte. Aber warte es ab!«

Steamboat Springs ist einer der Hotspots für Skifahrer, und an diesem Tag ist ziemlich viel los. Es ist eisig kalt, und die Sonne scheint, ideale Bedingungen also. Das interessiert uns allerdings im Moment überhaupt nicht. Wir haben inzwischen richtig Hunger und joggen förmlich zum nächsten Restaurant, in dem es die fantastische Pizza gibt. Schon beim Betreten des Restaurants sehe ich am Nebentisch, was uns erwartet. Um es kurz zu fassen: Colorado-Style-Pizza ist eine wuchtige Angelegenheit. Sie kommt in Dutzenden von Variationen, und mit den Zutaten für den Belag wird alles andere als geknausert. Das Bemerkenswerteste aber ist der dicke, fluffige Rand. Den isst man tatsächlich am Schluss mit Honig. Unnötig zu erwähnen, dass wir nach dieser Mahlzeit einfach nur pappsatt und schläfrig sind.

Wir kommen spät in Black Dog Lands an. Das Haus liegt still vor uns. Mit einem Mal stutzt Charlotte: »Was ist denn hier passiert?«, fragt sie und betrachtet prüfend den Boden. Und jetzt sehe ich es auch. Der ganze Hof ist durchzogen von den kleinen Hufspuren der Schafe.

»Vielleicht sind die Schafe aus dem Stall ausgebrochen?«, mutmaße ich.

»Glaub ich nicht«, sagt Charlotte kopfschüttelnd. »Ich habe eher den Verdacht, dass Giovanni es nicht abwarten konnte, mit Massimos Training anzufangen.«

»Lass uns trotzdem nachsehen«, sage ich.

Wir schleichen uns zum Stall. Fünf Augenpaare blinzeln uns aus der Dunkelheit entgegen.

»Alles in Ordnung!« Charlotte seufzt erleichtert.

»Danke für diesen Tag«, sage ich, bevor ich in mein Zimmer gehe. »Es war einfach wunderschön.«

Charlotte schenkt mir ein warmes Lächeln. »Es ist sehr schön, dich hierzuhaben.«

GABRIEL

Sarah geht durchs Zimmer und gibt mir im Vorbeigehen einen Klaps auf die Wange.

»Du siehst fantastisch aus, Bruderherz!«

»Wenn du das sagst!« Ich lächle schwach und sehe an mir hinunter. So ganz sicher bin ich mir inzwischen nicht mehr, was mich eigentlich geritten hat vor zwei Tagen, als ich in einem Anflug von Übermut eingewilligt habe, ausgerechnet mit April zum Ball zu gehen.

Vielleicht hätte ich die ganze Sache bis ins Detail durchdenken sollen. Zum Beispiel bis hin zu der Frage, was ich eigentlich anziehe. Weil ich daran überhaupt keinen Gedanken verschwendet habe, musste ich mir letztendlich von den Schuhen bis zur schwarzen Fliege das ganze Outfit komplett neu kaufen. Alles, was einigermaßen für diesen Anlass geeignet gewesen wäre, befindet sich natürlich in meinem Kleiderschrank in Hamburg.

»Hast du allen Ernstes geglaubt, dir passen die Sachen von deinem Highschool-Abschlussball noch?«, fragte mich Gran. »Schau dich doch mal im Spiegel an! Du bist ein gestandener Mann!«

»Gran«, gab ich zurück. »Mein Leben ist viel zu bewegt, um viel Zeit vor dem Spiegel zu verbringen.«

Und das stimmt.

Vier Tage, nachdem sie um ein Haar im Krankenhaus hätte

bleiben müssen, geht es mit Lilly steil bergauf. Und sie hat jetzt ihren persönlichen Kinderarzt, der immer mal wieder einen Blick auf sie wirft. Wenn er nicht gerade sehr viele und schwer verliebte Blicke auf meine Schwester wirft.

Und meine eigene Lovestory mit Juliane? *Well.* Es bleibt für mich ein stressiges Wechselbad der Gefühle. Oft telefonieren wir, und sie ist total süß und lustig, und die alte Vertrautheit ist wieder da. Dann schießen meine Hoffnungen in die Höhe wie Silvesterraketen. Dann ist sie wieder verschlossen und irgendwie geistesabwesend. Ich denke, es wird höchste Zeit, dass wir uns bald von Angesicht zu Angesicht sehen und ein paar wichtige Gespräche führen. Es war wohl ziemlich naiv von mir zu denken, aus der Ferne im Alleingang eine Entscheidung treffen zu können. Das funktioniert einfach nicht.

Um dieser Grübelfalle zu entkommen, bin ich natürlich keiner Einladung von Tayler zum Snowboarden aus dem Weg gegangen. Und abends haben wir daheim alle zusammen Brettspiele gespielt oder einfach am Küchentisch gesessen und gequatscht.

Es klopft an der Tür, und Mom kommt herein. Sie hat ein paar Pullis von mir auf dem Arm.

»Kann es gleich losgehen?«

Ich nicke.

Mom und Dad wollen mich nach Cold Creek bringen und dann nach Boulder ins Theater weiter fahren.

Wenn meine Nacht länger wird als ihre, wovon ich stark ausgehe, übernachte ich bei Tayler. Und damit ich nicht versehentlich doch bei April lande, haben Tayler und ich uns eine Exit-Strategie ausgedacht. Darin waren wir schon früher in der Highschool richtig gut. Wir haben uns gegenseitig aus einigen unangenehmen Situationen rausgehauen. Wenn irgendwelche aggressiven Typen auf Partys Ärger mit uns anfangen wollten oder wieder mal das falsche Mädchen schon leicht betrunken an meiner oder seiner Schulter hing.

Ich ziehe den Reißverschluss meiner Sporttasche zu und hänge sie mir über die Schulter. »Bin so weit.«

Mom trägt ein schlichtes, elegantes Kleid und ihre glitzernden Ohrringe.

»Du siehst sehr hübsch aus, Mom«, sage ich.

Mom lächelt und legt den Kopf schief. »Ich finde es wunderbar, dass du zum Ball gehst. Hab einfach Spaß. Und April ist ganz bestimmt eine unterhaltsame Begleitung.« Sie streicht gedankenverloren über mein Buch, das – inzwischen immerhin zur Hälfte durchgelesen – offen auf dem Schreibtisch liegt. »Manchmal denke ich, dass du dort drüben zu viel arbeitest und dir zu wenig von den schönen Dingen gönnst.«

Ich hebe erstaunt den Kopf. So habe ich mich selbst noch gar nicht gesehen. »Wirke ich auf dich wie ein schwermütiger Workaholic?«

Mom lacht. »Na ja, schwermütig vielleicht nicht. Aber du wirkst auf mich immer sehr ernst und angespannt, wenn wir uns auf Skype sehen. Seit du hier bist, gefällst du mir allerdings schon wieder viel besser.« Sie zwinkert mir zu. »Es ist wohl der viele Sport mit Tayler.«

Ihre Worte klingen noch etwas schmerzhaft in mir nach, als ich eine halbe Stunde später in der festlich geschmückten Eingangshalle des Gemeindezentrums stehe und auf April warte. Die hat sich *beim Schminken vertrödelt*, wie sie schreibt. Keine Ahnung, was ich davon halten soll. Geschieht einem melancholischen Langweiler, der ich offensichtlich geworden bin, vielleicht gerade recht.

»Anthony!«, ruft jemand hinter mir. Als ich mich umdrehe, kommt Kenny auf mich zu. »Mann, dich habe ich ja seit der Highschool nicht mehr gesehen!«

Aus gutem Grund, denke ich. Kenny war in der Highschool immer geschwätzig und altklug gewesen und jedem von uns gehörig auf die Nerven gegangen. Ganz abgesehen davon, dass wir uns, Teenager können grausam sein, über seine Pickel und den unvorteilhaften Kleidungsstil ohne Ende lustig gemacht haben.

In den letzten zehn Jahren hat sich da wohl einiges getan. Grinsend reicht Kenny mir die Hand und deutet auf seine Begleitung. »Julia, meine Frau.«

Julia und ich geben uns ebenfalls die Hand. »Nett, dich zu treffen, Julia«, sage ich verblüfft. Sie sieht aus wie eine Frau, die auch mir gefallen würde. Ich mag zierliche Frauen mit einer natürlichen Ausstrahlung. Und dunkle, lockige Haare fand ich schon immer äußerst anziehend. Wenn das dann auch noch mit einer Menge Humor gepaart ist, bin ich absolut geliefert. Dass Juliane völlig aus diesem Beuteschema herausfällt, wird mir genau in diesem Moment tatsächlich zum ersten Mal bewusst.

»Wir haben uns heute Abend freigenommen«, lässt mich Kenny wissen. »Unsere Kids sind bei ihren Großeltern.«

Eine dunkellockige Julia. Und Kids in undefinierter Anzahl. Himmel, die Welt dreht sich auch im Cold Creek Valley ziemlich rasch weiter.

Allerdings ist es bei der Geschwätzigkeit geblieben. In den nächsten Minuten erfahre ich, dass Kenny eine Firma für Klimaanlagen in Cold Creek leitet, das größte Haus am Mountain Drive besitzt und seine Julia ganz groß im Immobiliengeschäft ist.

Ich nutze die Gelegenheit, sie zu fragen, ob ich möglicherweise mit ein paar Fragen zu einem Grundstücksverkauf auf sie zukommen könnte, und sie zückt ihr winziges Handtäschchen und reicht mir ihre Visitenkarte.

»Frag sie, was du willst, sie ist großartig«, dröhnt Kenny.

»Nett«, sage ich. »Wirklich nett.«

Und dann teilt sich der Strom der eintretenden Paare vor mir, und April kommt auf mich zu, in einem Kleid, das flammendrot und geradezu verboten eng ist.

»Gabriel!«, schreit sie wie eine Fanfare, und Kenny fällt die Kinnlade herunter.

Wenig später schiebe ich mich wie betäubt durch die Menge. Die Band hat angefangen zu spielen, und die ersten Paare drängen auf die Tanzfläche. Tayler und Becky winken mir im Vorbeigehen zu. Taylers Blick verrät sofort, was er jetzt denkt. Falls er beim Anblick von Aprils Kleid überhaupt noch denken kann.

»Wollen wir etwas trinken, bevor wir uns ins Getümmel stürzen?«, frage ich etwas zu förmlich.

»Aber klar doch!« April drückt meinen Arm, und ich spüre mehr von ihrem Körper, als mir lieb ist. Außerdem ist mir zu warm, und ich wische mir mit dem Handrücken über die feuchte Stirn.

»Ich bin so aufgeregt, dass du mich zum Ball eingeladen hast!«, sagt April jetzt zum ungefähr zehnten Mal. Sie hat, seit wir uns begrüßt haben, nicht eine Sekunde aufgehört zu reden.

»Ich dachte, es könnte nett werden«, sage ich lahm und navigiere uns zur Bar. Unterwegs müssen wir immer wieder stehen bleiben, weil April so gut wie jeden kennt, und ich drücke Hände und sehe in neugierige Gesichter.

»Er ist Arzt«, sagt sie zu jedem, und es klingt, als wäre ich allein dadurch schon etwas Besonderes. Für mich ist ein Beruf ein Beruf, mehr nicht. Aber die Leute fangen an, Fragen zu stellen, und ich fühle mich so unwohl, dass meine Hände immer feuchter werden. Es ist die Hölle.

»Kleiner Tipp«, hatte Tayler gesagt, »mach, dass du auf die Tanzfläche kommst.« Leider hatte ich versäumt, ihn nach dem Grund zu fragen. Okay, einen Grund kenne ich jetzt schon. Ich habe nämlich nicht die geringste Ahnung, worüber wir den ganzen Abend reden werden. Den zweiten lerne ich kurz darauf kennen, als wir die Bar endlich erreichen.

»Möchtest du etwas Erfrischendes?«, frage ich sie.

»Gerne. Bacardi-Cola mit wenig Cola und wenig Eis, und bitte gut einschenken«, sagt April mit einem zuckersüßen Lächeln und kuschelt sich noch ein bisschen enger an meinen Arm.

»Und für mich einen Prosecco«, sage ich.

»Gabriel Anthony«, sagt eine sanfte Stimme hinter mir. Ich drehe mich um. »Jenny Tanaka!«

Jenny hat ein Tablett mit benutzten Gläsern in der Hand, das sie schnell auf den Tresen schiebt. Sie wischt sich die Hände an der schwarzen Hose ab und lächelt, als sie meinem Blick begegnet.

»Wie schön, dich zu sehen!«, sagt sie mit dieser ganz besonderen Sprachmelodie. Ihr Vater kommt aus Japan, und Jenny ist zweisprachig aufgewachsen. Abgesehen davon, dass sie ihre schwarzen glatten Haare jetzt etwas länger trägt als früher, ist sie noch ganz das zierliche, ernsthafte Mädchen, das zwei Jahre lang in der Highschool neben mir gesessen hat. In sie habe ich mich nie verliebt. Aber später, viele Jahre später, habe ich oft an sie gedacht und mich gefragt, warum es eigentlich nie zwischen uns gefunkt hat. Vielleicht sind wir uns einfach zu ähnlich.

»Ihr kennt euch ja?«, sage ich zu April.

»Ja«, sagt April, und ihre Stimme klingt wie ein klirrender Säbel.

Mir entgeht nicht, dass Jenny errötet und sich auf die Lippen beißt.

»Ich lasse dich einen Moment allein, Babe«, sagt April. »Ich muss jemanden begrüßen.«

»Okay«, sage ich irgendwie erleichtert. Es tut gut, ihrem Klammergriff für einen Moment entronnen zu sein.

»Du bist nicht zum Tanzen hier, Jenny?«, frage ich, obwohl es offensichtlich ist. Sie trägt eine schwarze Hose und ein ebenfalls schwarzes T-Shirt mit der Aufschrift *Christmas Ball Team*.

Jenny schüttelt den Kopf und wirft mir einen intensiven Blick zu. »Du warst letztes Jahr nicht hier, richtig«, stellt sie nüchtern fest. »Es gab eine kleine … unerfreuliche Szene. Und dieses Jahr habe ich keinen Tanzpartner, und da dachte ich mir – anstatt allein herumzusitzen, mache ich mich lieber nützlich.«

Das ist Jenny. Immer unverblümt und geradeheraus.

»Klingt gut«, sage ich anerkennend. »Und von dieser Sache habe ich gehört. Tut mir wirklich leid für dich, wie die Sache ausgegangen ist.«

Tayler hatte mir erzählt, dass April auf dem letzten Christmas-Ball ziemlich betrunken war. Jenny war damals noch mit Dave Hanson zusammen. Weiß der Himmel, was sie bei ihm gesucht hat. Irgendwie hat April an diesem Abend Dave vor aller Augen angebaggert. Und Dave hat nichts dagegen unternommen. Ganz im Gegenteil. Irgendwann hatte Jenny genug, und sie stauchte April mitten auf der Tanzfläche zusammen. Das war ausgerechnet in einer Musikpause, und so gut wie alle haben es gehört. Das ganze Tal hat wochenlang darüber gelacht.

Jenny nickt. »Weißt du, letztlich denke ich, dass das vielleicht ganz gut war. Es hat mir die Augen geöffnet. Ich habe mich von Dave getrennt und eine Ausbildung als Reittherapeutin angefangen. Was ich nie gemacht hätte, wenn alles so weitergelaufen wäre wie bisher.«

»Wow«, sage ich anerkennend. Wenn man bedenkt, dass Jenny eine gut dotierte Anwältin war, ist das ein ziemlich mutiger Schritt.

»Und du bist … mit April?«, fragt Jenny vorsichtig.

»Grundgütiger, nein!«, bricht es aus mir heraus, noch bevor ich nachdenken kann. »Es hat sich so ergeben. Sie suchte einen Partner für den Ball.«

In diesem Moment dreht die Band die Lautstärke hoch und spielt *Feliz Navidad.*

April kommt wie ein Blitz auf mich zugeschossen. »Wollen wir, Baby?«, sagt sie und hängt sich bei mir ein.

»Mach's gut, Jenny«, sage ich, und sie nickt lächelnd und nimmt das Tablett wieder auf.

Ich kann Tayler nur beipflichten. Mit April zu tanzen ist hundertmal besser, als mit April zu reden. Es macht sogar richtig Spaß, und auf einmal finde ich, dass es doch keine so dumme Idee war, die ganze Sache. April ist eine geübte Tänzerin, und sie versteht es, ihren geschmeidigen Körper einzusetzen. Nach *Feliz Navidad* kommt das unvermeidliche *Dreaming of a White Christmas*, und April schmiegt sich eng an mich.

»Ich mag das!«, flüstert sie mir ins Ohr, und ich hoffe, sie meint den Song. Immer mehr Paare kommen die Stufen herunter zur Tanzfläche, und ich entdecke den Blondschopf von Dave Hanson, der in seinem Anzug eine hervorragende Figur macht.

An seinem Arm führt er … Himmel, das darf nicht wahr sein. Chiara. Sie trägt ein fantastisches Kleid, und auf ihren hochgesteckten Haaren sitzt ein schmaler glitzernder Reif. Es kommt mir vor, als überstrahlte sie mit ihrem Lächeln den ganzen Saal.

Mein Atem stockt. Mein Herz rast. Es ist, als würde mir der Boden unter den Füßen weggezogen. Ich kann meine Augen nicht von ihr abwenden.

Und dann geraten meine Füße aus dem Takt.

CHIARA

Ich überprüfe zum hundertsten Mal den Inhalt der süßen weißen Clutch, die Charlotte mir geliehen hat.

»Wo ist denn nur der Lippenstift?«, murmle ich und wühle in der Tasche. Meine Nerven spielen vor Aufregung verrückt.

Endlich ist die Türglocke zu hören. Ich tapse mit meinen High Heels über das Hundespielzeug in der Diele hinweg und reiße schwungvoll die Tür auf.

»Das wird aber auch höchste Zeit!«, will ich sagen. Stattdessen verstumme ich und schlage die Tür erschrocken wieder zu. Ich kann nicht fassen, dass dieser Gentleman wirklich Dave sein soll.

»Himmel, Chiara!«, flucht es lachend auf der anderen Seite der Tür. »Ich bin es. Mach auf.«

Also öffne ich die Tür ein zweites Mal und lasse Dave eintreten. Ungläubig scanne ich ihn von oben bis unten. Und er sieht nicht nur wie ein Gentleman aus, sondern er verhält sich auch so. Zart legt er seine Hände auf meine Unterarme und küsst mich links und rechts auf die Wange. Der verlockende Duft seines Aftershaves steigt mir in die Nase. Unwillkürlich lege ich meine Hand in seine Halsbeuge und ziehe ihn noch etwas näher zu mir heran.

»Du siehst superschön aus!«, flüstert er, und seine Hand gleitet über den seidigen Stoff auf meinem Rücken.

Ein Schauer erfasst mich. »Lass uns gehen!«

»Oh«, sagt er und schnippt mit den Fingern nach meinem glitzernden Haarreif. »Ich weiß jetzt schon, es wird ein fantastischer Abend werden.«

Wenig später schreiten wir durch das geräumige Foyer. An der Decke funkeln Ttausende von kleinen Lichtern, und in der Mitte des Raums steht ein stattlicher Weihnachtsbaum, üppig geschmückt mit roten Kugeln und goldenen Geschenkpäckchen.

»Na, wenn das nicht romantisch ist, Prinzessin«, sagt Dave mit einem Grinsen in der Stimme und drückt meinen Arm. Sofort bereue ich, ihm in einem äußerst schwachen Moment von meinen geplatzten Hochzeits-Prinzessinnen-Träumen erzählt zu haben.

»Wenn du das noch ein einziges Mal sagst, trete ich dir mit voller Absicht auf deine teuren Schuhe«, sage ich und schenke ihm ein zuckersüßes Lächeln.

Aus der offenen Saaltür brandet die Musik heraus, und so leer es im Vorraum ist, so voll ist es im Inneren. Jetzt stimmt die Band die ersten Töne von *I'm dreaming of a White Christmas* an.

»Wollen wir?« Dave drückt erneut meinen Arm. »Oder möchtest du lieber zuerst etwas trinken?«

»Tanzen«, sage ich. Plötzlich fühle ich mich wieder wie damals, als ich klein war und unsere Eltern uns zur Bescherung ins Wohnzimmer riefen. Wir drängen uns in den Saal hinein, und mir läuft unwillkürlich eine Gänsehaut den Rücken hinunter. Vor mir im gedämpften Licht bewegt sich eine Woge von Tänzern, Kleider schillern in den verschiedensten Farben, und an den Wänden wirbeln Millionen von Schneeflocken, die von irgendwoher darauf projiziert werden. Wir müssen einen Moment warten, bis sich endlich eine winzige Lücke zwischen zwei Paaren auftut. Dann legt Dave seinen Arm um mich, und ich schmiege mich an ihn. Auch wenn es schon eine ganze Weile her ist, dass ich getanzt habe, finden meine Füße sofort den Rhythmus. Es ist wunderbar. Dave führt mich so sanft und geschickt, dass ich die drangvolle Enge um uns herum und die neugierigen Blicke, die mein Kleid erntet, kaum wahrnehme.

Dies ist der wundervolle Moment, in dem sich ein Traum erfüllt. Es ist Weihnachten, und ich bin Prinzessin für eine Nacht. Soll Dave meinetwegen darüber lästern. Ich überlasse mich ganz diesem seligen Gefühl, spüre Daves warmen Körper und seine innige Umarmung, die sich zu meinem Bedauern etwas löst, als die Band ein paar schnellere Stücke spielt.

»Wir sind ein gutes Team«, sagt er, als die Musik zwischen zwei Tänzen pausiert. Er beugt sich zu mir herunter und küsst mich auf die Wange.

»Geht das auch woanders?«, meldet sich eine ziemlich aggressive Frauenstimme hinter mir.

»Oh ja! Das funktioniert überall!« Ich sehe das spöttische Grinsen auf seinem Gesicht, aber ich wage es nicht, mich umzudrehen.

»Wieso kümmert dich eigentlich, wen um alles in der Welt Dave Hanson küsst?«, ist jetzt eine Männerstimme zu vernehmen. Schlagartig macht sich ein mulmiges Gefühl in mir breit.

»Ladys und Gentlemen!«, sagt in diesem Moment zum Glück der Sänger der Band, und alle fangen an zu klatschen. Es folgt eine kleine Ansage, und alle Musiker der Truppe werden einzeln beklatscht und bejubelt. Leider beruhigt sich der Typ hinter uns nicht. Er wird immer aggressiver. Ein bulliger Typ, wie ich mit einem schnellen Blick über die Schulter beunruhigt feststelle. Seine Partnerin, eine hübsche kleine Blondine, bemerkt meinen Blick und starrt mich giftig an.

Mir wird flau zumute, und ich bemerke, wie sich Daves Kiefermuskeln anspannen.

»Hey, was ist los mit dir, Buddy?«, sagt er in bedrohlichem Ton über meinen Kopf hinweg.

»Dave«, sage ich rasch, »jetzt könnte ich etwas zu trinken vertragen!«

»Okay«, sagt Dave fast ein bisschen enttäuscht.

Ich atme auf, als er meine Hand nimmt und mich von der Tanzfläche führt.

»Wer war denn das?«, frage ich, als wir den Saal verlassen.

»Jemand, der Ärger sucht.« Dave zuckt gleichgültig die Schultern. Wir durchqueren das Foyer, das sich inzwischen ebenfalls gefüllt hat, und betreten die Bar. Es ist ein großer, schummrig beleuchteter Raum mit merkwürdigen Graffiti an den Wänden und einem wuchtigen Holztresen am anderen Ende.

Dave besorgt uns Wasser und Prosecco, und wir ergattern den letzten freien Stehtisch. »Auf diesen Abend«, sagt Dave und hebt das Glas. »Hübscher als du ist hier keine.«

»Vielen Dank. Ich hatte leider noch keine Zeit, mich bei den Kerlen umzuschauen.«

Dave sieht sich kurz um. »Lohnt sich auch gar nicht.«

Wir prosten uns zu, und ich genieße den ersten Schluck. Nach der Hitze im Saal ist der kalte Prosecco eine Wohltat.

Leider bleiben wir nicht lange allein. Jeder scheint jeden hier zu kennen.

»Okay … da kommen Eddy und Janet«, seufzt Dave, als ein älteres Ehepaar auf uns zusteuert. »Sorry, das kann jetzt etwas länger dauern. Sie sind meine wichtigsten Kunden.«

»Wie wundervoll, dich hier zu treffen!«, ruft Janet, und nachdem Dave uns vorgestellt hat, entspinnt sich auf der Stelle wieder eines dieser epischen Pferdegespräche. Eddy und Janet stellen sich als Pferdezüchter heraus, deren Pferde von Dave trainiert werden. Als mein Glas leer ist, entschuldige ich mich, um mich frisch zu machen.

»Ich werde mich nicht von der Stelle rühren.« Dave blinzelt mich an. »Sonst findest du mich in diesem Getümmel niemals wieder.«

»Kein Problem, ich finde jemand anderen«, sage ich und werfe ihm ein Kusshändchen zu.

Während ich meine Locken unter dem Haarreif zurechtzupfe, herrscht vor den anderen Spiegeln ein beständiges Kommen und Gehen. Daher nehme ich die Frau erst nach einer Weile bewusst wahr, als ich gerade damit anfangen will, meine Lippen nachzuziehen. Sie hat ihre langen dunklen Haare gebürstet, und als sie die Bürste jetzt in ihrer Handtasche verstaut, sieht sie mich auffallend lange von der Seite an. Sie ist sehr hübsch, stelle ich mit einem raschen Blick in den Spiegel fest, und ihr Gesicht hat asiatische Züge.

Doch jetzt spüre ich schon wieder ihren Blick auf mir. Ich setze unwillkürlich den Lippenstift ab und wende mich ihr zu.

»Das Kleid steht dir gut«, sagt sie und sieht mich lächelnd an. Ihr Blick ist offen und freundlich, und ihre Stimme hat einen eigenartigen weichen Klang. In diesem Moment fällt mir auf, dass sie in ihrem schlichten schwarzen T-Shirt zum Serviceteam gehört.

»Danke«, sage ich und erwidere ihr Lächeln. »Ich habe mich sehr gefreut, als ich es gefunden habe.«

Sie nickt ernst. »Kann ich mir denken. Es war mein Kleid im letzten Jahr.«

Mir fällt vor Schreck der Lippenstift aus der Hand und landet mit einem lauten Klappern im Waschbecken. Sofort kommt mir wieder diese seltsame Szene mit den beiden Frauen im Secondhandladen in den Sinn.

»Du bist …?« Mein Gehirn kramt nach dem Namen, den die gehässigen Biester erwähnt hatten.

»Jenny Tanaka.«

»Hallo Jenny. Ich bin Chiara«, sage ich vorsichtig, weil ich überhaupt nicht weiß, in welche Richtung dieses Gespräch jetzt führen könnte.

»Wir haben dieselbe Figur«, stellt Jenny nüchtern fest und mustert unverhohlen meinen Busen. »Trägst du einen Push-up?«

»Entschuldigung?« Ich starre mein Gegenüber entgeistert an. Noch nie hat sich eine wildfremde Frau nach meiner Wäsche erkundigt.

»Okay. Alles klar.« Jenny hebt beschwichtigend die Hände. »Wir haben also nicht *exakt* dieselbe Figur. Ich brauchte nämlich einen Push-up.«

Wir sehen uns an, und plötzlich prusten wir wie auf Kommando los.

»Sorry. Ich bin manchmal sehr offen«, sagt Jenny und wischt sich eine Träne aus dem Augenwinkel. »War schön, dich kennenzulernen. Und viel Spaß noch.« Sie wendet sich zum Gehen.

»Warum hast du dieses Traumkleid in den Secondhandladen gebracht?«, platzt es unvermittelt aus mir heraus. »Ich finde es wunderschön, und du hättest es bestimmt bei vielen Gelegenheiten noch einmal tragen können!«

Jenny beugt sich vor und taucht für einen kurzen Moment ihre dunklen mandelförmigen Augen in meine.

»Weil – es – mir – kein – Glück – gebracht – hat«, sagt sie scharf, wobei sie jedes Wort einzeln betont.

»Oh, ich wollte nicht …«, setze ich beschämt an.

»Kein Problem.« Sie macht eine wegwerfende Geste.

»Es ist kein Geheimnis. Letztes Jahr beim Christmas Ball gab es ein paar – nennen wir es *Zwischenfälle.* Die dazu geführt haben, dass ich mich von meinem Kerl getrennt habe.«

»Das tut mir wirklich leid.« Ich schlucke hart.

»Nicht nötig. Ist schon vergessen.« Ihr Lächeln wird wärmer. »Ich wünsche dir jedenfalls, dass das Kleid wenigstens dir Glück bringt.«

Ich sehe sie aufmerksam an. Sie wird mir von Minute zu Minute sympathischer. »Danke, das ist wirklich sehr nett von dir.«

Jenny lächelt, aber es ist ein eher angespanntes Lächeln. »Lass dir von ihm nicht auch das Herz brechen.«

Ihre Worte schlagen bei mir ein wie ein Blitz. Ich hebe den Kopf und starre sie sprachlos an. »Moment mal«, sage ich. »Du warst mit Dave Hanson zusammen?«

»Ja.« Jenny errötet. »Aber ich bin längst drüber weg.« Plötzlich schaut sie um sich und wischt ihre Hände mit einer hektischen Geste an der schwarzen Hose ab. »Um Himmels willen, was stehe ich hier eigentlich herum und rede … ich bin ja zum Arbeiten hier! Es ist nur … dieses Kleid, und du kamst mir so nett vor. Entschuldige, ich hätte es nicht erwähnen sollen.«

»Okay …«, sage ich wie betäubt. Aber da ist sie schon nach draußen verschwunden.

Ich bleibe noch einen Moment vor dem Spiegel stehen und schminke mir die Lippen. Mein Kopf wirbelt von all dem, was Jenny gesagt hat. Dave war also mit Jenny zusammen. Sie waren gemeinsam beim Ball – was für ein irrer Zufall, dass ich ihr Kleid trage, und er es noch nicht einmal bemerkt hat! Oder vielleicht doch, und er hat es einfach nur gut verborgen? Dann ist letztes Jahr beim Ball etwas geschehen, und die beiden haben sich getrennt.

Lass dir von ihm nicht das Herz brechen.

Dieser Satz hallt noch in meinem Kopf wider, als ich mich auf den Rückweg zur Bar mache.

Am Eingang kommen mir Eddy und Janet entgegen.

»Dein Liebster wartet auf dich!«, ruft Eddy und zwinkert mir verschwörerisch zu. Na prima. Das ganze Cold Creek Valley scheint bereits zu glauben, dass ich die Neue an Daves Seite bin. Und wahrscheinlich schließen sie schon hinter unserem Rücken heimliche Wetten ab, wie lange er dieses Mal braucht, um Schluss zu machen.

Und dann stellt sich heraus, dass ich in der Zwischenzeit noch nicht allzu sehr vermisst wurde. Als ich nämlich auf Dave zugehe, ist er gerade mit zwei äußerst attraktiven brünetten Frauen in ein Gespräch vertieft. Die Stimmung ist gut, aber das Kichern der beiden verstummt schlagartig, als ich mich neben Dave schiebe.

»Oh, du bist zurück«, sagt Dave. »Darf ich vorstellen, Chiara – Sandra und Sandrine.« Jetzt erst merke ich, dass die beiden Zwillinge sind. Zwei identische Augenpaare richten sich prüfend auf mich. Ich nehme an, ich werde als »Spielt nicht in unserer Liga« bewertet, denn die beiden werfen sich ein spöttisches Lächeln zu und heben fast unmerklich die Augenbrauen.

»Wir sehen dich später auf einen kleinen Tanz«, sagt Sandra, oder war es Sandrine, und dann haken sie sich unter und schwirren davon.

»Nett«, sage ich sarkastisch, aber Dave beachtet mich nicht. Seine Augen folgen den beiden, die publikumswirksam sowohl die Hüften und als auch die Extensions schwingen. Oh mein Gott. Ich möchte mir am liebsten eine stille Ecke suchen und mit Bonnie einen Chat zum Thema *Mein Lover benimmt sich wie ein Idiot* starten. Wahrscheinlich wird sie behaupten, dass das normal sei und das Problem bei mir liege, weil ich die ganze Sache nicht locker genug anginge. Im Moment ist mir aber nicht nach locker zumute – lieber würde ich auf der Stelle explodieren.

Ein Typ rempelt uns von der Seite an. »Prinzessin, tanzt du mit mir?«, fragt er mit schwerer Stimme und sieht mich mit glänzenden Augen an.

»Hey, zieh Leine, okay?«, brummt Dave, der sich plötzlich wieder daran zu erinnern scheint, dass ich irgendwie zu ihm gehöre.

»Kein Stress!« Der Typ reißt die Augen auf und verschwindet in der Menge.

»Lass mich die Gläser hier schnell loswerden.« Dave zeigt auf die leeren Proseccogläser. Wir schieben uns durch zur Bar. Inzwischen steht, was für ein grandioser Zufall, Jenny hinter der Theke und nimmt unsere Gläser in Empfang.

»Hi Jenny«, sagt Dave. »Ewig nicht gesehen.« Er tritt von einem Fuß auf den anderen. Dennoch wirkt er nur mäßig verlegen, auf seine Ex-Partnerin zu stoßen.

Jenny nickt ihm zu. Ihr Blick ist eisig. Würde ich ihr jetzt in diesem Moment zum ersten Mal begegnen, hätte ich sie für die Eiskönigin persönlich gehalten.

»Wir sehen uns nächste Woche, schätze ich«, sagt Dave. »Du holst dir bestimmt wieder ein dickes Preisgeld.«

»Klar«, sagt Jenny und knallt das Pfandgeld auf den Tresen, bevor sie sich abwendet.

Dave zuckt nicht einmal mit der Wimper und steckt das Geld in seine Hosentasche. »Wollen wir?«, fragt er und deutet mit dem Kinn in Richtung Tanzsaal.

»Natürlich.« Ich brenne darauf. Auf der Tanzfläche habe ich wenigstens seine ungeteilte Aufmerksamkeit.

»Was sollte das bedeuten, die Sache mit dem Preisgeld?«, frage ich, als wir uns durch die Menge schieben.

Dave lacht unbekümmert. »Jenny ist ein echter Rodeo-Star. Sie macht beim *Barrel Racing* alle fertig. Hat allerdings auch ein verdammt gutes Pferd.«

Während er mir die Vorzüge von Jennys Pferd schildert, höre ich nur mit halbem Ohr zu. Ist das möglich? Diese kleine Person mit meiner Statur reitet Rodeo? Es flößt mir gewaltigen Respekt ein. Und ein bisschen Neid ist auch dabei.

Bonnie, Bonnie, Bonnie, du wirst staunen, was ich dir alles zu erzählen habe.

Wir haben die Tür zum Tanzsaal fast erreicht, als jäh ein Blitz vor uns einschlägt. Es ist nicht wirklich ein Blitz, sondern vielmehr eine Frau in einem funkelnden knallroten Kleid. »Oh – mein – Gott!«, kreischt sie auf. »Dave Hanson! Du bist hier! Das ist *unwirklich!*«

Ich verdrehe innerlich die Augen. Himmel, beruhige dich. Jeder aus dem Tal, der noch halbwegs seine Füße bewegen kann, scheint hier zu sein. Aber dann schwant mir etwas Fürchterliches, das sich in der Tat unwirklich für *mich* anfühlt: Diese Blonde habe ich nämlich schon einmal gesehen. Es ist die Frau aus dem Secondhandladen. Meine Knie werden weich. Und den Kerl, der jetzt neben ihr auftaucht, und dessen Arm sie sofort besitzergreifend umklammert, wollte ich nie wieder sehen. Das war jedenfalls mein Plan gewesen.

Vier Tage.

Vier Tage und zehn Stunden und ungefähr zwanzig Minuten.

So lange hat mir dieses Lächeln gefehlt.

Mein Herz klopft zum Zerspringen, und ich bin mir nicht sicher, ob ich überhaupt noch atme. Es fühlt sich an, als würde die Zeit einfach stillstehen.

Leider nur für Gabriel und mich.

»Du gehst mir aus dem Weg, Dave Hanson. Habe ich recht?«, sagt die Blonde leicht vorwurfsvoll, und das Glas in ihrer Hand schwappt über. Sie sieht Dave an, als wollte sie ihn samt Anzug und Krawatte in einem Stück verspeisen.

»Moment, Moment«, sagt Dave ruhig. »Darf ich vorstellen? Chiara – April.«

April sieht mich an und lacht spöttisch. »Ach, du liebe Zeit, Schätzchen. Du trägst das abgelegte Kleid von Jenny Tanaka, diesen kitschigen Prinzessinnen-Trash«

Dave lacht laut auf. »Himmel! Deshalb kam mir das Kleid so bekannt vor!«

»Ist das aber ein Zufall!«, kichert April voller Genugtuung.

Sie funkelt Gabriel von der Seite an, von dem sie sich wohl ebenfalls eine beifällige Reaktion erwartet. Aber Gabriel scheint vertieft in meinen Anblick.

Ich spüre, wie meine Wangen vor Wut zu glühen beginnen. Und wennschon, das kann dir doch egal sein, *Schätzchen*, möchte ich erwidern. Und noch dringender würde ich Gabriel gern fragen, wie er dazu kommt, mit dieser Schnepfe hier aufzukreuzen. Und ob sie ihm eine Pistole an die Schläfen gehalten hat, oder ob er es freiwillig tut. Ich öffne den Mund, überlege es mir aber anders und lasse meine Kiefer wieder zuklappen.

Überflüssigerweise streicht Dave mir besänftigend über die Schulter. »Ist doch lustig, das mit dem Kleid, oder?«, sagt er. Ich kann kaum mehr an mich halten.

Gabriel kommt mir zum Glück zuvor. »Hör zu, April, das war jetzt verdammt unhöflich«, sagt er mit finsterer Miene. Dann aber bahnt sich ein warmes Lächeln den Weg auf sein Gesicht. »Außerdem ist es nicht wahr. Du siehst umwerfend aus, Chiara. Wirklich.«

Wieder beginnt mein Gesicht zu glühen. Gott, dieses Lächeln.

April schießt mir einen giftigen Blick zu. »Ach ja, ich vergaß – ihr habt euch ja schon bekannt gemacht, habe ich gehört! Manche Leute haben es wirklich sehr eilig, sämtliche Kerle hier aufzureißen!«

Dave lacht so laut auf, dass die Leute neugierig die Köpfe wenden. Dann wischt er sich über die Stirn und sagt:

»April, ich glaube, du bist etwas aufgeregt. Vielleicht sollten wir einfach in Ruhe reden. Kann ich dich zu einem Drink an der Bar einladen?« Er wirft einen schnellen rückversichernden Blick zu Gabriel.

»Keine schlechte Idee«, stimmt Gabriel eilig zu. »Und zwar je früher, desto besser.«

Ich kann gar nicht so schnell schauen, wie April sich jetzt wortlos von Gabriels Arm losmacht und auf Dave zutritt. Aus Angst, sie könnte ihre rot lackierten Krallen in meinen Arm bohren und mich zur Seite zerren, weiche ich automatisch einen Schritt zurück.

»Okay, Cowboy«, schnurrt sie, »lass uns an die Bar gehen.« April mag eine unerträgliche Zicke sein, aber dumm ist sie nicht. Jedenfalls hat sie jetzt genau das bekommen, was sie wollte. Ich allerdings auch.

Gabriel lächelt mich an, und seine dunklen Augen strahlen.

»Und jetzt zu uns. Was machen wir? Hast du Lust zu tanzen?«

Uns. Wir. Du. Ich.

Ich nicke glücklich. »Klar, warum nicht?«

Gabriel reicht mir seinen Arm, und wir gehen in den Saal hinein. Mittlerweile ist das Licht heruntergedimmt. Der Schneeflockenwirbel ist immer noch da, und er wirkt noch magischer als zuvor.

»Erinnert mich verdammt an unseren Blizzard«, sagt Gabriel und drückt kurz meinen Arm.

Ich muss lachen. »Meine Güte, erinnere mich bloß nicht daran.«

»Ist doch gut ausgegangen, oder?«

Mein Hals schnürt sich zusammen. Wie meint er das?

»Ja«, sage ich nach kurzem Zögern. »Richtig gut.« Ich wage nicht, ihn anzuschauen. Wir sind uns so nah, und ich spüre seine Wärme, und mein Herz klopft. Himmel, wie mein Herz klopft.

Die Musik setzt ein, und er legt seinen Arm um mich. Einen Moment lang sind unsere Bewegungen noch zögerlich, aber dann finden wir schnell zusammen.

Die Band spielt einen Blues. Die Sängerin ist ans Mikrofon getreten, und ich kriege eine Gänsehaut, als sie mit dunkler, rauchiger Stimme anfängt zu singen. Davon, dass sie alles tun würde, damit der Mann, den sie liebt, bei ihr bleibt. Die Worte treffen mich tief in meinem Herzen. Auch ich würde viel dafür geben, dass Gabriel einfach bei mir bleibt. Oder zumindest dass dieser Moment, in dem ich seinen Herzschlag durch den Stoff meines Kleides spüren kann, niemals aufhören wird. Wir tanzen eng umschlungen, und als der Song zu Ende ist, lösen wir uns nicht aus der Umarmung. Nur seine Hand, die auf meinem Rücken liegt, streicht einmal zart über meine Schulter und kehrt wieder an ihren Platz zurück. Keiner von uns sagt ein

Wort. Und ich frage mich, was er jetzt gerade denkt. Ich stelle mir vor, dass wir im Inneren einer Schneekugel tanzen, nur wir zwei, für immer und immer. Aber dann wird mir mit einem Mal klar, dass ich nie wieder so glücklich sein werde.

Denn die Schneekugel platzt unvermittelt und geräuschlos. Dave ist neben uns aufgetaucht.

»Hey, sorry, Mann«, sagt er und klopft Gabriel auf die Schulter. »Deine Lady muss nach Hause.«

»Wovon redest du?« Gabriel hört sich an, als kehrte er aus weiter Ferne auf den Planeten Erde zurück.

Dave zuckt mit den Schultern. »Sie sitzt an der Bar und ist heute Abend für nichts mehr gut.«

»O-kay?«, sagt Gabriel, als warte er auf eine weitere Erklärung von Dave. Aber Dave betrachtet die Angelegenheit als beendet und lächelt einer Frau mit kunstvoller Hochsteckfrisur zu, die gerade an uns vorbeischwebt.

»Dann gehe ich wohl mal«, sagt Gabriel zu mir und legt für einen kurzen Moment die Hand auf meinen Unterarm.

»Danke für den Tanz«, sagt er, und ich kriege Gänsehaut von dem weichen Klang seiner Stimme. Es sieht ganz so aus, als wäre ich nicht die Einzige, für die dieser Tanz etwas ganz Besonderes war.

Ich nicke stumm und zwinge mich, zu lächeln. Aber da hat sich Gabriel bereits umgedreht und ist davongeeilt.

»Super. Ist es das, was du unter *wir sollten mal reden* verstehst?«, frage ich Dave.

»Mir war nicht klar, dass sie so wenig verträgt«, erwidert er kopfschüttelnd.

»Und wieso muss sie sich betrinken, während ihr redet?« Und plötzlich geht mir ein Licht auf. »Ach klar. Du hattest auch schon was mit ihr, oder?«

Dave sieht mich mit einem Mal kühl an. »Ich glaube, das geht dich nichts an«, sagt er schroff.

Seine Worte sind wie eine Faust, die in meinem Magen landet.

»Stimmt«, erwidere ich nüchtern, aber meine Knie zittern vor Schreck und Schock und Enttäuschung. »Und was passiert jetzt?«

»Gabriel bringt sie zu ihrer Mom. Dort übernachten auch ihre Kinder.«

Meine Augen weiten sich. »Gabriel verlässt den Ball?«

»Na klar! Jeder Gentleman begleitet seine Dame nach dem Ball nach Hause!«, sagt er unbekümmert. »Auch wenn *nach dem Ball* in diesem Fall ziemlich früh ist.«

Ich schlucke hart. »Gut, wenn das so ist …«, sage ich und atme tief durch. »Entschuldige mich bitte!«

»Tu, was du tun musst«, sagt Dave, aber das höre ich schon fast nicht mehr, denn ich stürme bereits aus dem Saal.

Niemals hätte ich gedacht, dass ich in einem bodenlangen Kleid und mit High Heels an den Füßen so schnell laufen kann. Aber es funktioniert, und ich bilde mir ein, dass ich dafür sogar eine Stilnote verdient hätte. Ich eile durch das Foyer und sehe aus dem Augenwinkel, wie sich die Leute nach mir umdrehen. Draußen bleibe ich einen Moment schwer atmend stehen. Nur ein paar Meter von mir entfernt steht ein Taxi mit laufendem Motor. Gabriel schließt gerade die hintere Wagentür, und auf der Rückbank sitzt April. Sie presst ihr Gesicht gegen die Scheibe und fuchtelt mit den Armen herum.

»Gabriel!«, rufe ich voller Panik.

Vom Himmel fallen zarte kleine Flocken, und die Luft ist so kalt, dass vor meinem Mund ein kleines Wölkchen entsteht.

Gabriel fährt erschrocken herum. »Himmel, Chiara, was machst du denn hier?! Du wirst dir den Tod holen!«, sagt er, als er mich sieht.

Ich zucke nur die Achseln. Noch spüre ich die Kälte nicht. Im Gegenteil – mein ganzer Körper scheint zu glühen. »Du gehst?«

Gabriel nickt und deutet mit dem Kinn auf das Taxi. Ich sehe Aprils wütendes Gesicht hinter der Fensterscheibe und ihre weißen Fingerknöchel, die ungeduldig gegen die Scheibe hämmern.

»Ich muss April nach Hause bringen. Es geht ihr nicht so gut.« Das weiße Licht einer Straßenlaterne ergießt sich über ihn, und in seinen dunklen Augen liegt ein weicher, bedauernder Ausdruck.

»O-kay.«

»Tja«, sagt er leise. »Das war's dann wohl.«

Das Taxi hupt, und wir zucken zusammen.

»Gabriel«, sage ich. »Warte.« Ich schließe kurz die Augen, dann blicke ich zu den Sternen hinauf, als könnten sie mir die richtigen Worte einflüstern.

Aber dann kommen sie wie von selbst über meine Lippen. »Es war … wunderschön, dich zu treffen. Und weil wir jetzt beide demnächst zurückfliegen und wir uns in Hamburg ganz bestimmt nie mehr ganz zufällig wiedersehen, wollte ich dir nur sagen: Du bist der wunderbarste Mann, dem ich jemals begegnet bin. Ich mag es, wie freundlich und geduldig und hilfsbereit du bist. Und deinen Mut und deinen Humor, deine Haare, die immer irgendwie zerwühlt sind, deine lustige Stimme, die du machst, wenn du mit Hunden redest, und dass du mich immer anschaust, als könnten wir gute Freunde werden.«

Während ich das sage, kann ich zusehen, wie sich die

Pupillen in seinen dunklen Augen weiten und dass er etwas erwidern will. Aber in diesem Moment hupt das Taxi schon wieder.

»Und ich kann verstehen«, fahre ich hastig fort, »wenn du mir das jetzt nicht glaubst und mich vielleicht sogar für völlig verrückt hältst. Oder es gleich wieder vergisst, weil in Hamburg ein ganz anderes Leben auf dich wartet und alles, was ich hier sage, keine Bedeutung hat. Ich will es dir nur einfach gesagt haben.«

Ich schlucke und spüre gleichzeitig, wie mir Tränen in die Augen steigen. »Ich wollte das alles nicht.«

»Ich verstehe nicht«, sagt Gabriel mit heiserer Stimme. »Was wolltest du nicht?«

In einem Anfall von Mut und Verzweiflung lege ich den Kopf in den Nacken und schließe kurz die Augen. Es ist doch sowieso alles egal. »Ich habe mich in dich verliebt.« Ein bitteres Lachen entrinnt meiner Kehle. »Tut mir leid, ich bin einfach manchmal so eine Idiotin.«

Ich habe es wirklich getan. Jetzt ist es gesagt.

»Chiara!«, stößt Gabriel atemlos hervor. Er fährt sich mit einer Hand über die Stirn und wischt diese eine Locke beiseite. Er wirkt mit einem Mal sehr aufgewühlt. »Chiara, warum hast du … Gott. Es tut mir so leid …« Ich sehe, wie er nach Worten sucht, aber er bringt keinen vollständigen Satz zustande.

In diesem Moment hupt das Taxi ein drittes Mal, und April klopft lautstark gegen die Scheibe. In ihrem Gesicht steht die blanke Wut. Gabriel reißt sich von meinem Anblick los.

»Du musst gehen«, sage ich verzweifelt, weil ich einfach nur noch will, dass es vorbei ist.

Gabriel nickt und steigt mit versteinerter Miene ein.

»Ich wünsche dir alles Gute, Gabriel«, flüstere ich, als der Wagen davonfährt. Am liebsten würde ich auf der Stelle im Erdboden verschwinden und vergessen, was ich an diesem Abend erlebt habe. Aber ich kann nicht so einfach verschwinden. Mit einem unterdrückten Schluchzen drehe ich mich auf dem Absatz um und gehe zurück in den Festsaal.

GABRIEL

Das Taxi hält vor dem Festsaal, genau dort, wo ich vor einer knappen Stunde zusammen mit April aufgebrochen bin. Mein Kopf schmerzt. Auf der ganzen Fahrt zu ihrer Mom hat April nicht einen Moment aufgehört zu fluchen – mal wütend auf mich, mal auf Dave Hanson und die *kleine Schlampe* aus Deutschland, wie sie Chiara verächtlich nennt. Ich war kurz davor, ihr gehörig die Meinung zu sagen. Aber wer legt sich schon mit jemandem an, der sich komplett abgeschossen hat?

Ich bezahle den Fahrer und gebe ihm ein unsinnig hohes Trinkgeld als Entschädigung für den ganzen Mist, den der arme Kerl sich anhören musste.

»Vielen Dank, Sir. Und frohe Weihnachten!«

»Frohe Weihnachten«, antworte ich geistesabwesend und hänge mir meine Tasche über die Schulter. Ich will einfach nur nach Hause.

Vor der Festhalle steht mit breitem Grinsen im Gesicht Tayler, dem ich von unterwegs aus Bescheid gegeben habe.

»Okay. Lagebesprechung«, sagt er unternehmungslustig, als ich auf ihn zukomme, und reibt sich die Hände. »Du hast ein spannendes Leben, Kumpel. Könnte glatt neidisch werden.«

»Etwas weniger Drama wäre wirklich in Ordnung für mich«, antworte ich matt.

»Wenn du mich fragst, machst du gerade einen Riesenfehler.« Tayler zuckt die Achseln und verweigert mir jegliches Mitgefühl. »Deine Lage schreit doch förmlich danach – auf zu neuen Ufern, Mann!«

»Ich habe dich aber nicht gefragt.« Ich kann es nicht mehr hören. *Was willst du immer noch mit Juliane, dieser Drama-Queen? Sie wird sich nicht ändern, auch wenn sie es dir tausendmal verspricht. Das wird nicht klappen, vergiss es, vergiss es, vergiss es, Mann.*

»Okay dann. Es ist also dein Ernst, dass du jetzt schon gehen willst?« Er deutet hinter sich. Aus den geöffneten Flügeltüren dringen die verlockenden Klänge der Musik zu uns heraus. Ein paar Leute sind vor die Tür getreten, um frische Luft zu schnappen. Fröhliche, schön gekleidete Menschen in Feierlaune und ein Abend, den man nicht allein in seinem Jugendbett verbringen sollte, mit Miniautos auf dem Nachttischchen.

Für einen Moment schwanke ich. Also gut, ich gehe jetzt da hinein, direkt auf Chiara zu, und sage ihr …

WAS??? Nichts, was ich sagen könnte, ergibt auch nur halbwegs einen Sinn! Jedenfalls nicht heute Abend, nicht hier und jetzt.

»Hör zu, Anthony, die Party nimmt gerade erst so richtig Fahrt auf! Du verpasst das Beste!« Taylers Augen glänzen. Er wittert meine Schwäche.

Ich stöhne verzweifelt auf. »Versetz dich doch mal für eine halbe Sekunde in meine Lage. Wie soll ich Chiara noch einmal unter die Augen treten? Es ist ja nicht so, dass sie mir egal wäre, ganz im Gegenteil, sie ist … unglaublich in jeder Hinsicht … und ich Idiot, ich weiß überhaupt nicht, wie ich reagieren soll. Ach, Mist. Was rede ich nur für einen Blödsinn. Ich bin einfach durch den Wind. Fahr mich nach Hause, okay?«

Tayler kratzt sich im Nacken und seufzt. »Warte! Überleg

noch mal! Noch ist sie da!« Er wirft einen kurzen Blick über die Schulter. »Sie tanzt mit ihrem Cowboy. Süß wie ein Marshmallow, dieses Mädchen, wenn du mich fragst.«

Er beugt sich vor und schüttelt mich an beiden Schultern.

»Hey, wach auf, das ist deine letzte Chance, Kumpel! Und sie ist wirklich heiß!«

»Ja, ja. Ich weiß«, stöhne ich. »Aber es geht nicht. Ich bin einfach nicht so. Es wäre unfair. Juliane hat mir versprochen, sich zu ändern. Ich muss ihr eine ehrliche Chance geben … Dieses Mal wird es gut.« Offensichtlich ist mein Anblick dieses Mal so überzeugend verzweifelt, dass Tayler endlich die Autoschlüssel aus der Tasche zieht.

»Okay«, brummt er resigniert.

Als ich am nächsten Morgen aus meinen ziemlich wirren Träumen aufwache, ist das ganze Haus schon in Aufruhr. Das Frühstück ist längst vorbei.

Der vierundzwanzigste Dezember ist bei uns auf der Three Oaks Farm traditionell der Tag, an dem das ganze Rudel meiner weitverzweigten Familie zusammenkommt. Lediglich in der gemütlich ausgebauten Scheune ist Platz genug, um alle an einem Tisch zusammenzubringen. Sobald irgendwann am frühen Vormittag das erste Hupen auf dem Hof zu hören ist, geht das Fest los. Nach und nach füllt sich das Haus mit meinen drei Onkeln und vier Tanten und ihren Ehepartnern, achtzehn Cousins, bislang neun Nichten und Neffen und natürlich, nicht zu vergessen, den Hunden. Wir sind eine extrem tierliebe Familie, und niemand von uns käme auf die Idee, ein vierbeiniges Familienmitglied zu Hause zu lassen. Platten mit *pumpkin pie* und *apple pie* sowie Schüsseln und Töpfe voller Köstlichkeiten werden ins Haus geschleppt. Außerdem gibt es natürlich Berge von Geschenken. Die Lage ist bereits völlig außer Kontrolle, als ich Mom, Dad und Sarah in der Küche antreffe.

»Du warst ja früher als wir zurück!«, sagt Mom etwas verwundert, lässt es aber dabei bewenden, weil schon wieder irgendwer hereinstürzt und Kartoffelsalat in Industriemengen abstellt. Ich bin heilfroh, dass ich vorläufig keine interessierten Nachfragen zum Christmas Ball beantworten muss, und lasse mich nur allzu bereitwillig von all dem Trubel ablenken.

Ich mache mir schnell einen Kaffee, und dann helfe ich Dad und zweien meiner Onkel beim Herrichten der Scheune für das Christmas Dinner. Wenn ich nicht gerade Tische und Stühle aufstelle, halte ich im Haus als Reittier für meine jüngeren Neffen her oder schleppe eine zappelnde Nichte herum.

»Du bist einfach großartig«, sagt meine Cousine Trudy, als sie Clarissa, ihre Jüngste, von meinen Schultern hievt.

»Ich weiß«, sage ich grinsend.

Trudy legt den Kopf schief und lächelt. »Und wann ist es bei euch so weit?«

Oh Gott, Trudy gehört auch nicht zu denen, die lange um den Brei herumreden. Genau wie der Rest der Familie.

»Ich weiß nicht«, stottere ich. »Juliane hatte ziemlich viel Stress im Job. Es passt noch nicht so richtig.«

Trudy lacht unbekümmert. »Ach herrje, es passt doch nie!«

Stimmt. Als Trudy mit Martin schwanger wurde, hatte sie gerade ihren Traumjob als Redakteurin einer Modezeitschrift in New York angetreten. Und zeitgleich verlor ihr Freund Connor seinen Job. Als sich Clarissa ankündigte, hatte Connor einen Sportunfall und musste vier Monate lang in der Klinik liegen, während Trudy irgendwie den ganzen Rest wuppte. Und jedes Mal, wenn ich mit ihr telefonierte, hatte sie dennoch so absurd gute Laune, dass ich zu dem Schluss kam, Schwangerschaftshormone seien nicht zu unterschätzen.

»Wovon redet ihr?«, erkundigt sich Connor, der gerade zwei Stühle an uns vorbeiträgt.

»Über unser wahnsinnig gutes Timing bei der Familienplanung.«

»Vergiss das Timing, Bruder«, ruft Connor mir zu. »Wenn die Liebe stimmt – einfach loslegen. Es kommt doch sowieso anders, als man plant!«

»Den Tipp muss ich mir merken«, murmle ich wenig überzeugt und atme erleichtert auf, als die gesamte *Happy Family* in die Scheune weiterzieht. Noch mehr von dieser Sorte Tipps hätte ich im Moment ziemlich schlecht verkraftet.

Um Punkt siebzehn Uhr fällt dann der Startschuss. Das Buffet erstreckt sich über vier lange Tische, und wie immer beschweren sich die Kids, wie wahrscheinlich in jeder Familie weltweit, dass wir den Nachtisch so lange in der Küche zurückhalten, bis alle mit dem Hauptgang fertig sind. Ich setze mich mal hierhin, mal dorthin und freue mich, von allen zu erfahren, was sich im vergangenen Jahr Wichtiges ereignet hat.

Und darüber treten die dramatischen Ereignisse des gestrigen Abends zum Glück in den Hintergrund.

Später, als alle Kinder ihren Nachtisch hatten und endlich zu Bett gebracht sind, setzen wir Cousins und Cousinen uns etwas abseits von unseren Eltern zusammen und quatschen. Über unsere Jobs, über die Liebe, über Häuser, die gekauft und eingerichtet werden, über Kinder, Goldhamster und Milchzähne. Es ist spannend, unterhaltsam und lustig, und ich merke einmal mehr, wie sehr mir meine Familie das ganze Jahr über fehlt. Vielleicht hat Juliane ja nicht ganz unrecht, wenn sie sagt, dass ich in meinem innersten Inneren ein totaler Spießer bin.

Mit einem Mal spüre ich Sarahs Blick auf mir. Ein warmes Lächeln liegt auf ihrem Gesicht. Manuel ist gerade gekommen und sitzt ganz selbstverständlich neben ihr. Er hält ihre Hand, und während er sich mit meinem Cousin Daniel unterhält, streichelt sein Daumen über ihren Handrücken. Noch traue ich der Sache nicht hundertprozentig. Trotzdem macht es mich sehr glücklich, meine Schwester so glücklich zu sehen.

Sarah neigt ihren Kopf in meine Richtung. »Irene hat mir erzählt«, flüstert sie, »dass du mit einer geheimnisvollen Fremden getanzt hast?«

Ich seufze. Irene ist Sarahs beste Freundin und praktisch die inoffizielle Nachrichtenagentur von Cold Creek Valley. Ist irgendwem eine Katze, ein Pferd, ein Liebhaber entlaufen? Einfach mal Irene anrufen. Sie weiß bestimmt Bescheid.

»Ich kann's nicht glauben, dass du so lange gebraucht hast, davon anzufangen!«

Sarah grinst. »Ha! Und wer ist sie?«

»Das war die Frau, die mir meinen Koffer weggeschnappt hat. Chiara«, erkläre ich so beiläufig wie möglich.

Sarah lacht. »Ach, sieh an. Und April hat sich derweil mit Dave Hanson an der Bar betrunken.«

Ich nehme einen tiefen Schluck aus meinem Weinglas, bevor ich ihr antworte. »Ja, so ungefähr.«

»Du magst Chiara wirklich gerne, was? Irene sagte, es sah so aus, als ob …«

»Mein Gott, Sarah! Irene ist ja die reinste Spionin! Es stimmt, ich mag Chiara. Aber können wir jetzt vielleicht von etwas anderem reden?«

Aber damit lässt sich Sarah nicht abspeisen. Sie neigt den

Kopf noch weiter zu mir und fixiert mich mit ihren dunklen Augen. »Und dann hat sie im Foyer geweint. Was war da los?«

Ich schlucke betroffen. »Keine Ahnung.«

Was bin ich nur für ein Lügner. Trotzdem – vielen Dank, lieber Gott, für meine wundervolle Schwester. Aber das muss sie jetzt wirklich nicht wissen.

Noch nicht, jedenfalls.

Am Weihnachtsmorgen reißt mich das Klingeln meines Handys aus dem Tiefschlaf. Schlaftrunken erhebe ich mich zwischen meinen Neffen Nat und Dakota aus den Kissen und stolpere über meinen Schwager Bob, der auf einer Isomatte vor meinem Bett schnarcht.

Mein Zimmer riecht wie eine ziemlich üble Mischung aus der Umkleide in unserer Schulturnhalle und einer Restaurantküche.

Ich presse das Handy an mich und tappe barfuß nach draußen in den Gang.

Dann drücke ich die grüne Taste. »Hi Juliane«, flüstere ich. »Warte eine Sekunde.«

Aus Sarahs Zimmer höre ich bereits helle Kinderstimmen. Jeder Raum mit Ausnahme der Küche ist ein einziges Übernachtungslager.

Ich eile die Treppe hinunter und schließe hastig die Küchentür hinter mir. »So, jetzt bin ich da! Sorry, ich musste mir erst eine ruhige Ecke suchen.«

Juliane lacht. »Kein Problem. Bei euch ist die Bude wieder voll, was?«

»Ja. Es ist fantastisch. Wie geht es dir? Hast du gestern Abend bei Silvie gefeiert?«

Es entsteht eine seltsam lange Pause.

»Ja. War cool.«

»Freut mich. Wer war alles da?«

Wieder eine Pause.

»Gabriel«, sagt Juliane jetzt fast gequält. »Ich habe gestern lange mit Silvie gequatscht, und ich bin zu dem Entschluss gekommen, es dir jetzt schon zu sagen.«

Etwas Hartes, Eisiges umschließt plötzlich meinen Magen. »Ich verstehe nicht?«

»Ich gehe nach Berlin. Anfang Januar.« Julianes Stimme klingt fest.

»Du gehst …?« Ich bin unfähig, den Satz zu beenden. Meine Beine fühlen sich an wie Pudding, und ich lasse mich auf einen Küchenstuhl fallen.

»Ich hatte mich an der Charité beworben. Und sie haben mir letzte Woche zugesagt. Das solltest du vielleicht wissen.«

Vielleicht? Habe ich richtig verstanden? Wer sollte denn zuerst von dieser alles umwälzenden Sache erfahren, wenn nicht ich?

»Wow«, sage ich und ringe nach Luft. »Du hattest mir nur von dieser Stelle in Hamburg erzählt. Von Berlin höre ich zum ersten Mal.«

Irgendetwas in meinem Inneren zerbricht gerade. Ein schrecklicher Schmerz bohrt sich in mein Herz, der mir die Tränen in die Augen treibt.

Juliane atmet hörbar ein. »Das hätte alles nur komplizierter gemacht, oder?«

Noch vor wenigen Tagen hätte ich jetzt gefragt: Und wie geht es weiter? Wie kriegen wir das hin? Aber in mir öffnet sich eine riesengroße Leere, und dann weiß ich es.

Es ist vorbei.

»Es tut mir leid«, sagt Juliane. »Die Chance war zu brillant, um sie ziehen zu lassen.«

Herzlichen Glückwunsch, denke ich und erschrecke selbst über die Kälte, die sich in mir breitmacht. Meine Handflächen sind schweißnass, und ich umklammere das Handy noch fester.

»Ich bin aus dem Spiel«, sage ich tonlos.

»Das dachte ich mir schon.« Juliane klingt erschreckend beherrscht.

Es rauscht in der Leitung, und niemand sagt etwas.

»Mach's gut«, sagt sie schließlich. Und dann folgt das Freizeichen. Sie hat aufgelegt.

Ich starre auf mein Handy und spüre, wie sich alles in mir gegen diese unfassbar ernüchternde Erkenntnis sträubt. Und dennoch dringt es allmählich zu mir vor: Tayler hatte recht. Ich Trottel bin wirklich einem Traum nachgejagt, den Juliane wahrscheinlich niemals geträumt hat. Sie war *die* Frau für mich. Und ich war vielleicht nur der Typ, der zufällig für eine Weile in ihr Leben gepasst hat, und jetzt eben nicht mehr. Wie das falsche Puzzleteil am falschen Platz.

Ich weiß nicht, wie lange ich vor mich hin gestarrt habe, als sich im Treppenhaus plappernde Kinderstimmen nähern und die Küchentür aufgestoßen wird.

»Wow, so früh wach?«, sagt Mary-Anne, meine Cousine. An ihrer Hand tappt die dreijährige Isabel.

Ich nicke leicht betäubt. Isabel kichert und schaut zu Lilly, die auf Sarahs Arm hereingetragen wird.

»Meine Mom muss mich nicht tragen. Ich bin selbst groß!«, verkündet sie laut.

»Hey, du siehst ziemlich mitgenommen aus, Gabriel. Geht's dir gut?« Ein wenig atemlos setzt Sarah Lilly auf dem Boden ab. Sofort laufen die beiden Mädchen los und klammern sich kichernd an meine Waden.

»So weit, so gut«, stöhne ich und muss gleichzeitig lachen, weil mich die kleinen Plagegeister nach allen Kräften kitzeln.

»Gabbil hat keine Hose an.« Lilly prustet. Nichts weist mehr darauf hin, dass dieses rosige, freche Kind vor Kurzem eine heftige Krankheit durchgemacht hat.

»Du kleines Monster«, sage ich und deute auf meine Boxershorts. »Ist das etwa ein Rock?«

Das laute Gekicher, das jetzt folgt, zersplittert mir fast das Gehirn.

»Kaffee«, murmelt Sarah und geht zum Herd.

Ein paar Stunden später, nachdem alle aufgebrochen sind und wieder Ruhe im Haus eingekehrt ist, kriege ich mitten in der Bescherung plötzlich wieder weiche Knie und fange an zu zittern. Ich setze mich aufs Sofa und reiße mich so gut ich kann zusammen. Sarah packt nämlich gerade die silbernen Ohrringe aus, die ich in Hamburg in dem kleinen Juwelierladen entdeckt hatte.

»Gott, sind die schön!«, flüstert Sarah und fliegt auf mich zu, um mich heftig zu drücken.

»Freut mich, dass sie dir gefallen«, bringe ich mühsam hervor. Mein Kopf dröhnt, und ich schwitze und friere gleichzeitig.

»Gabriel! Alles okay mit dir?« Sarahs erschrockene Stimme dringt durch den Nebel, der mich mit einem Mal umgibt. Ich verberge meinen Kopf in den Händen, weil das anschwellende Dröhnen in meinen Ohren unerträglich ist.

Die Zeit scheint sich zu dehnen. Da sind Stimmen, und jetzt, ja, jetzt höre ich Chiara. Was macht sie denn hier? Sie ruft meinen Namen. Aber ich sehe sie nicht, und ich kann mich nicht bewegen.

»Nicht weggehen«, stoße ich hervor. Sogar meine Zunge gehorcht mir plötzlich nicht mehr richtig.

»Gabriel, mein Junge, niemand geht weg.« Das ist Gran. Sie hält meine Hand. Etwas Kaltes legt sich auf meine Stirn, und Moms Stimme sagt von ganz weit weg: »Der Arzt ist unterwegs.«

Ich brauche keinen Arzt. Ich will zurück in die Dunkelheit, dahin, wo Chiara ist. Es ist sehr, sehr dringend.

CHIARA

Ich schließe die Haustür leise hinter mir und bemerke sofort den hellen Schein, der unter der Küchentür hervordringt. Von innen ist das Kratzen von Massimos Krallen auf dem Fußboden zu hören, und als ich die Tür öffne, steht er freudig mit der Rute wedelnd vor mir und streckt die Nase vor, um meine Hand mit feuchten Hundeküssen zu bedecken. Ich nehme es gar nicht richtig wahr, so sehr fesselt mich der Anblick, der sich mir bietet: Die Küche von Black Dog Lands hat sich in eine Art Weihnachtsshow à la Las Vegas verwandelt. In den Fenstern hängen blinkende Vorhänge mit kleinen Sternenlichtern, an jeder der drei Deckenlampen baumelt ein rot leuchtender Santa Claus, und in der Ecke steht ein nahezu lebensgroßes Rentier, dessen Augen in einem beunruhigenden Rhythmus blinken.

»Oh Gott, ich fange gleich zu heulen an«, sage ich leise und muss gleichzeitig ein Kichern unterdrücken. Vielleicht ist es aber doch nur ein Schluchzen. Ich bin völlig durcheinander. Der Abend war wie bittersüße Schokolade. Obwohl sich Dave irgendwie Mühe gegeben hat, mich nach Gabriels Verschwinden mit seinen Scherzen aufzuheitern, war der Ball für mich gelaufen. Ich wollte einfach nur noch allein sein.

»Aber es ist doch erst kurz nach Mitternacht!« Dave sah mich genervt an, als ich ihn bat, mich nach Hause zu fahren.

Ich seufzte. »Nimm es mir nicht übel. Ich bin einfach schrecklich müde.«

Auf der Heimfahrt plauderten wir über belanglose Dinge des vergangenen Abends, aber die Stimmung war angespannt. Als wir schließlich vor Black Dog Lands angekommen waren, sah mich Dave prüfend von der Seite an: »Täusche ich mich, oder bist du irgendwie sauer auf mich?«

Ich zuckte mit den Schultern. »Nicht direkt. Ich finde es nur nicht besonders witzig, wie du mit anderen Frauen flirtest, während ich neben dir stehe.«

Dave runzelte die Stirn. »Was zum Teufel erwartest du, Chiara? Wir haben eine kleine Affäre. Und das war der Deal: keine Verpflichtungen.«

Ich löste den Gurt. Mit einem Mal war ich so schrecklich ernüchtert, dass mir die Tränen kamen. »Klar, das war der Deal.«

Richtig: Was genau hatte ich erwartet? Natürlich war ich für ihn eine kleine Affäre, eine Fußnote in seinem wilden Leben. Aber offensichtlich, und das erkannte ich in diesem Moment überdeutlich, waren Affären nicht mein Ding. Es tat weh, und es machte mich wütend.

»Okay, dann ist ja alles geklärt.« Dave schien erleichtert über meine Antwort. »Also, wir sehen uns.«

Ich stieg aus und mied es, dem Auto nachzuschauen, als es davonfuhr. Irgendwie war ich mir sicher, dass Dave nach Cold Creek zurückfuhr, um heute Nacht noch eine Eroberung zu machen.

Ich knipse die Weihnachtsbeleuchtung aus. Noch in der Küche schäle ich mich vorsichtig aus dem Kleid und lege den rosafarbenen Spitzentraum sorgfältig über einen Stuhl, bevor ich frierend nach oben gehe und mir eine lange heiße Dusche gönne. Dann kuschle ich mich in mein Bett, erlaube Massimo, sich am Fußende niederzulassen, und lösche das Licht. In meinem Kopf spielt noch immer die Musik, und als ich die Augen schließe, sehe ich Gabriels Lächeln vor mir, das ich sicherlich niemals in meinem Leben vergessen werde.

Und dann ist Weihnachten.

Es beginnt auf Black Dog Lands mit einer kleinen, aber folgenschweren Panne: Charlotte hatte vergessen, die Hundeklappe am Hintereingang zu schließen. Und es war nicht etwa Massimo, der die Gelegenheit nutzte, um ein bisschen durch die Gegend zu streifen. Der schnarchte ja gemütlich in meinem Bett. Nein, umgekehrt. Es waren die Waschbären, die in die Küche eindrangen und alles Essbare plünderten, was sie dort vorfanden, was im Wesentlichen der Obstkorb, eine Packung Kekse und die Schokoladensterne für den Tannenbaum waren. Außerdem zerpflückten sie ein Sofakissen in seine Einzelteile.

»Ich glaube, genau davor warnt uns Dave immer«, sagt Charlotte zerknirscht und betrachtet die Verwüstung. »Wir sollten die süßen kleinen Biester wirklich nicht füttern!«

»Kein Wort davon zu Dave, ja? Das wäre echt ziemlich peinlich«, meint Giovanni.

Charlotte unterdrückt ein Grinsen. »Versprochen. Aber ich finde, wir legen ihnen heute trotzdem eine Kleinigkeit hin. Das wäre irgendwie unfair, sie ausgerechnet an Weihnachten auf Diät zu setzen.«

Nickend bekräftigen die beiden ihr Einverständnis. Ich muss lächeln. Es ist einfach schön zu sehen, dass sie sich so gut verstehen.

»Dann fahre ich jetzt noch mal los und stocke unseren Vorrat wieder auf«, sagt Giovanni, und während Charlotte die Schafe versorgt, mache ich mich daran, die Spuren der nächtlichen Invasion zu beseitigen.

Später schmücken wir den Weihnachtsbaum.

»Wirklich ein schöner Baum.« Giovanni nickt anerkennend.

»Selbst geschlagen«, sage ich stolz und sehe sofort, dass er es für einen Scherz hält. Aber, was soll's. Heute ist Weihnachten, und ich will nicht kleinlich sein.

Während das ganze Land den Baum schon sehr viel früher aufstellt, haben Charlotte und Giovanni sich darauf geeinigt, die deutsche Tradition zu übernehmen. An Heiligabend wird der Baum geschmückt. Basta.

»Verdammt, ich habe einfach keine Lust, ab Ende November den Bauch einzuziehen, wenn ich am Esstisch vorbeigehe«, sagt Charlotte.

»Welchen Bauch?«, sagt Giovanni, der gerade Kaminholz von draußen hereinbringt, und Charlotte wirft ihm von der Leiter aus ein Kusshändchen zu.

Als Giovanni wieder draußen ist, grinst sie mich von der Seite an. »So, jetzt können wir in Ruhe über den Ball reden. Ich kann gar nicht abwarten, jedes Detail zu hören!«

»Oh, es war natürlich wunderschön!«, sage ich und nehme mir die Schachtel mit den Strohsternen und Holzfiguren. Während ich sie auf den Zweigen verteile, berichte ich Charlotte ausführlich von dem Abend mit all seinen Highlights und den wirklich dramatischen Momenten.

Charlotte fiebert so lebhaft mit, dass die Leiter, auf der sie steht, ein paarmal gefährlich schwankt.

Als ich auch den Teil nicht auslasse, wie ich Gabriel diese dumme, überflüssige Liebeserklärung gemacht habe, hält sie ganz mit Schmücken inne und starrt mich an.

»Du traust dich was«, sagt sie schließlich und grinst mich voller Bewunderung an.

Ich atme tief durch. »Na ja, vielleicht war das nicht besonders schlau von mir. Aber es ist ja auch egal.«

Charlotte sieht mich immer noch an. »Ich finde es echt cool. Und so romantisch.« Ihr Gesicht bekommt einen verklärten Ausdruck. »Stell es dir nur mal vor! Vielleicht ist es das Schönste und Romantischste, was jemals eine Frau zu ihm sagen wird. Und dann wird er immer und immer an diesen Abend zurückdenken, und an dich in diesem wunderschönen Kleid. Ist das nicht fantastisch?«

Bevor ich antworten kann, klopft es an der Tür. Im selben Moment bereits tritt Dave ein, jetzt wieder deutlich als Cowboy zu erkennen.

»Hey, Mädels«, sagt er und begutachtet unser Werk. »Das sieht gut aus.« Er hat tiefe Ringe unter den Augen und sieht nicht so aus, als hätte er in dieser Nacht auch nur ansatzweise ein Auge zugetan.

»Chiara erzählt mir gerade von dem Ball«, sagt Charlotte.

Dave sieht mich mit einem unbekümmerten Lächeln an. »War doch schön, oder?«

Ich nicke, ohne ein Wort zu sagen. Ich bin immer noch etwas ernüchtert von seinem Verhalten am gestrigen Abend.

»Weißt du, warum ich hier bin?«, fährt Dave mit einem selbstzufriedenen Grinsen fort.

»Ähm, nein. Woher sollte ich?« Ich blinzle ihn irritiert an. Dave zeigt zum Fenster. »Wie du vielleicht bemerkt hast, ist draußen herrliches Wetter. Ideal, um auszureiten.«

»Oh.« Mein Kiefer klappt unwillkürlich herunter. »Du redest jetzt aber nicht von mir, oder?«

Er stemmt die Hände in die Hüften. »Oh doch, Ma'am. Du hast doch neulich erst erwähnt, dass du unbedingt reiten willst!«

Es stimmt leider. Als ich diese mutige Behauptung unvorsichtigerweise von mir gab, saß ich allerdings ganz entspannt im Restaurant, wohl wissend, dass ich den Realitätscheck vorläufig nicht zu befürchten hatte.

Dave mustert mich von oben bis unten. »Du kannst unmöglich wieder nach Hause fahren, ohne mit Dave Hanson, dem besten Cowboy dieses gottverdammten Tals – ohne mich jetzt loben zu wollen, selbstverständlich –, einen Ausritt gemacht zu haben«, setzt er hinterher. »Aber bevor du jetzt Panik kriegst – ich werde das Pferd, auf dem du sitzt, an einem Strick neben mir herführen. Es kann also nichts passieren! Was sagst du?«

Ich sehe mich hilfesuchend nach Charlotte um, aber sie grinst nur ermutigend und hält den Daumen hoch.

»Geh ruhig, Giovanni und ich kommen gut allein zurecht!«

»Okay.« Neugierig bin ich ja schon, wie es sich anfühlt, auf einem echten Westernpferd zu reiten. Gleichzeitig fühle ich mich in Daves Gegenwart etwas unbehaglich. »Aber wenn es mir nicht gefällt, kehren wir um, ja?«

»Klar«, sagt Dave und grinst. »Das wird zwar bestimmt nicht passieren, aber gut.«

»Und wann?«

Dave kratzt sich im Nacken. »Wäre jetzt gleich zu früh?«

»Perfekt«, sagt Charlotte an meiner Stelle. »Dann bist du zum Mittagessen zurück.«

»Okay«, sage ich mit flauem Magen.

»Warte«, sage ich zu Dave, bevor er den Motor startet.

Er lässt die Hände sinken und sieht mich erstaunt an. »Willst du jetzt doch kneifen?«

Ich schüttle energisch den Kopf. »Nein. Darum geht es nicht.«

Dave seufzt genervt und lässt sich in die Polster zurücksinken. »Okay. Du bist also immer noch sauer auf mich.«

»Ich bin nicht sauer, aber es ist … kein schönes Gefühl, wie du mich abserviert hast.«

»Es tut mir leid, aber ich kann es nicht mehr ändern«, murmelt Dave. »Vielleicht hätte ich heute Morgen nicht kommen sollen … Aber ich dachte, du freust dich, wenn wir ausreiten.«

»Es ist nett von dir, dass du an mich gedacht hast«, sage ich. »Und vielleicht ist das der richtige Zeitpunkt, um das noch einmal ganz deutlich zu sagen: Ich bin dir wirklich sehr dankbar für alles, was du für mich getan hast. Es war auch okay für mich … also, unsere Affäre meine ich … Ich mag dich gerne, und wir können so etwas wie Freunde sein. Aber eben nur Freunde.«

»Okay«, sagt Dave erleichtert und grinst. »Indianerehrenwort. Nur Freunde! Können wir jetzt endlich los?«

Wenig später stehe ich im Hof neben Littlefoot und bürste andächtig seine wunderschöne lange Mähne. Er kommt mir riesig vor, und jedes Mal, wenn er mir seinen großen Kopf zuwendet, werde ich ziemlich nervös.

»Keine Angst, er ist einfach nur schrecklich neugierig!« Dave hat seine Stute bereits gesattelt, während ich noch nicht einmal mit dem Putzen fertig bin.

Ein Jeep fährt auf den Hof, und ein junges Paar mit einem kleinen Kind steigt aus. Dave geht zu den dreien hinüber, und ich beobachte, wie ihm der Mann ein paar Zaumzeuge aus dem Kofferraum übergibt. Dann beachte ich sie nicht weiter, weil mich der Ehrgeiz gepackt hat, Daves Vorsprung aufzuholen. Nach einer Weile verschwinden alle bis auf den Mann in Daves Haus, und er kommt zu mir herübergeschlendert.

»Hey«, sagt er freundlich. »Kann ich helfen?«

Ich sehe auf und wiege lächelnd den Kopf. »Ehrlich gesagt, ja ... ich müsste ihn jetzt satteln, aber ich habe keine Ahnung, wie das geht ...«

»Kein Problem.« Er nimmt den Sattel vom Balken und legt ihn auf Littlefoots Rücken. Mit ein paar flinken Handgriffen zieht er die Lederriemen fest.

»Ist nicht so einfach«, sagt er und lächelt mich an. »Besonders, wenn man nicht so groß ist.«

Im Gegensatz zu mir ist er wirklich groß. Mit seinen lässig zusammengeknoteten dunklen Haaren und den dunklen freundlichen Augen ist er genau der Kerl, auf den sich Bonnie stürzen würde.

»Danke«, sage ich erleichtert. »Ich bin übrigens Chiara.«

»Manuel«, sagt er und nickt lächelnd. »Du bist zu Besuch im Cold Creek Valley?«

Ich nicke. »Ja. Und es ist wunderschön.«

»Das finde ich auch«, sagt er. »Oh, entschuldige mich, ich muss Dave noch etwas fragen.«

Jetzt kommen gerade alle wieder aus dem Haus, und während die beiden miteinander reden, kommt das kleine Mädchen neugierig näher und sieht mir zu.

»Wie heißt es?«, fragt sie und deutet auf mein Pferd.

»Littlefoot.«

Sie lacht. »Das ist lustig.« Sie kommt noch ein paar Schritte näher.

»Lilly!« Die Frau kommt herüber. Sie nickt mir lächelnd zu und nimmt das Mädchen an der Hand. Sie ist wunderhübsch, mit ihren honigbraunen Augen und den langen dunklen Haaren, und ich überlege, ob wir uns gestern beim Ball gesehen haben. Irgendetwas an ihr kommt mir bekannt vor. Kurz darauf steigen die drei ins Auto und fahren davon.

»Wow, gib es zu, Manuel hat dir geholfen!«, ruft Dave, als er den fertig gesattelten Littlefoot begutachtet.

»Okay, ich gebe es zu. Manuel war wirklich sehr hilfsbereit.«

»Er ist ein Supertyp«, bekräftigt Dave.

»Und er hat eine nette Familie«, sage ich.

»Oh.« Dave kratzt sich am Kopf und sieht mich nachdenklich an. »Sie sind keine richtige Familie … Manuel und Sarah sind gerade erst seit Kurzem zusammen, aber ich glaube, das wird etwas ganz Großes!« Er grinst spöttisch. »Und sie sieht ihm verdammt ähnlich, findest du nicht auch?«

Ich starre Dave an. »Häh? Wer sieht wem ähnlich?«

»Sarah. Sie sieht Gabriel unheimlich ähnlich.«

»Was?« Ich lasse die Bürste fallen, und Littlefoot hebt erschrocken den Kopf.

»Sarah ist Gabriels Schwester, wusstest du das nicht?« Dave sieht mich verwundert an.

»Nein, woher denn auch?«, sage ich. »Ich kapiere gerade gar nichts mehr.« Das ist nämlich genau das, was passiert, wenn der Name *Gabriel* fällt – ich kann nicht mehr denken. Es hat mich wirklich schwer erwischt.

»Es ist aber eigentlich ganz übersichtlich.« Dave lacht, fassungslos über so viel Begriffsstutzigkeit.

Ich seufze. »Gut, dass ich dieses Tal bald verlassen werde. Ich wollte Gabriel wirklich aus dem Weg gehen. Aber das scheint im Cold Creek Valley verdammt schwierig zu sein.«

»Dann versuch es mal in Hamburg«, bemerkt Dave trocken. »Da hast du vermutlich mehr Glück.«

Und dann kommt der ersehnte und gleichzeitig gefürchtete Moment, als ich zum ersten Mal ernsthaft auf ein Pferd steige. Natürlich war ich als Kind einige Male beim Ponyreiten, aber das ist lange her. Und für meine Begriffe ist Littlefoot einfach riesig. Als ich neben ihm stehe, möchte ich am liebsten kehrtmachen.

»Sei bitte brav«, murmle ich nervös, als ich mich zum Aufsteigen bereitmache.

»Du schaffst das!«, ermutigt mich Dave, der mir zuvor Schritt für Schritt erklärt hat, wie es funktioniert.

»Kein Problem«, sage ich sarkastisch und nehme meinen ganzen Mut zusammen. Beim zweiten Anlauf klappt es tatsächlich. Ich sitze auf dem Pferd, und nachdem Dave die Steigbügel auf die richtige Länge angepasst hat, fühle ich mich gar nicht so unwohl da oben. Der Sattel ist schön gepolstert, und vorne gibt es das hoch aufragende Sattelhorn, an dem ich mich festhalten kann. Littlefoot trägt ein Halfter, an dem ein langer Strick befestigt ist. Das Ende des Stricks liegt fest in Daves Hand, der jetzt sein eigenes Pferd besteigt. Lana ist seine beste Zuchtstute und, genau wie Littlefoot, ein Quarter Horse. Sie ist bildschön mit ihrem dunkelbraunen Fell und einem hellen Zeichen in der Form eines Kometen auf der Stirn.

»Okay. Los geht's«, sagt Dave und wirft mir einen aufmunternden Blick zu.

Littlefoot setzt sich in Bewegung, und sofort schnellt mein Puls in die Höhe. Es schwankt hin und her – viel mehr, als ich gedacht hatte. Ich zwinge mich, zuversichtlich nach vorne zu sehen. Littlefoot hat eine wunderschöne lange Mähne, die beim Gehen mitschwingt. Und er dreht seine hübsch geformten Ohren immer wieder nach hinten zu mir.

»Warum tut er das?«, frage ich Dave verunsichert.

»Was?«

»Ich glaube, er will die Ohren anlegen. Das kann nichts Gutes bedeuten.«

Dave schüttelt den Kopf. »Nein. Er dreht die Ohren, weil er seine Aufmerksamkeit auf dich richtet.«

»Ach so. Wie nett.«

»Pferde sind äußerst freundliche Wesen«, sagt Dave. »Sie sind Fluchttiere, und trotzdem dulden sie einen Reiter auf dem Rücken.«

Ich nicke, und mir wird bewusst, dass sich mein Körper bereits an den Rhythmus gewöhnt hat, in dem der Wallach seine Hufe hebt. Es ist ein gemütliches Wiegen, und ich spüre das warme, weiche Fell unter mir. Sehr angenehm bei der trockenen Kälte, die heute herrscht.

Von Daves Farm aus reiten wir auf halber Höhe an den raureifglitzernden Hügeln entlang. Littlefoot geht sicheren Schrittes voran.

»Alles okay?«, erkundigt sich Dave.

»Es ist wunderbar«, sage ich und atme tief ein. »Wenn ich im Sommer wiederkomme, möchte ich das öfter machen. Es ist bestimmt cool, richtig gut reiten zu können.«

Daves heitere Miene hellt sich noch etwas mehr auf. »Du hast das wirklich vor, oder?«

»Auf jeden Fall.« Ich nicke heftig.

»Whoa, was für eine Verwandlung!« Dave lacht herzhaft.

»Was denn?«, frage ich argwöhnisch. Ich habe die starke Vermutung, dass er sich mal wieder auf meine Kosten amüsiert.

»Ach, es ist nur«, sagt er und schüttelt den Kopf, »ich muss an unseren ersten Ausflug denken. Ich dachte damals, dass du ausflippst, sobald dir irgendwas Unbekanntes auf vier Beinen begegnet.«

»Ha, ha.« Ich brüte einen Moment gekränkt vor mich hin, während Littlefoot bedächtig seine Schritte zwischen die Eispfützen setzt.

»Soll ich dir mal was sagen, du arrogantes Landei?«

Dave wendet sich im Sattel zu mir um. »Jetzt bin ich aber mal richtig gespannt!«

»Du sprichst hier mit einer Frau, die jahrelang ihre Sommer auf dem Land verbracht hat. Ich weiß, wie man Ziegen melkt. Ich kann Hühnern ihre Eier abluchsen, Gemüse ernten, Bier brauen, Käse machen, Feuerholz hacken und noch vieles mehr. Als ich hier ankam, war ich einfach nur völlig aus der Übung.«

»Hey, warum erzählst du mir das erst jetzt?« Er grinst mich an.

»Aus uns beiden würde trotzdem nichts werden!«, sage ich zu meiner eigenen Überraschung und muss dabei lachen. Es fühlt sich mit Dave plötzlich wieder alles gut und unbeschwert an.

»Das war wunderbar«, sage ich, als wir zur Farm zurückkehren.

Dave betrachtet mich zufrieden. »Es ist nicht zu übersehen, wie gut es dir gefallen hat!«

Und er hat recht. Es könnte nicht besser sein. Sonnenuntergänge, Cowboys und Pferde. Ich habe alles gehabt. In dieser Reihenfolge.

CHIARA

Am Nachmittag sitzen Charlotte, Giovanni und ich bei einem Cappuccino auf dem Sofa und genießen den festlichen Anblick unseres Weihnachtsbaums. Im Hintergrund knistert ein schönes Feuer im Kamin. Charlotte und ich haben es uns mit Decken und Kissen gemütlich gemacht. Hin und wieder wandern meine Gedanken zu Gabriel. Wo er wohl gerade steckt, und ob er auch an mich denkt? Aber dann vertreibe ich ihn ganz schnell wieder aus meinem Kopf.

Irgendwann fängt Giovanni an unruhig hin- und herzurutschen. »Ich muss mal nach den Schafen schauen«, sagt er unvermittelt. »Komm, Massimo!« Massimo, der sich vor dem Kamin langgemacht hat und vor sich hin döst, springt augenblicklich auf und folgt Giovanni ins Freie.

»Was um Himmels willen treibt er um diese Zeit im Stall?«, fragt sich Charlotte stirnrunzelnd. »Manchmal ist er schon etwas seltsam, dein Bruder.«

»War er schon immer.« Ich stehe auf und hole mir einen Löffel aus der Schublade, um auch noch den letzten Rest Milchschaum aus meinem Kaffeebecher zu kratzen. Ich lehne mich an die Spüle und sehe zum Fenster hinaus auf den Hof. Es ist immer noch sonnig, aber bald schon wird die Dämmerung kommen. »Wenn Giovanni eine fixe Idee hat, zieht er sie einfach durch.«

In diesem Moment klingelt Charlottes Handy.

»Dein Bruder«, sagt sie mit einem verwunderten Blick auf das Display. Dann nimmt sie den Anruf entgegen.

»Darling, was treibst du im Stall?«, ruft sie, noch bevor Giovanni am anderen Ende etwas sagen kann. »Komm ins Haus, es ist so schön warm hier!«

Dann lauscht sie einen Moment lang angestrengt. »Draußen?«, fragt sie irritiert. »Okay, alles klar, ich sage es ihr.« Sie legt auf und rollt seufzend die Augen. »Giovanni will uns im Hof etwas zeigen. Er hat den Schafen angeblich einen Trick beigebracht.«

»Was für eine absurde Idee!«, pruste ich los. »Ausgerechnet an Weihnachten!« Und genau in diesem Moment macht es in meinem Kopf irgendwie Klick.

»Und du sollst alles filmen«, fügt Charlotte ahnungslos hinzu.

Mamma mia. Es ist so weit.

Kaum sind wir in unsere Jacken und Stiefel geschlüpft, hören wir schon Musik. Sie kommt aus Giovannis Boombox, die er auf dem Dach seines Autos platziert hat. Ellie Gouldings *Your Song* weht über den leeren Hof, zart und unsterblich romantisch. Mit einem dicken Kloß im Hals bringe ich die Handykamera in Position.

»Was zur Hölle …« Charlotte schaut sich mit einem breiten Grinsen um. Da tauchen hinter dem Stall die Schafe auf. Eins nach dem anderen trippelt in Richtung Hof, gefolgt von Massimo, der die kleine Herde direkt auf uns zutreibt.

»Haaalt«, ruft Giovanni, der nun ebenfalls erscheint, und stößt einen Pfiff aus. Aber er trägt nicht mehr seine Klamotten von vorhin, sondern eine schwarze Hose, ein weißes Hemd mit Fliege, und hinter seinem Rücken hält er einen Rosenstrauß, so groß, dass ihn sein Körper kaum vollständig verdeckt.

Die Schafe stehen in einer Reihe vor uns, bewacht von Massimo, der heftig hechelt. Gerade als Ellie Goulding davon singt, *wie wundervoll das Leben ist, weil es dich auf dieser Welt gibt,* stößt Giovanni einen zweiten Pfiff aus. Massimo läuft seitlich auf das erste Schaf zu, und es dreht sich einmal um seine eigene Achse, so dass sein Kopf jetzt in die Gegenrichtung zeigt.

Und dann sehen wir es: Quer über den rundlichen Bauch des Tieres steht mit roter Sprühfarbe CHARLOTTE.

Und dann hüpft Massimo von einem Schaf zum nächsten, alle drehen sich um, und da ist sie, die Frage aller Fragen, auf der Flanke von fünf Schafen:

CHARLOTTE WILL YOU MARRY ME?

Charlotte schluchzt hingerissen auf, und Tränen treten in ihre Augen. Giovanni geht auf sie zu, sinkt mit einem Knie in den Schnee und hebt sein Gesicht zu ihr. Ich höre seine Worte nicht, aber ihre Mienen sagen alles. Charlotte nimmt die roten Rosen entgegen und dann den Ring, der in der Spätnachmittagsonne golden schimmert. Gleich darauf verschmelzen sie in einer innigen Umarmung.

Massimo, der anscheinend einen großen Gefallen am Schafesortieren gefunden hat, ist allerdings nicht der Meinung, dass die Sache jetzt schon zu Ende ist. Er scheucht einzelne Schafe aus der Reihe und treibt sie in eine andere Position. Jetzt steht da WILL MARRY CHARLOTTE YOU ME. »Stopp, Massimo!«, ruft Giovanni lachend und löst sich von Charlotte. »Geht schon mal ins Haus!«, sagt er. »Ich räume nur noch schnell hier auf!«

Charlotte kommt auf mich zu, sie fällt mir um den Hals und schluchzt, und ich muss sie praktisch ins Haus führen, weil sie fast blind ist vor Tränen.

Wir sitzen lange zusammen an diesem Abend und reden über alles, was für eine Hochzeit geplant werden muss. Ich bin froh, dass ich meine Erfahrungen weitergeben kann, denn auf diese Weise sind sie wenigstens zu irgendwas gut. Es ist alles sehr aufregend, und auch als ich später im Bett liege, finde ich nur schwer in den Schlaf. Aber das ist auch nicht so schlimm. Denn der Wecker klingelt früh, und dann ist er da – der gefürchtete Abschied von Cold Creek Valley.

Ich weine, als Dave vorbeikommt, um Massimo abzuholen, der sich bei Chipper bestimmt wohlfühlen wird. Ich weine, als ich zum letzten Mal in den Stall gehe und in die treuherzigen Augen der Schafe blicke, auf deren Fell die roten Farbflecken immer noch von ihrem fantastischen Auftritt zeugen. Ich weine, als ich noch einmal die geliebte Silhouette der Berge gegenüber unserer Farm betrachte, und ich weine, als wir über die Brücke des Cold Creek fahren. Eigentlich weine ich die ganze Zeit. Es ist nicht nur der Abschied von all den Dingen, die ich in dieser kurzen Zeit so lieb gewonnen habe. Es ist auch die Angst vor der scheußlichen Ungewissheit, die mich auf der anderen Seite des Ozeans erwartet. Ich weine, weil ich an Gabriel denken muss. Selbst wenn ich einen ungefähren Plan davon habe, wie mein Leben weitergehen soll, ist eines schon klar: Es stehen mir ein paar heiße Kämpfe mit meiner geliebten Familie bevor. Aus allen Telefonaten in den vergangenen Tagen war immer wieder die selbstverständliche Erwartung herauszuhören, die ich bitter enttäuschen werde, wenn ich meinen eigenen Weg gehen will. Nein, ich werde nicht einfach so mit dem Familienbetrieb verschmelzen, im Kielwasser meiner tüchtigen Schwester, die ich aus tiefstem Herzen liebe, aber keinesfalls als Juniorchefin vor der Nase haben möchte. Dass man am Ende einer Reise nicht als derselbe Mensch nach Hause zurückkehrt, habe ich schon öfter gehört, aber jetzt fühle ich es in meinem tiefsten Inneren.

Kein Zweifel – mir und meiner Familie stehen ein paar kräftige Erdbeben bevor.

Giovanni und Charlotte ertragen meine unablässigen Tränenausbrüche mit liebevoller Geduld. Sie helfen mir beim Einchecken, nehmen mich an die Hand und reichen mir ein Taschentuch nach dem anderen.

Und jetzt, als wir endlich über den Wolken sind und es zumindest in der Außenwelt nichts mehr zu entdecken gibt, über das ich weinen könnte, schiebt mir Giovanni großzügig seinen Prosecco rüber. Meinen eigenen habe ich ziemlich schnell geleert.

»Danke«, sage ich schniefend. »Ich werde das alles schrecklich vermissen!«

»Ich kann mich nur wiederholen: Du bist jederzeit bei uns willkommen«, tröstet mich Giovanni mit einem Lächeln. »Das weißt du ja.«

»Danke. Ihr seid wirklich so nett. Ich kann es kaum abwarten!« Ich trinke sein Glas in einem Zug aus.

»Fein«, sagt Charlotte, und ich danke dem lieben Gott, dass er mir eine Schwägerin geschenkt hat, die zugleich auch eine Freundin ist. Leider wird sie allerdings schon bald wieder auf der anderen Seite des Ozeans sein. Es ist ein Jammer.

Der Alkohol tut seine Wirkung. Ich lehne mich erschöpft zurück und setze mir die neuen Kopfhörer auf, das äußerst nützliche Weihnachtsgeschenk von Giovanni und Charlotte. Der romantische Film vom Hinflug wird immer noch im Bordprogramm angeboten, und ich freue mich über die zweite Chance, ihn bis zum Ende zu sehen. Auch dieses Mal muss ich weinen, aber aus anderen Gründen. Nämlich nicht, weil es mir so mies geht, sondern weil das Happy End so herzerweichend ist.

Wir landen pünktlich in Hamburg. Papà steht schon bereit, als wir ziemlich übermüdet aus dem Flughafengebäude herauskommen.

»*Benvenuti!*« Er gibt Charlotte die Hand und mustert sie lächelnd. Sie gefällt mir, sagt sein warmer Blick. Mich umarmt er so fest, dass es mir fast die Luft abschnürt, und dann streicht er mir die Haare aus dem Gesicht.

»Habe dich vermisst, meine Kleine«, sagt er.

»Ich dich auch, Papà.«

»Darf man dich umarmen, oder hast du noch Schmerzen, mein Sohn?«, wendet er sich dann an Giovanni.

»Es geht schon«, sagt mein Bruder, und dann finden sie gar kein Ende, sich gegenseitig auf den Rücken zu klopfen.

In den nächsten Tagen wird Giovanni der gefeierte Superstar in unserer Familie sein, so viel steht fest.

Im Auto verfällt Papà dann aber schnell wieder in Schweigen, was bei ihm völlig normal ist. Ganz anders als bei Mamma, bei der Schweigen eine absolute Ausnahme ist und meistens nichts Gutes verheißt. Es ist früh am Morgen, der erste Werktag nach den Feiertagen, und die Stadt ist gerade erst am Aufwachen. Trotzdem kommt es mir so vor, als könnte mein Gehirn das Gewimmel um mich herum nicht richtig fassen, und die Straßen erscheinen mir so eng und dunkel wie nie zuvor. Charlotte, die noch nie in Europa war, kommt dagegen gar nicht aus dem Staunen heraus – *Oh, wie viele alte Häuser! Was ist das für eine Kirche, das ist ja unglaublich, und so viele Läden. Giovanni, war das eben wirklich ein See mitten in der Stadt?*

Sie ist völlig aus dem Häuschen, und ich lasse mich von ihrer übersprudelnd guten Laune anstecken, auch wenn ich in der vergangenen Nacht, die irgendwie keine war, überhaupt nicht geschlafen habe. Je näher wir unserem Zuhause kommen, das immer noch mein Zuhause ist, obwohl ich schon längst eine eigene Wohnung habe, desto aufgeregter werde ich. Als wir schließlich in unsere Straße einbiegen, klopft mein Herz voller Vorfreude auf meine Familie und das winzige neue Familienmitglied.

»Da sind wir«, sagt Giovanni.

»Oh, Giovanni, ist das hübsch!«, ruft Charlotte und sieht sich staunend um.

Das Haus, in dem meine Eltern und Lo wohnen, ist ein wunderschöner hochherrschaftlicher Altbau in einer Kopfsteinpflasterstraße. Meine Familie wohnte dort schon lange, bevor das Viertel hip wurde: meine Eltern im ersten Stock und Lo mit ihrer Familie im zweiten. Im Erdgeschoss befindet sich die Pasticceria. Während wir das Gepäck aus dem Kofferraum laden, werfe ich einen Blick auf die zuckersüße Dekoration in unserem Schaufenster. Jedes Jahr denken Mamma und Lo sich etwas anderes aus, und auch dieses Mal hat ihre Fantasie keine Grenzen. Zwischen funkelnden Silbertabletts voller süßer Delikatessen tummeln sich Hunderte von kleinen Schneemännern im glitzernden Kunstschnee. Um das ganze Arrangement herum fährt eine alte Eisenbahn.

»Ist das deine Eisenbahn?«, frage ich Papà, doch der schüttelt den Kopf.

»Angelo hat sie mitgebracht.«

Ich spüre einen feinen Stich in meinem Herzen, denn das bedeutet, dass Angelo sie aus Nonna Elsas Haus mitgebracht hat.

»Angelo ist hier?«, frage ich hoffnungsvoll. Papàs jüngerer Bruder ist Künstler, und ich liebe ihn wirklich von ganzem Herzen.

Papà schüttelt den Kopf. »Er ist nach Berlin weitergefahren-aber er kommt in den nächsten Tagen wieder zurück.«

Ich nicke erfreut und bemerke in diesem Moment das Schild, *Wegen Familienangelegenheiten heute nur von 9 bis 14 Uhr geöffnet*, das im Schaufenster hängt. Unsere Ankunft ist natürlich eine oberwichtige Familienangelegenheit!

Kaum haben wir die Haustür aufgeschlossen, kommen auch schon Mamma und Lo aus Laden und Backstube gelaufen. Erst wird natürlich Charlotte begrüßt und mit einem chaotischen Schwall deutscher und italienischer Komplimente bedacht, die sie mit einem gelassenen Grinsen über sich ergehen lässt. Dann umarmt Mamma meinen Bruder und weint herzzerreißend, als hätte er sich tausenderlei Gefahren ausgesetzt, mit Drachen gekämpft und auf einem Holzfloß den Atlantik überquert, um jetzt endlich bei ihr zu sein. Aber natürlich komme auch ich nicht zu kurz, denn auch ich habe in ihrer reich bebilderten Vorstellung unermessliche Gefahren überstanden. Obwohl ihr niemand von diesem Schneesturm erzählt hat. Was hoffentlich auch niemals geschehen wird, sofern es mir nicht versehentlich herausrutscht.

»Du bist wieder hier«, jubelt Lo und fällt mir um den Hals. »Du hast es geschafft!«

Mir liegt ein »Wieso auch nicht?« auf den Lippen, aber das verkneife ich mir lieber. Es meiner Schwester begreiflich zu machen, dass meine Reise kein hartes Survival-Training war, sondern etwas vom Schönsten, das ich jemals erlebt habe, könnte etwas länger dauern.

»Ich will sofort Natalia sehen!«, sage ich stattdessen.

»Natürlich!« Lo zieht ihre lange Schürze ab. Erstaunt starre ich auf ihren Bauch. Ich hatte mich so an ihre ausgedehnten Dimensionen gewöhnt, dass sie mir jetzt geradezu mager vorkommt.

»Glaub nicht, dass das von selbst kommt«, sagt sie, als sie meinen Blick bemerkt. »Eiserne Disziplin ist alles! Aber wer will schon so ein Muffin-Top behalten.« Sie kneift sich in den so gut wie nicht vorhandenen Hüftspeck.

»Darf ich das Baby auch sehen?«, mischt sich Charlotte nun ein, die mit dem anhaltenden Wortschwall von Mamma überfordert wirkt.

»Sie ist oben«, sagt Lo und deutet die Treppe hinauf. Wir gehen in die Wohnung von Lo und Theo und schleichen auf Zehenspitzen in das neu eingerichtete Kinderzimmer, in dem die Farben Rosa und Pastellgelb den Ton angeben. Natalia schläft in ihrer Wiege, in einem weiß-rosa gestreiften Strampler, und natürlich verliebe ich mich sofort unsterblich in meine winzige Nichte.

»Wie süüüß!«, flüstert Charlotte und gewinnt damit sofort das Herz der stolzen Mama.

Es klopft leise an der Tür, und da sind dann auch Theo und Luca, die uns begrüßen wollen.

»Frühstück ist fertig«, meldet Theo außerdem, und wir finden uns alle ein Stockwerk tiefer bei unseren Eltern am Frühstückstisch ein. Es bleibt jedoch nicht viel Zeit, denn Mamma, Papà und Lo müssen nach unten in die Backstube. Ich lese Luca ein Buch vor, weil ich gerne noch eine Weile die Wärme des Familienlebens genießen möchte. Mir graut davor, in meine leere, stille Wohnung zu kommen. Aber dann ist Luca bei einem Spielkameraden eingeladen, und Theo bringt ihn weg, und für mich gibt es hier nicht wirklich noch etwas zu tun. Dass ich heute in der Backstube oder im Laden aufkreuzen darf, ist völlig ausgeschlossen.

»Du machst heute nichts«, hat Papà bestimmt. »Nur ausruhen und schlafen. Basta.«

Ich gehe und klopfe bei Giovanni und Charlotte, die in meinem früheren Kinderzimmer untergebracht sind.

»Ich würde dann jetzt in meine Wohnung gehen«, sage ich. »Oder«, füge ich hoffnungsvoll hinzu, »habt ihr Lust, mich zu begleiten?«

»Es ist nicht weit von hier«, sagt Giovanni und sieht Charlotte fragend an. »Und es sind ein paar nette Straßen und Häuser zu sehen.«

Charlotte nickt begeistert.

Giovanni sieht mich an. »Was hältst du davon, Chiara? Wir bringen das Gepäck in deine Wohnung, drehen eine kleine Runde und kommen dann zusammen wieder hierher.«

Ich werfe ihm ein Kusshändchen zu. Er hat mich verstanden und weiß, dass es mir schwerfällt, plötzlich wieder allein zu sein.

»Hübsch«, sagt Charlotte, als wir angekommen sind und ich sie durch meine Wohnung führe.

»Versuche nicht, nett zu sein!«, sage ich drohend, und sie grinst und wiegt ratlos den Kopf.

Ich weiß es doch selbst. Diese Wohnung ist kalt und atmet Einsamkeit. Außerdem fehlt es ihr an Tageslicht, und weder die Aussicht aus dem Wohnzimmer auf eine belebte Straßenkreuzung noch aus Küche und Schlafzimmer auf eine hässliche Brandmauer könnte irgendwen begeistern.

Ich brauche ein neues Leben, denke ich.

Und neue Freunde. Denn erst jetzt fällt mir auf, was die ganze Zeit irgendwie in meinem Hinterkopf war – dass sich bis auf Bonnie in den vergangenen zwei Wochen niemand bei mir gemeldet hat.

»Ich glaube, mich hat niemand vermisst«, sage ich ernüchtert, als wir uns auf den Rückweg machen. »Wahrscheinlich bin ich vor meiner Abreise allen zu sehr auf die Nerven gegangen mit meiner dramatischen Leon-Story.«

»Nur Freunde in der Not sind echte Freunde«, sagt Charlotte und stößt mich in die Seite. »Und jetzt gleich sind gute Nerven gefragt, dass du das bloß nicht vergisst!«

Wenig später steht das Essen auf dem Tisch – Gnocchi alla Romana, Giovannis Lieblingsgericht –, und dann ist es so weit. Giovanni klopft mit der Gabel an sein Wasserglas und räuspert sich. Sofort ist es totenstill am Tisch.

Die beiden sehen sich lächelnd an, und Giovanni nimmt Charlottes Hand.

»Wir haben euch etwas zu sagen …«, fängt Giovanni an, aber da schluchzt Mamma schon auf und zerknüllt ihre Stoffserviette in der Hand.

»Charlotte und ich werden im Frühjahr heiraten. Hier in Hamburg, bei euch.«

Ein Sturm der Begeisterung bricht los, alle reden mit lauter Stimme durcheinander, und fast geht dabei Geschirr zu Bruch.

»Eine Hochzeit im nächsten Frühjahr!«, flüstert Lo mit verträumten Augen, als endlich wieder Ruhe eingekehrt ist. Sie lehnt sich zu Charlotte hinüber: »Was ist mit dem Kleid? Hast du schon Pläne?«

»Das wollte ich hier in Hamburg mit Chiara aussuchen und auch mit dir, wenn du Lust hast?«, schlägt Charlotte strahlend vor.

»Wir kennen da einen tollen Laden«, sage ich. Lo sieht mich alarmiert an. Aber ich beruhige sie. »Mach dir keinen Kopf, Lo. Ich bin wirklich über die Sache hinweg! Natürlich gehen wir da hin!«

»Dann musst du aber diese Jeans gegen etwas Schickeres

austauschen!«, sagt Lo stirnrunzelnd. »Colorado hat aus dir einen halben Cowboy gemacht!«

»Cowgirl, wenn schon«, sagt Charlotte. »Aber sie hatte eine gute Zeit mit den Cowboys, ganz ohne Zweifel!«

Sofort breitet sich eine unbehagliche Stille am Tisch aus.

»Hey, hallo, freut euch doch einfach, dass ich hier nicht mehr rumheule!«, sage ich ein bisschen genervt und stehe auf, um die Teller zusammenzuräumen.

»Nachtisch?«, fragt Mamma in die Runde, und alle nicken erleichtert. Aber es ist nichts zu machen. Plötzlich stehen die Zeichen auf Sturm.

»Wir müssen sowieso über deine Zukunft reden«, meldet sich Papà, mit ernster Stimme zu Wort. »Soweit ich dich verstanden habe, möchtest du eher nicht bei uns im Laden oder in der Backstube mitarbeiten? Also, bitte nicht missverstehen, das ist natürlich dein gutes Recht …« Er zieht die Augenbrauen hoch und lächelt angespannt. »Es ist nur so, dass wir zwei Hände mehr im Moment wirklich gut gebrauchen könnten.«

»Lo ist mit dem Baby nämlich gerade ziemlich eingespannt«, ergänzt Mamma und stellt einen Teller mit Ricottatörtchen auf den Tisch.

»Oh«, macht Giovanni und angelt sich gleich zwei davon.

»Was nicht bedeutet, dass ich mich zurückziehen möchte«, sagt Lo eine Spur zu schnell.

»Natürlich nicht.« Papà legt ihr besänftigend eine Hand auf den Arm. »Es gibt bei uns genug zu tun, das weißt du doch. Auch für Chiara.«

»Danke, Papà«, sage ich. »Ich helfe wirklich gerne mit, bis das Baby aus dem Gröbsten raus ist. Aber dann möchte ich gerne etwas Eigenes machen.«

»Was heißt *aus dem Gröbsten raus?*«, fragt Lo kritisch. »Wenn Natalia in die Schule kommt?«

Ich schüttle entschieden den Kopf. »Nein. Wenn du nachts nicht mehr zum Stillen aufstehen musst.«

»Oh, so bald schon?«, sagt Papà stirnrunzelnd. »Ich weiß nicht, ob ich das gut finde.«

»Wir sind doch eine Familie!« Mammas flehender Ton lässt sämtliche Alarmglocken in mir schrillen. Die Titanic steuert auf den Eisberg zu.

»Mamma«, sage ich besänftigend. »Ich habe euch alle schrecklich lieb, wirklich! Aber ich fühle mich einfach besser, wenn ich auf eigenen Füßen stehe. Ich brauche das!«

Mamma und Papà sehen sich an, und ich kann förmlich hören, was sie denken: Wie konnte es nur passieren, dass unsere Jüngste so schrecklich eigenwillig ist?

Charlotte nickt mir von gegenüber fast unmerklich zu. Ich bin richtig froh, dass wenigstens ein Mensch am Tisch sitzt, der mich versteht.

Dann meldet sich Giovanni zu Wort. »Ach, sprechen wir doch von etwas anderem«, schlägt er in einem versöhnlichen Ton vor. »Das könnt ihr doch in Ruhe diskutieren, wenn es so weit ist.«

»Genau«, sagt Lo gereizt. »Anderes Thema.« Sie wendet sich mit einem selbstbewussten Lächeln an Charlotte und Giovanni. »Irgendwelche Wünsche für die Hochzeitstorte? Oder wollt ihr euch von mir überraschen lassen?«

Giovanni verschluckt sich fast vor Schreck. »Hm. Die Torte wird Chiara machen. Vielleicht könntest du …!«

Weiter kommt er allerdings nicht. Lo springt auf. »Wie bitte? Du fragst mich nicht mal? Chiara hat nicht halb so viel Erfahrung wie ich!«

»Ups«, sagt Charlotte und sieht aus, als müsste sie sich einen Lachanfall verkneifen.

»Das ist nicht lustig!«, ruft Lo. Sie wirft ihre hübsch geblümte Serviette theatralisch auf den Tisch. »Was fällt euch eigentlich ein?«

»Entschuldige mal«, mische ich mich jetzt ein. »Meine Torten sind echt fantastisch!«

»Kinder!« Mamma bricht gleichzeitig mit Lo in Tränen aus. »Jetzt streitet euch doch nicht!«

Aber Lo ist schon aus dem Zimmer gelaufen. Gut, dass Theo mit den Kindern oben ist. Er hat eine Menge Erfahrung mit den hysterischen Anfällen meiner Schwester.

»Hui«, sagt Charlotte mit einem begeisterten Lächeln und nimmt sich ein Ricottatörtchen. »Das sieht aber gut aus.«

Mamma blinzelt kurz und lächelt schon wieder.

Nach einem Tag so voller Emotionen kehre ich am Nachmittag gerne in meine eigene Wohnung zurück. Die Wogen waren zwar schon bald nach dem Mittagessen wieder geglättet, aber Lo ist immer noch etwas eingeschnappt wegen der Torte. Ich fürchte, es wird noch eine Weile dauern, bis sie Giovanni und mir gänzlich verziehen hat.

Zu Hause angekommen fange ich an, meinen Koffer auszupacken. Ich bin erschöpft von der Reise, und plötzlich überkommt mich eine herzzerreißende Melancholie. Ich schalte meinen Laptop ein und durchsuche bei YouTube die Country-Songs. Es dauert nicht lange, und ich finde meinen Cold-Creek-Valley-Song. Die ersten Töne klingen durch den Raum, und ich gehe zum Fenster und schaue hinaus in das triste Zwielicht. Zum Feierabend stauen sich an der Ampel wie üblich die Autos, und meine Laune wird – Überraschung! – bei diesem Anblick nicht besser. Ich wünsche mich so sehr nach Black Dog Lands zurück, dass es richtig wehtut. Nach einer Weile gehe ich zurück zum Tisch, und noch bevor der vernünftige Teil meines Gehirns einschreiten kann, habe ich schon *Gabriel Anthony Hamburg* in die Google-Suchmaske eingegeben. Tatsächlich werden nicht wenige Fotos angezeigt, die ich jetzt mit klopfendem Herzen durchklicke. Es sind Fotos von der Homepage der Universitätsklinik, wo er arbeitet, dann zwei Fotos von irgendeinem Ruderverein, bei dem er offenbar Mitglied ist, und noch ein Foto von irgendeiner Gala. Da steht er im Smoking neben seiner Three-Years-Happiness-Verlobten. Ich bin sofort restlos bedient und fahre ernüchtert den Laptop herunter.

Als Nächstes rufe ich Bonnie an. Es tut so gut, ihre Stimme zu hören, und meine Laune bessert sich schlagartig. Wir quatschen fast eine Stunde, und dann beschließen wir, dass wir uns dringend sehen müssen.

»Ich habe morgen sowieso frei«, sagt Bonnie. »Sollen wir uns irgendwo treffen?«

»Komm besser zu mir nach Hause«, schlage ich vor. »Ich muss etwas ausprobieren, und ich brauche dein Urteil.«

Wir legen auf, und ich fühle mich schon wieder zuversichtlicher. Wenn da nur nicht diese bleierne Müdigkeit wäre, die ich jetzt wirklich nicht mehr ausblenden kann! Es ist erst halb sieben, als ich den Entschluss fasse, meiner Erschöpfung nachzugeben. Nach einer ausgiebigen Dusche verkrieche ich mich mit einer Wärmflasche im Bett.

Das gelbe Heft, meinen Glücksbringer, lege ich auf den Nachttisch.

Morgen wird gebacken.

GABRIEL

Als ich aufwache, ist die Welt wieder klar. Das Morgenlicht scheint in mein Zimmer, und ich habe keine Ahnung, wie viel Zeit vergangen ist. Aber das erfahre ich augenblicklich von Sarah, die in diesem Moment den Kopf in mein Zimmer streckt. Zwei Tage habe ich durchgefiebert.

»Was machst du nur für Dummheiten!«, sagt sie mit einem tiefen Seufzer. »Nur, dass du es weißt – ich bin inzwischen bestens im Bild, was alles passiert ist. Du hast geredet wie ein Buch, ich konnte gar nicht weghören!«

»Oh«, sage ich peinlich berührt.

»Wenn ich richtig verstanden habe«, fährt Sarah fort, als sie mir wenig später das Frühstückstablett ans Bett bringt, »ist es mit Juliane wohl endgültig vorbei.«

»Tja.« Ich nicke und hebe resigniert die Schultern. »Ich glaube, ich wollte der Wahrheit einfach nicht ins Gesicht sehen.«

»Ach, sei nicht so hart zu dir selbst!«, sagt Sarah und lächelt mich ermunternd an. »Eines Tages kommt die Richtige, und dann bist du froh, dass du frei bist!«

»Ja, kann sein.« Ich beiße in mein Brötchen. Himmel, ich habe wirklich einen unfassbaren Hunger!

»Bist du noch mit diesem Typ zusammen? Wie war noch gleich der Name?«, frage ich Sarah zwischen zwei Bissen und sehe sie mit unschuldigem Blick an. »Oder habe ich etwas verpasst?«

»Nimm dich in acht!« Sarah fuchtelt drohend mit der Hand.

Jetzt geht die Tür auf, und Gran kommt herein. »Ist mein guter Junge wieder gesund?«, fragt sie und strahlt mich an.

»Ja«, sagt Sarah. »Von wegen guter Junge. Er macht sogar schon wieder idiotische Witze.«

»Dann ist ja alles bestens«, sagt Gran.

Nach vier Tagen ist der Spuk dann endgültig vorbei. Ich freue mich und fühle mich voller Tatendrang, als ich am Morgen ins Auto steige, um nach Cold Creek zu fahren. Tayler hat mich gebeten, in seinem Büro vorbeizukommen. Er hat angedeutet, interessante Neuigkeiten für mich zu haben. Ich bin wirklich gespannt.

Es ist ein sonniger Tag und außergewöhnlich mild für die Jahreszeit. Ich öffne das Autofenster ein Stück. In der Luft liegt schon fast ein Hauch von Frühling. Schade, dass ich nicht bleiben kann, bis die Wiesen blühen. Wieder einmal war die Zeit zu kurz, denke ich, und trotzdem ist so viel passiert. Überrascht stelle ich fest, dass ich keinen allzu großen Schmerz fühle, wenn ich an die Trennung von Juliane denke. Irgendwie scheine ich das Schlimmste mit dem Fieber ausgeschwitzt zu haben.

Und etwas anderes ist mir jetzt auch klar: Selbst wenn die Frau, die ich zu lieben glaubte, mich so eiskalt abserviert hat, heißt das noch lange nicht, dass ich meine Gefühle in Winterschlaf versetzen kann. Es funktioniert nicht. Ich denke nämlich pausenlos und ausschließlich an Chiara, in die ich mich verliebt habe, ohne es wahrhaben zu wollen. Nicht erst, als sie mir ihre Liebe gestanden hat, nein, es ist direkt im Flugzeug passiert, auf den ersten Blick. Hätte ich doch auf mein Herz gehört! Immer wieder überschwemmen mich die Bilder in meinem Kopf. Wie sich unsere Hände zum ersten Mal berühren, als ich ihr den Koffer bringe. Wie sie nachts in der Küche steht und mich mit ihrem bezaubernden, unfassbar glücklichen Lächeln ansieht. Der Ausdruck in ihren Augen, als sie mir die Geschichte ihrer Großmutter anvertraut. Über allem jedoch steht der Ball, der Tanz mit ihr – und die unglaublich schöne, herzzerreißende Liebeserklärung, die sie mir danach auf dem Parkplatz gemacht hat. Es hat mich umgehauen. Niemals in meinem Leben hat mir eine Frau so etwas Wunderschönes gesagt. Oh Mann, ich kann den Gedanken kaum zu Ende denken. Wie konnte ich alles nur so schrecklich vermasseln!

Chiara ist sicher schon längst in Deutschland. Aber ihr Bruder lebt ja hier. Und plötzlich weiß ich, was ich tun muss. Als wenig später der dunkle Dachgiebel von Black Dog Lands oben auf dem Hügel vor mir auftaucht, setze ich den Blinker und biege ab.

Auf dem Hof steht Charlottes Auto, und daneben parkt ein Jeep. Nichts rührt sich, als ich auf das Haus zugehe. Normalerweise müsste der Hund jetzt anschlagen. In mir macht sich Enttäuschung breit, als das Läuten der Türglocke laut im Inneren des Hauses verhallt.

»Mist«, fluche ich leise vor mich hin und trete den Rückzug an.

Doch dann höre ich plötzlich Schritte, und Dave Hanson kommt hinter dem Gebäude hervor.

»Hey, Anthony!«, ruft er. »Hier ist niemand zu Hause. Die sind alle nach Hamburg geflogen.«

Er kommt auf mich zu, und wir begrüßen uns mit Handschlag.

»Habe die Schafe gefüttert. Prächtige Burschen, hast du die schon mal gesehen?«

Ich nicke.

»Habe gehört, dass du gleich nach dem Ball ziemlich krank geworden bist?«

Ich sehe ihn irritiert an. »Sagt wer?«

»Deine Schwester. Die ist mir vor ein paar Tagen über den Weg gelaufen.«

»Ja, mir hat es förmlich die Lichter ausgeblasen«, sage ich. »Aber ich schätze, das lag nicht an dem unterhaltsamen Abend mit April.«

Auf Daves Gesicht bahnt sich ein Grinsen an. Für einen kurzen Moment hoffe ich, dass er irgendwas über Chiara sagt. Aber er sieht mich nur mit unbekümmerter Miene an, als wäre die ganze Welt ein einziger Welpenspielplatz.

»Wenn ich du wäre, Anthony«, sagt er dann, »würde ich Chiara nicht aus den Augen verlieren, da drüben in Hamburg. Das Mädchen ist einfach großartig.«

»Aha.« Mir fällt buchstäblich die Kinnlade herunter. *What the hell.* Wie kommt er denn jetzt auf diese Idee?

Dave hebt die Hände. »Okay, okay! Falls du dich fragst – ja, wir hatten eine kleine Affäre, aber das hat … nichts bedeutet, wenn du weißt, was ich meine.«

»Nein«, sage ich, »um ehrlich zu sein, das weiß ich nicht.«

Dave kratzt sich am Kinn. »Hm, na ja. Ich wollte es nur gesagt haben. Du weißt ja, ich bin ein ehrlicher Typ.«

»Ich weiß«, sage ich, und dieses Mal kann ich mir ein Grinsen nicht verkneifen. »Hanson, du warst sogar zum Abschreiben zu ehrlich.«

»Stimmt«.

In diesem Moment kommt mir ein Gedanke. »Hör mal, du hast doch bestimmt Chiaras Nummer?«

»Klar, Mann.« Er zieht sein Handy aus der Hosentasche.

»Könntest du ihr vielleicht meine Handynummer weitergeben?«

»Kein Problem«, sagt Dave und klickt auf seinen Chat mit Chiara. »Okay, ich höre.«

Ich diktiere ihm meine Nummer. »Und schreib ihr bitte, dass ich mich freuen würde, wenn sie sich meldet«, sage ich.

»Okay, abgeschickt!«, sagt Dave nach einer kleinen Weile und hält mir sein Handy vor die Nase.

Hi Chiara, ich habe diesen Gabriel getroffen, er ist wirklich okay. Er würde sich freuen, von dir zu hören. Hier ist seine Nummer.

»Danke, Mann«, sage ich und klopfe ihm auf die Schulter. »Ich schulde dir was.«

»Vergiss es«, sagt Dave. »Und sei anständig zu ihr. Sonst breche ich dir die Knochen.«

Tayler hat ein hübsches Büro, dessen Fensterfront direkt auf den Creek zeigt. Auf seinem Schreibtisch steht ein Foto von Becky und den Kids, ein paar Grünpflanzen auf der Fensterbank geben dem Raum eine wohnliche Atmosphäre.

»Dich hatte es ja echt erwischt«, sagt er, nachdem wir uns begrüßt haben. Zu meiner Trennung von Juliane sagt er kein einziges Wort. Das ist eine Sache, die ich an Tayler schon immer mochte. Er reibt es einem nicht unter die Nase, wenn er recht behält. Dazu ist er viel zu cool.

»Also, es wird spannend mit eurer Grundstücksangelegenheit«, sagt er stattdessen. »Ich habe ein paar ziemlich interessante Informationen über diesen Mr. Ogilvy gefunden.« Er grinst mich an. »Große Überraschung! Der Typ hat ein Vorstrafenregister, das von hier bis nach Kentucky reicht.«

»Was??« Mir bleibt fast das Herz stehen. Tayler reibt sich vergnügt die Hände, bevor er fortfährt. »Es ist ein bisschen kompliziert. Dieser Typ ist nämlich sehr raffiniert. Zweimal ist er damit bereits aufgeflogen und hat daraufhin einfach die Firma gewechselt. Es läuft immer nach derselben Masche: Er lügt ahnungslosen Pächtern vor, ihr Vertrag würde gekündigt. Und dass es einen Kaufinteressenten gäbe.«

Ich atme tief ein. »Genau wie bei uns.«

»Richtig. Und genau wie in eurem Fall«, fährt Tayler fort, »kommen die Opfer nicht auf die Idee, die Polizei einzuschalten. Wieso auch?«

Ich nicke. »Und weiter?«

»Er nennt einen astronomisch hohen Kaufpreis, den die Pächter natürlich nicht aufbringen können. Aber alles immer nur mündlich. So kann niemand schwarz auf weiß beweisen, was hier abgeht.«

»Unfassbar«, sage ich und wische mir den Schweiß von der Stirn.

»Und jetzt«, sagt Tayler und lächelt triumphierend, »kommt der geniale Schachzug.«

»Okay?« Ich spiele schon nervös mit dem Handy, weil ich den dringenden Wunsch habe, Dad anzurufen.

»Er behauptet, die Grundstücksfirma überlege sich nun doch eine Verlängerung der Pacht, müsse sich jedoch für ein paar Tausend Dollar aus den Vorverträgen mit dem Interessenten freikaufen.«

»Wow.«

»Genial, oder? Nachdem er dem Pächter das Geld aus der Tasche gezogen hat, gibt es plötzlich ganz problemlos einen Verlängerungsvertrag.«

Meine Mund ist plötzlich trocken, und ich fahre mir mit der Zunge über die Zähne. »Und was jetzt?«, frage ich. »Ich sollte schleunigst Dad informieren.«

Tayler verschränkt seine Arme und lehnt sich zurück. »Nicht nötig«, sagt er mit einem selbstgefälligen Grinsen. »Wir haben uns Mr Ogilvy heute Morgen vorgeknöpft. Was wir an Beweisen gefunden haben, reicht für ein paar Jahre Knast, würde ich sagen. Ihr wart nämlich nicht die einzigen Opfer. Ihr könnt euch also zum Glück wieder entspannen. Deinen Dad brauche ich lediglich demnächst mal als Zeugen.«

»Verdammt«, stöhne ich erleichtert auf.

»Sorry«, sagt Tayler. »Ich konnte erst jetzt darüber reden, weil wir natürlich im Hintergrund ermittelt haben. Und mach dir keine Sorgen wegen deinem Dad. Er weiß schon Bescheid. Ein Kollege ist gerade bei ihm. Ich schätze, heute Abend steigt bei euch eine große Party.«

»Oh Mann, Tayler, tausend Dank. Ich schulde dir echt was. Du bist genial!«

Tayler grinst. »Wenn du wiederkommst, kannst du einen Nachmittag lang Mila und Mikey hüten, während ich mit Becky schön in ein Café gehe …«

»Deal«, erwidere ich und strecke ihm die Hand entgegen.

Ich fahre zurück nach Three Oaks. Meine Familie ist tatsächlich in Partystimmung. Dad hat einen richtig guten Wein aufgemacht, und als ich die Küche betrete, werde ich gefeiert wie der heimkehrende Held. Ich hatte leichtes Bauchgrummeln gehabt, dass Dad vielleicht sauer sein könnte, weil ich mich am Ende doch ziemlich eingemischt habe. Aber er ist einfach zu glücklich. So wie auch Mom, Gran, Sarah und Lilly. Und ich natürlich.

Three Oaks bedeutet die Welt für mich, und ich bin froh, dass ich hierher zurückkehren kann, wenn ich das nächste Mal komme. Wir trinken und reden und lachen, und ich versuche so lange wie möglich auszublenden, dass ich morgen schon aufbrechen muss.

Schließlich wird es Zeit, nach oben zu gehen und meinen Koffer zu packen. Auch wenn ich weiß, dass in Deutschland jetzt schon tiefste Nacht ist, schaue ich alle paar Minuten nervös auf mein Handy. Chiara schweigt, und eigentlich war mir das schon vorher klar. Warum auch sollte sie sich diesen Schmerz antun? Immerhin ist sie ja in dem Glauben, dass ich eine andere Frau liebe und quasi schon mit einem Fuß vor dem Altar stehe. Okay, es war einfach ein Versuch. Ich schaue hinaus in die klare Nacht. Die Sterne funkeln hell und kalt. Sie werden mit mir reisen, und ich werde sie auch in Hamburg am Himmel finden, was irgendwie ein beruhigendes und schönes Gefühl ist. Und plötzlich überkommt mich große Hoffnung: Werde ich auch Chiara finden?

CHIARA

Der Jetlag hat mich fest im Griff. Viel zu früh am nächsten Morgen wache ich auf und hole mir einen Milchkaffee ins Bett. Um die Zeit zu füllen, verbringe ich dann eine geschlagene Stunde im Bad. Und trotzdem stehe ich schon eine Viertelstunde, bevor der kleine Supermarkt in meiner Nachbarschaft öffnet, fröstelnd und ungeduldig vor der Tür. Als es endlich so weit ist, stürme ich hinein, als ginge es um Leben und Tod und nicht um Pistazien und Eier. Ich raffe alles zusammen, was ich brauche, und eile nach Hause zurück. Wenn Bonnie nachher kommt, soll mindestens das erste Blech schon fertig sein.

Die vernichtende Kritik von Lo habe ich mir doch ziemlich zu Herzen genommen, auch wenn sie mich geärgert hat. Meine lieb gewonnenen Jeans sind jetzt in der Wäsche gelandet, und ich habe mir für heute mein schlichtes, hübsch geschnittenes Wollkleid in Dunkelblau ausgewählt. Auch meinen Lippenstift habe ich wiederentdeckt. Nicht, dass ich Bonnie irgendwas beweisen muss. Die ist da sehr lässig. Ungeschminkt und im Schlabberlook wäre ich ihr garantiert genauso lieb. Sie ist Erzieherin in einer Kita, und ihre Lieblingssachen sind – Achtung, O-Ton – Sachen, auf denen man Kinderkotze nicht sieht. Aber das hier ist eben nicht das Cold Creek Valley, und ich sollte mich schleunigst wieder an den Rhythmus, den Geräuschpegel und den Dresscode dieser Stadt gewöhnen.

Als Bonnie endlich kommt und ich erhitzt zur Tür renne und sie aufreiße, sieht meine Freundin mich ganz merkwürdig an. Dann schlingt sie ihre Arme um mich.

»Was siehst du mich so an?«, frage ich und mache mich los. Ich fasse mir auf den Kopf. »Habe ich Pistazien oder irgendwas in den Haaren?«

Bonnie lacht und schüttelt den Kopf.

»Nein. Es ist nur ... du hast dich irgendwie verändert!«, sagt sie und schmeißt ihren Mantel auf einen Stuhl.

Ich gehe zum Herd und bugsiere das dritte fertige Blech auf den Küchentisch. Der süße Geruch ist berauschend.

»Was meinst du mit verändert. Dicker, dünner, schöner, hässlicher?«, frage ich über die Schulter.

»Schöner, und so glücklich!«, sagt sie. »Sogar optisch war dieser Leon total scheiße für dich.«

Wer bei brutaler Offenheit zusammenzuckt, darf nicht mit Bonnie befreundet sein. Sie hielt von Anfang an nichts von Leon.

»Es geht mir tatsächlich richtig gut«, sage ich zufrieden und stäube Puderzuckerschnee über das Blech.

»Ich darf doch«, sagt Bonnie, die neben mir steht, und nimmt sich einen Keks. »Also irgendwie habe ich einen Flashback. Genauso glücklich hast du immer ausgesehen, wenn du nach den Sommerferien bei deiner Nonna wieder nach Hamburg gekommen bist. Glücklich und aus den Fugen geraten. Und ich erinnere mich sehr gut an die Bemühungen deiner Mamma, die ganze *terribile catastrofe* wieder in Ordnung zu bringen!«

Wir prusten beide los.

Mamma setzte mich immer schon Minuten nach unserer Ankunft in Hamburg in die Badewanne und ließ mich dort so lange im Schaumbad einweichen, bis sie davon überzeugt war, dass ich nicht mehr nach Hühnern, Katzen und allem Möglichen sonst duftete, was sie an mir zu riechen glaubte. Zweimal saß Bonnie daneben und las mir vor. Beim dritten Mal zog sie sich aus und setzte sich zu mir in die Wanne.

»Was habe ich dich immer beneidet! Bei meiner Tante im Harz war es vergleichsweise unfassbar öde«, sagt Bonnie. Sie schließt die Augen. »Hmmmm, was ist das für ein teuflisch leckeres Zeug?«

»Das sind *Fioretti di Neve*, ein Geheimrezept von Nonna Elsa.«

»Gigantisch«, sagt Bonnie. »Könnte ich mich glatt reinsetzen.«

Wir quatschen und quatschen, und ich vergesse völlig die Zeit. Plötzlich vibriert mein Handy.

Es ist Lo. »Wo steckst du denn?«, fragt sie ungeduldig.

Ich schlage die Hände vor den Mund. »Oh, tut mir leid, ich habe es total verschwitzt! Ich komme sofort!«

»Na, was gibt's?«, erkundigt sich Bonnie, während sie schon nach ihrem Mantel greift.

»Das Brautkleid! Ich wollte mitkommen zu Charlottes Brautkleidkauf!«

»Dann mal los«, sagt Bonnie. »Den Spaß würde ich mir um keinen Preis entgehen lassen.«

Charlotte und Lo sind schon im Laden, als ich völlig außer Atem und knallrot im Gesicht in die Brautboutique stürze.

»Sorry«, keuche ich.

»Macht doch nichts!«, sagen die beiden im Chor. Die Show geht offensichtlich gerade erst los. Auf dem Tischchen neben dem Sofa steht Prosecco.

»Ah, Verstärkung! Wie schön! Da bringe ich doch gleich noch ein Glas!«, sagt ebendie Verkäuferin, die uns beim letzten Besuch eiskalt geschnitten hat. Jetzt lächelt sie mich zuckersüß an.

»Ja, aber zackzack«, knurre ich leise zwischen den Zähnen.

»Ich habe gerade überlegt, in welche Richtung es gehen soll«, sagt Charlotte und lächelt auf ihre unbekümmerte Art. Sie lässt ihren Blick durch den Raum schweifen.

»Tja, da haben Sie eine schwere Wahl«, sagt die Chefin, die in diesem Moment zu uns getreten ist.

Auch sie leidet offensichtlich an Gedächtnisverlust und streicht mit einem strahlenden Gesicht an ihren Schmuckstücken aus Tüll und Seide entlang. Allein das Rascheln der edlen Stoffe gibt mir dieses Gänsehautgefühl. Charlotte, die Glückliche, überlegt laut: »Vintage klingt super, und das Ganze –« sie streicht mit beiden Händen über ihre Hüften und grinst »– dann bitte noch *curvy*!«

»Nur zu gerne!« Schnell zaubert die Verkäuferin ein paar Modelle herbei, und die Anprobe beginnt.

Jedes Mal, wenn Charlotte aus der Kabine kommt, posiert sie vor uns und dem goldenen Spiegel. Wie damals bei mir werden unsere Gläser gefüllt, sobald sie leer sind. Was natürlich dazu führt, dass die kritische Jury immer alberner wird.

»*Zauberhaft!*« sagt die Verkäuferin so oft, dass Lo schließlich einen Lachkrampf kriegt und dringend aufs Klo muss. Als sie zurückkommt, hat sie das Handy am Ohr und vergewissert sich bei Theo, dass es Natalia gut geht und sie ihr Fläschchen getrunken hat.

Charlotte schlüpft unermüdlich in das sechste und siebte Modell. Sie ist eine pingelige Kundin, das Kleid darf nicht zu viel Spitze haben, aber romantisch soll es trotzdem sein. Und dann kommt endlich der WOW-Effekt. Nummer sieben ist *das* Kleid.

Wir merken es daran, dass es uns allen dreien den Atem verschlägt, als sich Charlotte damit vor dem Spiegel dreht.

Unter einer reich bestickten Corsage fällt der Seidenstoff des Rocks in fließenden kleinen Fältchen leicht und schwingend.

»Zauberhaft!« Diesmal bin ich schneller als die Verkäuferin, und niemand kichert.

Lo tupft sich verstohlen eine Träne aus dem Augenwinkel und nickt. Charlotte macht ein Gesicht, als wäre sie gerade in ihr persönliches Märchen eingetaucht.

»Okay«, flüstert sie. »Okay, okay, okay.«

Kurze Zeit später sitzen wir wieder in der Hotelbar. Aber anders als beim letzten Besuch ist die Stimmung großartig. Wir quatschen und quasseln durcheinander, englische und italienische Wörter werden eingeworfen. Und bei allem wirkt Charlotte unendlich glücklich.

»Ich musste vorhin wieder daran denken, wie wir dein Ballkleid ausgesucht haben!«, sagt sie irgendwann.

»Ballkleid?«, fragt Lo stirnrunzelnd.

»Huch, stimmt«, ich täusche Überraschung vor, »von dem Ball habe ich dir noch gar nichts erzählt!« Ich kichere nervös und kriege feuchte Hände. Es ist nicht so, dass ich es vergessen hätte, ich wollte es vielmehr einfach lieber für mich behalten.

Aber es bleibt mir nichts anderes übrig, als meiner Schwester jetzt doch von dem Ball zu erzählen, und Charlotte, die keine Ahnung hat, wie meine Schwester funktioniert, ergänzt meinen Bericht mit pikanten Details. Ich verdrehe innerlich die Augen.

»Jetzt noch mal ganz langsam«, sagt Lo schließlich, und ich stelle erleichtert fest, dass ihre Zunge schon ziemlich schwer ist.

»Du warst mit diesem Cowboy auf dem Ball. Bedeutet das, ihr wart so eine Art Paar?«

»Nein«, sage ich und hebe die Hände.

»Jein!«, ruft Charlotte lachend, ehe ich sie unter der Tischplatte anstupsen kann.

Lo beugt sich vor und sieht mich streng an. »Chiara, ich bitte dich, antworte ehrlich: Müssen wir uns Sorgen um dich machen?«

Charlotte, die das Ganze für einen Scherz hält, kichert hemmungslos.

Lo richtet sich auf und wirft Charlotte einen eindringlichen Blick zu. »Charlotte«, sagt sie feierlich. »Du bist neu in unserer Familie, und du weißt wahrscheinlich noch nicht, dass meine kleine Schwester, was Männer betrifft, in letzter Zeit eine Menge Mist gebaut hat.«

Das Kichern bleibt Charlotte augenblicklich im Hals stecken, und ein ungläubiger Ausdruck huscht über ihr Gesicht.

»*Mist gebaut?* Tun wir das nicht alle?« Und bevor Lo antworten kann, fügt sie hinzu: »Und wennschon. Ist Chiara nicht alt genug, um das selbst zu entscheiden?«

Ich weiß es schon in diesem Moment – es ist eine Sternstunde in unserer Familiengeschichte. Endlich gibt es bei den Di Pasquas jemanden, der Lo anständig Paroli bieten kann.

»Okay«, sagt Lo dann auch überraschend friedfertig. »Wenn sie außer dieser Geschichte mit dem Cowboy nicht noch mehr Chaos in ihr Leben gebracht hat, soll es mir recht sein.«

Ich trete Charlotte unter dem Tisch sanft gegen das Schienbein und presse die Lippen überdeutlich zusammen.

Charlotte kräuselt irritiert die Augenbrauen, aber dann bringt der Kellner die nächste Runde Getränke, und wir wechseln das Thema.

Bis zu dem Moment, als mein Handy vibriert. Ich werfe einen Blick auf das Display. »Dave schreibt mir!«, sage ich überrascht.

Charlotte und Lo hören sofort auf zu quatschen.

»Lies vor!«, kichert Charlotte. »Bestimmt schreibt er irgendwas über Massimo! Hoffentlich hat unser Hund nichts kaputtgemacht!«

Ich überlege nicht lange und lese vor. *Hi Chiara, ich habe diesen Gabriel getroffen, er ist wirklich okay. Er würde sich freuen, von dir zu hören. Hier ist seine Nummer …*

Meine Stimme stockt.

Porca Madonna.

»Interessant«, sagt Charlotte und reibt sich die Schläfen. »Gabriel Anthony. Wer hätte gedacht, dass der sich noch mal bei dir meldet.«

»Wer ist denn das jetzt?«, fragt Lo und knabbert konzentriert an ihrer Limettenscheibe. Über ihrer Nase hat sich eine kleine Steilfalte gebildet.

»Wirklich ein süßer Typ«, sagt Charlotte, und mir wird mit einem Mal so heiß, dass ich mir Luft zufächeln muss. Charlotte blinzelt mich an. »Alles in Ordnung mit dir?«

»Das ist doch der mit dem Koffer«, hakt Lo jetzt genauer nach. Ich bringe es gerade mal fertig, zu nicken. Mein Kopf schwirrt, und ich frage mich, ob ich irgendwas falsch mache. Es scheint nicht zu meinen Talenten zu zählen, einen Kerl loszuwerden. Wahrscheinlich wäre es noch nicht einmal verwunderlich, wenn jetzt auch noch Leon in diese Bar hereinspaziert käme, um mich auf Knien um Verzeihung zu bitten.

Ich würde ihn trotzdem zur Hölle schicken.

»Was?« Lo und Charlotte starren mich verblüfft an, und mir wird klar, dass ich gerade laut gesprochen habe.

Ich schüttle den Kopf und hebe die Hände.

»Ach nichts. Vergesst es einfach.«

»Schreib bloß zurück!«, sagt Charlotte mit glänzenden Augen. »Den würde ich nicht aus den Augen lassen! Er ist wirklich nett, glaub's mir!«

»Tu das nicht!«, sagt Lo. »Hast du nicht gesagt er hat eine Verlobte? Chiara, lass die Finger von ihm!«

»Das stimmt allerdings«, sage ich verstimmt und gleite vom Barhocker hinunter. »Mir ist schlecht. Ich muss mal kurz auf die Toilette.«

CHIARA

Nachts kann ich kaum schlafen. Ich wälze mich von einer Seite auf die andere. Gedanken rattern mir durch den Kopf. Ich werde Gabriel nicht schreiben. Bestimmt nicht. Aber so einfach ist es nicht. Ich denke an sein Lächeln und an seine Hand auf meinem Rücken beim Tanzen.

Irgendwie kann ich nur verlieren: Wenn ich den Kontakt nicht aufgreife, ist alles für immer verloren. Wenn ich ihm schreibe, werde ich ihn wiedersehen, aber es wird wehtun. Es ist zum Verrücktwerden.

Mein Wecker zeigt vier Uhr dreißig, als ich schließlich aufgebe. Ich stehe auf und koche mir einen doppelten Espresso. Nebenbei setze ich eine SOS-Nachricht an Bonnie ab. *Bitte komm vor der Arbeit auf einen Sprung bei mir vorbei*, flehe ich sie an.

Als mein Handy zwei Stunden später endlich plingt –

Geht klar –, atme ich erleichtert auf und schicke ein dickes Herz-Emo zurück. Kurz darauf klingelt es an der Tür.

»Oje«, sagt Bonnie bei meinem Anblick. »So schlimm?«

Ich nicke stumm und stelle einen Milchkaffee vor sie auf den Tisch.

»Hmmmmm.« Langsam trinkt sie Schluck für Schluck, während ich ihr mein Gedankenchaos schildere. Schließlich sieht sie mich über den Rand ihrer Tasse nachdenklich an. »Was spricht dafür?«

Ich seufze und zucke die Schultern. »Na ja. Wir würden uns schreiben, und es wäre wunderschön. Da bin ich mir sicher. Er würde lustige und schöne Dinge schreiben, und ich würde ungeduldig auf jede neue Nachricht warten.« Ich sehe sie nachdenklich an. »Du kennst das bestimmt?«

»Ja, klar. Die volle Sehnsuchtsnummer«, sagt Bonnie und nickt heftig. »Wie schön.«

Ich runzle die Stirn. »Nur, dass mein ganzes Leben aus Warten bestehen würde und ich niemals im echten schönen Leben ankommen würde.«

»Doch, natürlich«, sagt Bonnie irritiert. »Ihr würdet euch ja nicht nur schreiben, das ist doch wohl klar. Ruckzuck wärt ihr dabei, euch zu treffen.«

Ich nicke. »Du hast wahrscheinlich recht.«

Bonnie setzt entschlossen ihre Tasse ab. »Aber wenn du jetzt nicht Klarheit schaffst, kommt es noch so weit, dass er dich zu seiner Hochzeit einlädt! Dann tut es erst recht weh, das sage ich dir!«

Mir fährt bei der Vorstellung dieses schrecklichen Szenarios ein Schauer über den Rücken, während Bonnie mit einem Blick auf die Uhr von ihrem Stuhl aufspringt. »Ich muss los, Süße. Lass dir Zeit, und mach nichts, wovon du wieder nur Heulkrämpfe kriegst.«

»Großartiger Tipp, danke!«, sage ich und umarme sie. »Du hast mir sehr geholfen.«

Ich sehe ihr nach, wie sie in ihrem schlammfarbenen Parka und den Stiefeln, die jedes Wetter aushalten, immer zwei Stufen auf einmal die Treppe hinuntereilt.

Meine Entscheidung steht fest. Ich rufe Daves Chat auf und markiere die letzte Nachricht, in der Gabriels Nummer steht. Mit zittrigen Fingern tippe ich auf *Löschen*.

Finito.

Zum zweiten Mal habe ich mich von einem Kerl losgerissen, mit dem ich gar nicht zusammen war. Am liebsten möchte ich schnurstracks zurück in mein Bett und mir die Decke über den Kopf ziehen. Aber meine Familie zählt auf mich. Und verheulte Augen machen sich hinter der Theke nicht wirklich gut. Ich werfe einen Blick in den Spiegel und ziehe trotzig meine Lippen nach. Zeit für ein anderes Leben.

Kurz darauf verlasse ich das Haus und mache mich durch die Dunkelheit auf den Weg zur Pasticceria.

Lo ist schon im Laden und bereitet alles für den Ansturm vor, meine Eltern sind in der Backstube.

»Kannst du mir helfen?« Lo stöhnt, als sie mich umarmt. »Ich habe einen unglaublichen Kater. Ich fürchte, ich bin einfach nichts mehr gewöhnt.«

»Das war echt schön, wir drei zusammen. Und dieses Kleid … Charlotte wird eine wunderschöne Braut.«

»Apropos wunderschön«, sagt Lo mit einem verschwörerischen Grinsen und zieht ein kleines Päckchen aus ihrer Schürzentasche.

»Nein!« Ich muss unwillkürlich kichern.

»Doch!« Lo grinst. »Kein Silvester ohne rote Unterwäsche. Dann klappt es im nächsten Jahr mit den Wünschen und auch mit der Liebe.«

Ich falte das Seidenpapier vorsichtig auseinander. Es ist ein Body aus roter Spitze.

»Du bist verrückt!« Ich starre meine Schwester ungläubig an. Das hätte ich ihr niemals zugetraut.

Lo zuckt mit den Schultern. »Man muss nur daran glauben! Schau, letztes Jahr warst du es, die mir einen roten Slip geschenkt hat, und, *che sorpresa!*, es hat tatsächlich funktioniert! Ich habe ein Töchterchen bekommen. Genau, wie ich es mir gewünscht habe.«

»Dann freue ich mich auf das nächste Jahr«, sage ich und gebe Lo einen Klaps. »Und jetzt lass uns loslegen.«

Der Tag vergeht wie im Flug. Am Morgen stehe ich mit Lo hinter der Theke, und am Nachmittag geht meine Schwester nach oben zu den Kindern, während Mamma aus der Backstube zu mir nach vorne wechselt. Es macht mir Spaß, mit den Kunden zu plaudern, von denen uns viele schon jahrelang treu sind. Ich verpacke unsere Schätze liebevoll in kleine rote Pappschachteln, auf denen in Silber *Buon Anno* steht.

»Du machst das wunderbar«, sagt Mamma immer wieder und lächelt mich an. Ich weiß, was sie damit sagen will. Sie ist mir nicht mehr böse, dass ich nicht für immer hinter dieser Theke stehen werde.

Weil Onkel Angelo, der jüngere Bruder von Papà, zu Besuch ist, schließen wir die Pasticceria etwas früher. Angelo ist so etwas wie der Freak in unserer Großfamilie. Er ist Künstler und seit ein paar Jahren erstaunlich erfolgreich. Ein paar seiner Bilder werden nach Neujahr in einer Hamburger Galerie ausgestellt.

Nach Nonnas Tod war er es, der in das Elternhaus einzog.

Und erst dieses Jahr, knapp zwölf Jahre später, hat er mit dem Renovieren angefangen.

»Warum sollte ich etwas wegwerfen, was noch funktioniert?«, war schon immer seine Devise gewesen, weshalb Lo und Mamma oft hinter vorgehaltener Hand getuschelt haben. Papà dagegen fand es schön, dass in seinem Elternhaus alles so blieb wie es war.

Angelo, der die kleine Natalia wie ein Püppchen auf dem Arm hat, zieht überrascht die Augenbrauen hoch, als er mich sieht.

»Chiara, wie schön, dich zu sehen! Ich habe etwas für dich! Endlich kann ich es dir überreichen!«

»Für mich?«, frage ich verdutzt und hoffe inständig, dass es sich nicht um ein Hochzeitsgeschenk handelt, das er, obwohl das Ereignis ausfällt, bei dieser Gelegenheit noch loswerden möchte. Zuzutrauen wäre es ihm. An Konventionen und die Etikette hat sich mein Onkel noch nie gehalten.

Angelo grinst vielversprechend und reicht Natalia kurzerhand an Theo weiter, bevor er nach draußen in die Diele geht, wo sein Gepäck steht.

Fluchend kramt er darin herum, dann kommt er mit einem großen, fleckigen Umschlag zurück.

»Du wirst es nicht glauben. Hinter der großen Besteckschublade in Nonnas Haus habe ich ein Geheimfach entdeckt! Darin lag dieser Umschlag. Für dich!«

Ich werde knallrot. »Für mich?«

»Und was ist drin?«, fragt Giovanni.

Angelo schüttelt den Kopf und reicht mir den Umschlag. »Er gehört Chiara. Schließlich steht ihr Name drauf.«

Noch bevor ich den ersten Blick darauf werfe, überkommt mich die Gewissheit. Es hat mit unserem Geheimnis zu tun!

Ich spüre, wie alle Augen auf mich gerichtet sind, während ich den Umschlag öffne und schweigend Blatt um Blatt und noch ein paar Fotos herausziehe.

Manche der Blätter sind eng beschrieben, auf manchen Blättern stehen nur ein paar Worte.

»Deine kleinen Schreibübungen?«, mutmaßt Angelo und lehnt sich lächelnd zurück. »Du warst wohl sogar in den Sommerferien richtig fleißig, was?«

Ich spüre, wie mir die Hitze den Nacken hochkriecht.

»Zeig mal!«, ruft Lo, die neben mir sitzt, und streckt ihre Hände aus.

»Ich muss erst selbst sehen!«, sage ich grimmig.

Dennoch kann ich nicht verhindern, dass kurz darauf die komplette Geschichte meiner Sommer bei Nonna auf dem Tisch ausgebreitet liegt.

»*Per l'amor di Dio!* Was sind denn das für schreckliche Kleider?«, ruft Mamma und deutet auf ein Foto, auf dem ich in kurzen Hosen und einem karierten weiten Hemd mit einem Huhn auf dem Arm vor Nonnas Stall stehe.

»Mamma«, seufze ich und greife nach ihrer Hand. »Schau. Die Kleider, die du mir mitgegeben hast, hätten vielleicht für die Sonntagsmesse in der Dorfkirche getaugt. Aber nicht für das Leben, das ich bei Nonna geführt habe.«

Mamma macht runde Augen. »Soll das heißen, du hast …?«

Ich nicke. »… die Kleider von daheim im Koffer gelassen. Nonna hat mir Sachen genäht, die ich den ganzen Sommer getragen habe.«

»Und ich habe mich immer gewundert, wie fleckenlos und hübsch gebügelt du deine Kleider zurückgebracht hast«, sagt Mamma und schlägt sich theatralisch an die Stirn.

Charlotte und Angelo lachen gleichzeitig los und können sich überhaupt nicht mehr beruhigen. Auch mir steckt ein Lachen in der Kehle. Gleichzeitig bin ich unglaublich aufgewühlt.

»Das hast alles du geschrieben?«, fragt Giovanni und nimmt eines der Blätter in die Hand. »*Chiara ist aine gute Lererin*«, liest er und zieht die Nase kraus. »Was? Warte mal, das kapiere ich nicht. Hat Nonna das geschrieben?«

»Natürlich nicht«, sagt Angelo und lacht. »Deine Nonna konnte nicht die Bohne lesen und erst recht nicht schreiben.«

»Das stimmt nicht, Angelo«, sage ich. »Nonna Elsa konnte es sehr wohl.«

Jetzt stößt Papà ein bitteres Lachen aus. »Aber wo hätte sie das bitte schön lernen sollen?«

Ich deute auf den Satz, den Giovanni nicht verstanden hat.

»Bei mir«, sage ich. »Ich war oft und lange genug bei ihr, um es ihr beizubringen.« Es fällt mir so schwer und ist gleichzeitig so unendlich befreiend, diesen Satz zu sagen. Tränen steigen mir in die Augen. »Hier«, sage ich und deute auf die Blätter. »Lest doch selbst!«

Als ich ein paar Stunden später aufbreche, sitzen Papà und Angelo auf dem Sofa, trinken Rotwein und lesen einander vor. Auch sie haben die ein oder andere Träne verdrückt.

Selten habe ich meinen Vater so aufgewühlt gesehen. »Du bist eine erstaunliche Tochter«, sagt er beim Abschied mit belegter Stimme und sieht mir tief in die Augen.

Ich eile nach Hause. Ich habe eine Menge nachzudenken. Immer wieder kommen mir Bilder in den Sinn. Mir ist zumute, als hätte jemand die Tür zu einem lange verschlossenen Raum geöffnet. Erinnerungen überfluten mich. Mir fallen plötzlich die Namen von Hühnern, Katzen und Hunden ein, die ich längst vergessen hatte. Und der Geruch der Felder in der Frühe, bevor die Sommerhitze einsetzte, steigt mir in die Nase. Meine Füße finden den Weg zu meiner Wohnung automatisch. Ich nehme nichts um mich herum richtig wahr.

Als ich die Haustür aufschließe und müde die Treppen hinaufsteige, wird mir bewusst, dass die Ereignisse der letzten Wochen, und ganz besonders meine abenteuerliche Reise nach Colorado, dazu geführt haben, dass mein Bild von mir selbst ein paar gewaltige Risse bekommen hat. Plötzlich sehne ich mich nach den Rockies. Nach dem wilden Rauschen des Cold Creek und dem Geruch eines Kaminfeuers. Das Gefühl ist so stark, dass es mich schmerzt.

Ich schließe die Wohnungstür auf, und dann mache ich mir einen Tee und setze mich an den Küchentisch, wo noch immer das aufgeschlagene gelbe Heft liegt.

Auch das werde ich meiner Familie eines Tages zeigen. Aber noch bin ich nicht so weit.

GABRIEL

Wir sind im Landeanflug, aber es dauert. Norddeutschland liegt unter einer dichten Nebeldecke, und das Flugzeug zieht Schleifen. Meine Geduld wird auf die Probe gestellt, bis wir endlich landen können. Am Gepäckband angekommen schalte ich mein Handy ein. Ich lasse das Display nicht aus den Augen, während vor mir bereits die ersten Koffer kreisen. Meine Vorahnung bestätigt sich. Chiara schweigt.

Ich bin nicht der Typ, der sich etwas vormacht und schreckliche Szenarien heraufbeschwört und überlegt, ob sie vielleicht krank ist oder einen Unfall hatte und mit zwei eingegipsten Händen dasitzt und einfach nicht schreiben kann. Es ist so traurig. Wenn ich nur eine Chance hätte, sie noch ein einziges Mal zu sehen. Dann könnte ich ihr erklären, was bei mir alles los war. Vielleicht würde sie mich verstehen und mich für mein Verhalten nicht hassen.

Jetzt kommt mein Koffer, und ich ziehe ihn vom Band.

Willkommen zu Hause, denke ich, als ich in die Empfangshalle trete. Niemand erwartet mich, zum ersten Mal. Jetzt nur nicht melancholisch werden. Lieber ein Ende mit Schrecken, da hatte Sarah am Ende doch recht …

Ich nehme den Schnellbus in die Stadt und trinke in einem Stehcafé einen Cappuccino. Das Franzbrötchen, das ich dazu esse, riecht zwar verlockend, aber es schmeckt wie weiche

Pappe mit Zimt. Und schon kommt mir Chiara wieder in den Sinn und wie unglaublich gut diese Frau backen kann. Vielleicht sollte ich aufhören, so viel zu denken. Einfach machen. Da schickt mir das Schicksal gleich mehrfach die süßeste Frau des Planeten vorbei, und ich … ach, es ist zum Verzweifeln. Die Anzugtypen um mich herum quatschen in ihr Handy, und mir ist alles zu laut. Es ist der 29. Dezember, zehn Uhr morgens. Das Jahr geht zu Ende, und ich habe überhaupt keine Ahnung, was kommen wird. Am Ende meiner langen Reise wartet eine halb ausgeräumte Wohnung auf mich. Juliane hat ihre Sachen schon abgeholt und den Schlüssel in den Briefkasten geworfen.

Ich gehe lustlos zur U-Bahn, steige ein und bleibe mit meinem Koffer stehen, weil ich nach dem langen Flug meine Beine nicht schon wieder zusammenfalten will. Und dann passiert etwas. Ich folge plötzlich einem Plan, der die ganze Zeit irgendwo in mir geschlummert hat. Mein übernächtigtes Gehirn hat auf Autopilot geschaltet und lässt die Dinge einfach geschehen.

Ich steige ganz einfach so zwei Stationen zu früh aus, ohne mich zu fragen, ob ich gerade dabei bin, den größten Unfug meines Lebens zu begehen. Die Adresse der Pasticceria weiß ich noch auswendig. Ich sehe sie in feiner Goldschrift vor mir. Wenige Minuten später habe ich die Straße gefunden. Es ist eine dieser hübschen Straßen mit Kopfsteinpflaster und alten Häusern. Nebel hat sich über die Stadt gelegt, und alles um mich herum wirkt wie verwunschen. Und dann sehe ich mein Ziel plötzlich vor mir. Das Schaufenster der Pasticceria Di Pasqua ist hell erleuchtet und wunderschön dekoriert. Der Anblick der süßen Delikatessen muss einfach jeden magisch in den Laden hineinziehen! Ich stelle meinen Koffer ab und gebe vor, die Auslage zu betrachten, während ich unauffällig die Lage checke. Es ist nur ein Kunde drin, und hinter der Theke steht eine junge Frau. Ich sehe der kleinen Eisenbahn zu, die vor mir im Schaufenster Runde um Runde dreht.

Als der Kunde den Laden verlässt, greife ich kurzerhand nach meinem Koffer und betrete den Laden.

»Guten Tag!« Die Augen und auch dieses Lächeln kommen mir irgendwie bekannt vor. »Bitte schön?«

Ich deute wahllos auf ein paar der silbernen Tabletts in der Auslage. »Von jedem ein Stück, bitte.«

Sie nickt und greift nach einer zierlichen Gebäckzange. Während sie meine Auswahl Stück für Stück in eine Schachtel legt, sehe ich mich im Laden um. Die Wände sind pastellblau tapeziert, und glitzernde Sterne hängen von der Decke. Sie bewegen sich leise in der Zugluft. Hinter der Theke ist eine Tür angelehnt, und von dort sind Stimmen und Gelächter zu hören.

Ich nicke in Richtung der Tür. »Ist Chiara zufällig hier?«, frage ich und fühle mich sehr mutig.

Die junge Frau sieht auf, ohne zu lächeln, und mustert mich.

»Sind Sie ein Freund?«

»Ja, so etwas in der Art.« Ich zucke lächelnd die Schultern. In diesem Moment kommt eine ältere Frau, offensichtlich die Mutter, in den Ladenraum. Sie hat ein weinendes Baby auf dem Arm, das sie ihrer Tochter übergibt. »Ich übernehme!«, sagt sie und nickt mir lächelnd zu.

Ich nicke freundlich zurück, und während sich die Schachtel füllt und schließlich noch mit einer Schleife versehen wird, fliegen zwischen den beiden ein paar Sätze auf Italienisch hin und her. Ich verstehe kein Wort, und trotzdem kapiere ich schnell, dass sie über mich reden. Offensichtlich durchlaufe ich gerade eine Art Familiencheck. Mein Herz beginnt zu hämmern.

»Nein, Chiara ist nicht hier«, sagt die jüngere der Frauen

schließlich und sieht mich mit einem Lächeln an, das ihre Augen nicht erreicht.

»Hören Sie«, sage ich nachdrücklich, »bitte sagen Sie Chiara, dass Gabriel hier war. Und dass ich sie unbedingt sprechen muss. Es ist sehr, sehr wichtig.«

»Gabriel?« Die junge Frau macht ein nachdenkliches Gesicht. Eine feine Röte steigt ihr ins Gesicht. Doch dann hebt sie ihr Kinn und sieht mich mit einem festen, durchdringenden Blick an. »Wenn ich Ihnen einen Rat geben darf«, sagt sie, und es hört sich an wie ein herannahendes Donnergrollen. »Vergessen Sie meine Schwester einfach. Das ist für alle Beteiligten das Beste.«

»Nein«, sage ich. »Das kann ich nicht. Wirklich nicht.« Ich verlasse den Laden mit dem unguten Gefühl, dass man mich soeben angeschwindelt hat.

Chiara ist bestimmt hier.

Vielleicht treffe ich sie heute nicht an, aber ich werde nicht aufgeben. Obwohl ich mich angeschlagen und müde fühle, beschließe ich, zu Fuß nach Hause zu gehen. Ich brauche Zeit, um zu begreifen, dass mein ganzes Leben ein riesiges Fragezeichen ist. Alles ist offen. Nichts ist sicher. In meinem Kopf läuft *Lonesome Town*, ein alter Rockabilly-Song, in Dauerschleife. Als wir Teenager waren, hörte ihn Sarah immer dann, wenn sie Liebeskummer hatte. Und das war nicht direkt selten. Hamburg ist heute *Lonesome Town* für mich. Leider bietet mir auch meine Wohnung keinen Trost. Alles darin zeugt von unserer Trennung. Wie deprimierend. Juliane hat sich bemüht, irgendwie von allem die Hälfte mitzunehmen. Aber weil sich das Sofa nicht zersägen lässt, hat sie es gleich ganz weggeschleppt. Ehrlich gesagt wäre es mir lieber, sie hätte alles einkassiert. Ich würde auf einer Isomatte auf dem Boden schlafen wie damals,

als ich zu meinem Auslandssemester in Hamburg ankam. Dann könnte ich irgendwie so tun, als würde ich von vorne anfangen mit meinem Leben.

Ich gehe von einem ungemütlichen Raum in den nächsten, an den Wänden leer Stellen, wo Fotos von uns hingen. Wenigstens ist zu meiner großen Erleichterung in der Küche noch alles an seinem Platz. Auf dem Tisch liegt die Post an mich.

Ich stöbere in der Gefriertruhe nach einer Fertiglasagne und schiebe sie in den Ofen, während ich die Post durchsehe. In diesem Moment vibriert mein Handy. Es ist Chris.

»Hi, du bist zurück?«

»Yep«, antworte ich und fülle einhändig Teewasser ein.

»Hast du deinen Dienstplan schon gesehen?«

»Nein, bin gerade erst angekommen. Der Flieger hatte Verspätung.«

Chris seufzt. »Hm, das ist jetzt vielleicht etwas unfair. Aber du bist schon für morgen früh eingeteilt. Es sind eine Menge Kollegen krank. Schaffst du das?«

»Kein Problem. Das lenkt mich wenigstens ab.«

»Tut mir echt leid, Mann. Ich habe schon alles gehört. Es spricht sich herum, wenn sich ein Kollegenpaar trennt.«

»Tja«, sage ich. »Blöde Sache.«

»Hast du ein Bier da? Dann komme ich nach Feierabend vorbei.«

»Klar«, sage ich und lege auf. Oh mein Gott. Wie soll ich mich nur wieder auf die Spur bringen.

Erst die Lasagne. Dann unter die Dusche und eine Runde pennen. Als ich aufwache, ist es schon dunkel, und für einen Moment denke ich, ich hätte meinen Dienst verschlafen. Aber dann ist es erst sechs Uhr am selben Tag, und es dauert noch mindestens eine Stunde, bis Chris vorbeikommt. Ich checke meine Getränkevorräte. Alles da für einen Abend unter Männern.

Ist doch alles gut, denke ich. Keine Frau, kein Herzschmerz, kein Theater. So geht es doch auch. Ein paar Sachen in der Wohnung verändern, und schon wird es sich besser anfühlen. Vielleicht kaufe ich mir einen Hund. Dann würde ich zumindest Buddy nicht vermissen.

Als Chris endlich klingelt, bin ich so gut wie bereit, meine Zukunft ohne *Miss Wonderful* an meiner Seite zu planen.

Aber vorher, so leid es mir tut, werde ich der Pasticceria noch den einen oder anderen Besuch abstatten. Ein einziges Mal will ich Chiara noch sehen und ihr sagen, was ich im richtigen Moment zu sagen versäumt habe. Auch wenn es wahrscheinlich zu spät ist.

CHIARA

Papà streut mit einem eleganten Schwung Hagelzucker auf die süßen Teilchen und pfeift dabei ziemlich laut und falsch.

»Was für ein Nebel heute Morgen! Und sooo eisig!«, sage ich mit einem Schaudern und drücke ihm einen Kuss auf die Wange. »Geht's dir gut?«

Papà funkelt mich mit düsterem Blick an. Aber ich sehe das Lächeln hinter seiner grimmigen Miene. »Ich könnte dich umbringen!«

»Ich weiß«, sage ich und schlüpfe in die Schürze. »Aber ein Geheimnis ist nun mal ein Geheimnis.« Meine kalten Finger haben Mühe, eine Schleife zu binden.

»Ich brauche mir jedenfalls nicht mehr die Frage zu stellen, von wem du deinen Eigensinn geerbt hast. Heiliger Himmel, nichts sagt sie, nichts! Meine Tochter hat ein Geheimnis mit meiner Mamma und sagt nichts!«

»Eben. Und ich wiederhole mich ungern, aber ein Geheimnis ist ein Geheimnis.«

Papà rollt die Augen und seufzt. »Es ist zum Verrücktwerden. Ja, du erinnerst mich so sehr an sie, dass ich einfach nur verrückt werden möchte! Verrückt! Nichts und niemand kann euch beirren, wenn ihr euch etwas in den Kopf gesetzt habt. Aber es ist das schönste Weihnachtsgeschenk, das ich mir vorstellen könnte, das kannst du mir glauben, du … dickköpfige Tochter! So viele Erinnerungen.« Er wischt sich unauffällig über die Augen. »Und sogar ein Brief an mich! So etwas Verrücktes!«

Ich strecke mich und hole mir eine Teigrolle aus dem Kühlschrank. »Willst du mir erzählen, was drinstand?«

»Oh ja! Es ist die Geschichte, wie ich mit sieben Jahren vom Apfelbaum gefallen bin und mir den Arm gebrochen habe. Das hatte ich tatsächlich schon fast vergessen!« Er schüttelt gedankenverloren den Kopf und streift sich die Ofenhandschuhe über.

»Ich denke heute Morgen auch schon die ganze Zeit an die Sommerferien bei Nonna«, sage ich und schaue mich dann irritiert um. »Wo steckt eigentlich Mamma?«

»Sie kümmert sich heute um Natalia.«

»Dann bleibe ich in der Backstube«, sage ich schnell. Das passt mir sehr gut.

»Gute Idee!«, erwidert Lo, die gerade hereinkommt. »Bleib du mal in der Backstube, du siehst ja zum Fürchten aus! Nicht, dass uns wegen dir die Kunden wegrennen!«

»Vielen Dank«, sage ich und schneide ihr eine Grimasse. Ich weiß nicht, wie es meine Schwester fertigbringt, mit Baby und Kleinkind und wenig Schlaf um diese Uhrzeit eine so perfekte Erscheinung abzugeben.

Okay. Vielleicht hätte ich vorhin eine Mütze aufsetzen sollen. Die hohe Luftfeuchtigkeit hat aus meinen Locken ein krauses Wirrwarr gemacht, und geschminkt bin ich auch nicht.

Aber das ist nicht der wahre Grund, warum ich heute bei Papà in der Backstube bleiben möchte. Der Grund ist, dass ich jetzt gerade ein starkes Mittel gegen das Durcheinander in meinem Inneren brauche. Und ich weiß, dass mich nichts schneller zur Ruhe bringt, als meine Hände mit dem Kneten und Formen von Teig zu beschäftigen. Dass es mich glücklich macht, zu sehen, wie sich die zarte Bräune auf dem Gebäck ausbreitet.

Es ist etwas passiert, als ich die Fotos von den freien, wunderschönen Sommern bei Nonna auf dem Land angeschaut habe. Ich kann noch nicht genau sagen, was es ist. Da ist plötzlich eine tiefe, wilde Sehnsucht nach Freiheit und Weite und nach etwas Neuem. Oder so ähnlich.

Vielleicht ist es dieselbe Sehnsucht, die Giovanni dazu gebracht hat, in die Ferne zu ziehen. Vielleicht habe ich diese seltsamen Gedanken aber auch nur deshalb, weil dieses dramatische und chaotische Jahr zu Ende geht und ich noch keine Vorstellung davon habe, wie es weitergeht.

Ich habe in diesem Jahr verloren und gewonnen. Am Ende war es nicht so schlecht.

Nach einer Weile geht mein Plan auf. Alle Ereignisse der letzten Tage treten in den Hintergrund, und ich versinke vollkommen in meiner Arbeit. Irgendwann kommt auch Mamma herunter. Sie hat Natalia auf dem Arm, und die Kleine hat heute ein bisschen Bauchweh. Jedenfalls weint sie immer wieder, und Mamma pendelt zwischen Backstube und Laden hin und her und streitet sich anscheinend ein bisschen mit Lo. Das passiert so oft, dass ich der Sache keine weitere Beachtung schenke. Eigentlich ist unser Laden zu klein für Mamma und Lo zusammen. Hamburg eigentlich auch. Aber auf der anderen Seite brauchen sie wohl ihre kleinen Kämpfe, sonst könnten sie es ja auch einfach bleiben lassen. Auch beim Mittagessen herrscht noch eine angespannte Stimmung. Lo hat hektische Flecken auf dem Hals, und hin und wieder sieht sie mich von der Seite an, als hätte ich irgendwas mit ihrer schlechten Laune zu tun. Ich bin froh, als Charlotte und Giovanni beim Mittagessen mit der Idee herausrücken, ich könnte sie zur Eisbahn in Planten un Blomen begleiten, auch wenn Giovanni lieber zuschauen wollte.

»Geh nur mit«, sagt Papà. »Heute Nachmittag wird es im Laden bestimmt eher ruhig sein.«

Ich liebe ›Planten un Blomen‹. Es gab eine Zeit in meinem Leben, da hatte ich dort praktisch meinen zweiten Wohnsitz. Ich kannte jeden Strauch, jede Staude, jede Bank. Im Sommer vergisst man, mitten in der Stadt zu sein. Und im Winter ist natürlich die Eisbahn eines meiner absoluten Highlights.

Der Nebel hat sich gelichtet, es ist am Ende doch noch ein klarer, heller Tag geworden. Charlotte und ich fassen uns an den Händen und drehen eine Runde nach der anderen. Immer wieder wirft Charlotte Giovanni einen liebevollen Blick zu, und er winkt zurück.

Als wir schließlich müde und durchgefroren sind, gehen wir ins Park Café. Wie immer braucht es Ewigkeiten, bis Giovanni und ich uns vor der Kuchentheke entschieden haben.

»Daran musst du dich leider gewöhnen«, sage ich später zu Charlotte, als wir ihr dreimal den Teller vor der Nase wegziehen, weil Giovanni und ich uns noch nicht einig sind, ob wir für die Optik eine Zehn oder eine Neuneinhalb vergeben würden.

Es ist so etwas wie ein familiärer Tick. Die Mitglieder meiner Familie führen sich beim Besuch eines Cafés wie die Jury eines Feinschmecker-Events auf, und wir haben großen Spaß daran, die Zutaten zu erraten. Papà trieb das mit einem Freund einmal so weit, dass man ihm in einem sehr feinen Café kurzerhand Hausverbot erteilte.

»Es ist eine Zehn«, sagt Charlotte grinsend, bevor sie zugreift und einen Muffin einfach in ihrem Mund verschwinden lässt. »Geschmacklich eine Elf«, fügt sie kauend hinzu.

»Okay«, seufzt Giovanni ergeben, »dann essen wir jetzt einfach alles auf.«

CHIARA

10 Uhr

Am Silvestermorgen stehen wir zu dritt hinter der Theke – Giovanni, Charlotte und ich. Es herrscht ein Riesenandrang. Unsere Kunden reißen uns die *taralli*, die wir nur an diesem einen Tag im Jahr backen, förmlich aus den Händen. Wir machen die herzhaften kleinen Knabberkringel in verschiedenen Varianten, mit Rosmarin, Fenchel und Käse. Sie passen einfach perfekt zu einem Glas Prosecco. Giovanni und ich nehmen die Bestellungen entgegen und kassieren, und Charlotte packt die Einkäufe liebevoll ein. Obwohl es hektisch und zu dritt auch etwas eng hinter der Theke ist, haben wir ziemlich viel Spaß miteinander. Charlotte unternimmt gerade die ersten Versuche, ein paar Sätze auf Deutsch zu sagen, und es klingt mit ihrem Akzent wahnsinnig süß. Ich freue mich wie verrückt, dass sie da sind und wir den Jahreswechsel zusammen feiern können.

GABRIEL

12 Uhr

Ich lasse das Essen in der Kantine zusammen mit meinen Kollegen ausfallen, denn ich muss ein paar Besorgungen machen. Chris hat mich vertrauensvoll damit beauftragt, zu seiner Party die traditionellen Berliner mitzubringen, die um Mitternacht keinesfalls fehlen dürfen. Ich weiß nicht, wen er alles eingeladen hat, aber es klingt nach einer großen Sache. Während ich darauf warte, dass ich an der Reihe bin, schreibe ich eine Nachricht an Sarah. Sie fehlt mir. Immer wenn ich wieder zurück in Hamburg bin, schreiben wir uns in den ersten Tagen sehr oft. Auch über Kleinigkeiten und Nebensächlichkeiten. Aber dann werden die Abstände größer, weil wir uns wieder daran gewöhnen, dass unser Alltag durch viele Tausend Meilen getrennt voneinander stattfindet und weil eine spontane Nachricht an jemanden, bei dem gerade tiefste Nacht ist, wenig Sinn macht.

Auf jeden Fall will ich ihr jetzt rasch von einem unglaublichen Zufall schreiben, oder gibt es doch so etwas wie ein Schicksal, das einem die Chancen vor die Füße legt? In einer Zeitschrift, die ich am Vormittag aufgeschlagen hatte, war mir ein Stellenangebot ins Auge gefallen. Genau mein Fachgebiet. Und die Stelle ist nirgendwo anders auf der Welt als ausgerechnet am University of Colorado Hospital in Denver. Ich musste mich echt setzen. Und jetzt kriege ich die Sache überhaupt nicht mehr aus dem Kopf. Was, wenn ich mich dort einfach bewerbe?

Es wäre eine großartige Chance, meinem Leben eine ganz andere Richtung zu geben. Und der Zeitpunkt ist ideal. Ich bin so frei und ungebunden wie nie zuvor, und ich kann gehen, wohin ich will. Allerdings erst, nachdem ich Chiara gefunden habe. Wenigstens ein einziges Mal muss ich ihr noch einmal in ihre dunklen Augen sehen und ihr sagen, dass sie für mich die Welt bedeutet.

Meine Finger tippen eilig eine Nachricht an Sarah, und als ich die Nachricht abgeschickt habe, kann ich immer noch nicht aufhören, von meiner Heimat zu träumen. Die Sache mit dem Pachtvertrag hat mir noch einmal so richtig klargemacht, wie tief ich mit Three Oaks und dem Cold Creek Valley verbunden bin.

Die Stimme der Verkäuferin reißt mich aus meinen Gedanken. Ich schrecke auf, und prompt bestelle ich versehentlich zu viele von den Berlinern mit Eierlikörfüllung, die ich überhaupt nicht ausstehen kann. Aber egal, ich freue mich auf den Abend. Meine Wünsche und Ziele für das neue Jahr muss ich mir noch in Ruhe überlegen. Oder ich lasse es einfach auf mich zukommen.

CHIARA

15 Uhr

Wir haben die Ladentür abgeschlossen, und während Giovanni und ich aufräumen, sitzt Charlotte auf einem Hocker in der Ecke und vernichtet die Reste der heutigen Produktion.

»Es ist gut, dass ich nicht hier lebe«, sagt sie mit vollem Mund. »Ich wäre nur noch am Essen.«

Giovanni grinst. »Das sind genau die Sätze, mit denen du meine Eltern für dich gewinnen kannst!«

»Ach, das hat sie doch längst«, sage ich, und ich weiß es. Weil Mamma nämlich nicht richtig flüstern kann, habe ich gehört, wie sie Charlotte vor meinem Vater in den höchsten Tönen lobte. Und Papà mochte seine zukünftige Schwiegertochter ja sowieso auf Anhieb. Lo, allerdings … na, es ist ganz gut, dass die meiste Zeit ein Ozean zwischen den beiden liegt. Sonst würden bestimmt hin und wieder die Fetzen fliegen, schätze ich.

»So, fertig, gehen wir hoch?«, sagt Giovanni mit dem letzten Handgriff.

Es sind zwar noch vier Stunden, bis das große Silvesteressen beginnt, aber schon jetzt gleicht die Wohnung meiner Eltern einem Bienenstock.

Mamma steht am Herd und bereitet mit erhitzten Wangen das traditionelle Silvestergericht zu, *Cotechino* mit Linsen. Neben ihr steht Tante Rosalia, Mammas Schwester, und rührt in einer Süßspeise. Sie lässt buchstäblich den Schneebesen fallen, als sie uns erblickt, und dann wird umarmt und geküsst und geredet, bis Mamma uns aus der Küche scheucht.

Im Wohnzimmer treffen wir auf Tante Rosalias Mann, Onkel Guiseppe, der gut gelaunt mit Papà und Angelo einige Weine verkostet. Charlotte und Giovanni setzen sich dazu. Ich dagegen gehe nach oben und helfe meiner Schwester mit den Salaten, während Theo die Kinder hütet.

»Oje«, sagt Lo mit einem Mal, »wir müssen ja noch den Mistelzweig aufhängen!«

»Das übernehme ich«, ruft Theo aus dem Nebenzimmer. »Und Luca hilft mir dabei!«

Er schiebt kurzerhand den Stubenwagen, in dem Natalia schlummert, zu uns in die Küche. Dann geht er mit Luca ein Stockwerk tiefer.

Lo hat heute allerbeste Laune. Sie liebt Familienfeiern genauso sehr wie ich. »Wer weiß, wer weiß«, sagt sie in einem Ton, der immer verrät, dass etwas im Busch ist, »wer weiß, wen du heute Abend unter dem Mistelzweig küsst!«

Ich blicke von meinem Schneidebrett auf. »Wahrscheinlich dich!«, erwidere ich trocken.

Lo kichert. »Hm. Ich weiß nicht …«

In diesem Moment geht mir ein Licht auf. »Bitte sag nicht …«, setze ich an.

»Doch, meine Süße! Joscha kommt!«

Ich stöhne innerlich auf. Joscha ist der Bruder von Los bester Freundin Jennifer, und er hat mich vor einiger Zeit schon einmal einen ganzen Abend zu Tode gelangweilt, als Jennifer mich aus lauter Mitleid zu ihrer Geburtstagsparty eingeladen hatte.

»Joscha ist ein toller Mann«, behauptet Lo jetzt, die, hochsensibel wie immer, gemerkt hat, wie wenig begeistert ich von ihrem Überraschungsgast bin. »Er hat einen Superjob – und er ist wirklich sehr daran interessiert, eine Familie zu gründen.«

»Schön für ihn«, sage ich und stecke mir ein Stück Karotte in den Mund.

»Ach, sei doch nicht so verbohrt!«, sagt Lo und zieht eine Grimasse. »Ich meine es doch nur gut mit dir! Immerhin hat er schon dreimal nach dir gefragt!«

»Grund genug, zu heiraten«, sage ich. »Wo steht bei euch noch gleich der Balsamico?«

Lo holt tief Luft und starrt mich an. »Du bist echt undankbar«, sagt sie.

»Oder nehmen wir Himbeeressig?«

23 Uhr 30

Der Lärm ist ohrenbetäubend. Dreißig Leute sitzen um unseren Tisch, der vom Esszimmer über die Ecke bis ins Wohnzimmer reicht. Eine Menge Freunde von Mamma und Papà sind gekommen, außerdem ein paar Freundinnen von Lo und natürlich Joscha.

»Hoppla«, sagte er zur Begrüßung. »Du bist ja noch hübscher geworden.«

Ich lächele ihn freundlich an, denn ich hatte mir vorgenommen, an diesem Abend zu allen nett zu sein. Eigentlich ist er ja ein anständiger Kerl, kommt mir zu meiner eigenen Überraschung jetzt in den Sinn. Vielleicht liegt es an der fröhlichen Gesellschaft und dem fantastischen Essen. Oder an dem Wein, den mir Angelo fleißig nachschenkt. Oder daran, dass mich ein warmes, freudiges Gefühl erfüllt, wenn ich Charlotte und Giovanni anschaue, die schon den ganzen Abend verliebt miteinander turteln.

Wer weiß, wenn also gleich Mitternacht ist, werde ich in dieser ausgelassenen Stimmung vielleicht sogar Joscha unter dem Mistelzweig küssen.

Es heißt ja immer, man müsse nach vorne sehen. Dave war ein netter kleiner Flirt und ist Vergangenheit. Und Gabriel … Gabriel … Gabriel ist erst recht Vergangenheit.

Ich schlucke hart, aber dann vibriert zum Glück mein Handy. Es ist Bonnie, die auf einer ziemlich abgefahrenen Party bei Freunden im Schanzenviertel abhängt.

»Was machst du?«, brüllt sie mir durch den Hörer ins Ohr. »Wie ist die Stimmung bei euch?«

Ich schaue mich um. »Na ja …«

»Komm doch hierher, es ist lustig! Und es sind jede Menge netter Typen da!«

Ich sehe unschlüssig zu Boden. Meine Füße stecken in hohen schwarzen Slingpumps, die sehr gut zu meinem mintgrünen Minikleid passen. »Das kann ich meiner Familie nicht antun.«

»Ach Quatsch. Du könntest nach Mitternacht kommen, das fällt doch kaum auf.«

»Ich überlege es mir.«

Ich lege auf und spüre in meinem Bauch ein unruhiges Kribbeln. Ich trete einen Moment auf den Balkon und starre auf mein Handy, gehe meine Kontaktliste durch und bleibe an Daves Profilbild hängen. Es ist – Überraschung – ein neues Bild von *Love Story*.

Ich überlege zum hundertsten Mal, was Gabriel eigentlich von mir wollte. Was diese ganze Geschichte eigentlich sollte. Hätte es überhaupt Sinn, mich bei ihm zu melden? Ich seufze. Vielleicht hätte ich diese Nachricht von Dave doch nicht löschen sollen. Ich scrolle weiter, und bevor ich es mir anders überlegen kann, tippe ich Daves Nummer an. Es klingelt endlos, und mein Mut sinkt.

Aber dann knackt es in der Leitung. »Chiara«, sagt er. »Was für eine Überraschung. Wie geht es dir?«

»Gut«, sage ich. »Ich wollte dir nur schnell ein frohes Neues Jahr wünschen!«

Dave lacht. »Ja, wir sind ein bisschen hinterher. Aber wenn es so weit ist, werde ich an dich denken. Und ich wünsche dir auch alles Gute, und ich freue mich, wenn du wiederkommst.«

»Ich vermisse alles.«

»Kann ich verstehen«, sagt Dave. »Du bist zwar nicht hier geboren, aber irgendwie passt du hierher. Sag mal, hast du dich eigentlich bei Gabriel gemeldet?«

»Nein«, erwidere ich herzklopfend und froh, dass Dave von sich aus davon anfängt. »Ich habe deine Nachricht mit Gabriels Nummer gelöscht.« Ich gebe mir innerlich einen Schubs. »Kannst du mir vielleicht einen Gefallen tun und mir seine Nummer noch einmal schicken?«

»Mach ich. Und verschwende keine Zeit mehr, ja?«

»Danke«, seufze ich erleichtert, bevor ich das Gespräch beende.

»Ist was?«, fragt Charlotte, die in diesem Moment auf den Balkon tritt. »Du glühst ja!«

Ich deute auf mein Handy. »Das war Dave.«

»Oh, das erklärt alles«, sagt sie, ohne zu wissen, dass sie die falschen Schlüsse zieht.

»Nein. Es ist … Er meinte, dass ich …«, stottere ich, weil ich gerade überhaupt nicht denken kann.

»Ach ja?«, sagt Charlotte und lacht ihr Stadion füllendes Lachen.

Doch bevor ich zu einer Erklärung ansetzen kann, summt mein Handy. Wie versprochen schickt Dave mir noch einmal Gabriels Nummer. *Warte nicht!*

»Ich muss … ich kann dor das jetzt gerade nichts erklären … es ist zu kompliziert«, stottere ich wieder.

»Dann lass ich dich besser mal allein.« Charlotte zwinkert mir zu und geht wieder hinein.

Ohne nachzudenken, tippe ich die Handynummer im Nachrichtenfeld an.

Es klingelt ein Dutzend Mal, niemand meldet sich.

Jetzt nur nicht den Mut verlieren.

Ich schreibe eine Nachricht.

Wo bist du? Ich würde dich gerne treffen.

Und schicke sie ab.

GABRIEL

23 Uhr 40

Der Fußboden vibriert, und die Luft ist zum Schneiden.

»Und? Geht's dir gut?«, fragt mich Chris im Vorbeigehen und haut mir auf die Schulter.

»Ja. Coole Party!«, sage ich. Ich stehe in einer Runde mit Kollegen und Kolleginnen. Doro hat mich gerade mit ihrer Freundin Anna bekannt gemacht.

»Sie musste mal raus. Hat sich gerade frisch getrennt!«, lässt mich Doro wissen, als wir am Buffet Schulter an Schulter stehen.

»Bitte sag, dass ich mich irre! Und dass du nicht gerade versuchst, zwei gebrochene Herzen miteinander zu verkuppeln …«, raune ich ihr ins Ohr.

»Ach, sei einfach locker!«, sagt Doro und lacht.

Ich lache ebenfalls, aber ich spüre, wie unecht mein Lachen ist. Wenn ich ehrlich zu mir bin, möchte ich nicht locker sein, ich möchte keine andere Frau aufreißen, und wenn sie noch so hübsch ist. Ich möchte einfach nur Chiara wiedersehen.

Wir schlendern mit unseren Tellern zurück zu den Kollegen. Jetzt reden alle vom Urlaub, aber ich bin nicht mehr bei der Sache. Alle meine Gedanken kreisen um Chiara.

»Sorry«, sage ich, als mich plötzlich alle erwartungsvoll ansehen. »Ich glaube, ich habe noch Jetlag. Worum ging's?«

»Genau darüber wollte ich gerade mehr wissen«, sagt Doro und grinst. »Wie war denn eigentlich deine Reise?«

»Schön«, sage ich und erzähle ein bisschen vom Snowboarden und von meiner Familie. Aber dann habe ich das dringende Gefühl, frische Luft zu brauchen.

Ich trete auf den Balkon hinaus. Chris' geschmackvolle Wohnung ist in bester Lage von Eppendorf, im dritten Stock. Ich schaue mich um. Die Stadt ist unruhig. Vereinzelt werden bereits Böller gezündet, und auf der anderen Straßenseite inszeniert jemand ein großartiges verfrühtes Feuerwerk. Mein Blick fällt auf den Kirchturm, und plötzlich kommt mir in den Sinn, dass ich nur etwa eineinhalb Kilometer in diese Richtung gehen müsste, um zur *Pasticceria Di Pasqua* zu gelangen.

Vielleicht ist sie ja dort, überlege ich. Und bevor mir eine innere Stimme noch irgendwie dazwischenfunken kann, gehe ich zurück in die Wohnung und wühle an der Garderobe meinen Mantel heraus. Ich schlüpfe hinein, werfe noch einen Blick in den großen Spiegel und fahre mir schnell zwei-, dreimal durch die Haare.

»*Really?*«, sagt mein Spiegelbild.

Ich nicke.

»Ich muss los!«, rufe ich Chris zu, der fragend zu mir herschaut.

»Tu, was du nicht lassen kannst!«, ruft er mir nach, und die schwere Tür fällt mit einem satten Klacken hinter mir zu. Ich eile das Treppenhaus hinunter, immer zwei Stufen auf einmal. Es riecht nach Bohnerwachs und kaltem Stein. Meine Wahrnehmung ist plötzlich absolut scharf gestellt. Draußen auf der Straße werden Feuerwerke vorbereitet, ich laufe zwischen den Menschen hindurch, springe über leere Flaschen. Sektkorken knallen, und alles ist ein einziges Stimmengewirr.

Dann schwillt der Lärm an. Noch mehr Böller, Heuler und das Zischen von Raketen. Gleich ist Mitternacht.

Und dann bin ich da.

Das Haus ist hell erleuchtet. Unten das Schaufenster, und darüber im ersten Stock brennt in jedem Fenster Licht. Auf dem kleinen Balkon stehen ein paar Leute mit Sektgläsern in der Hand.

Ich verlangsame meinen Schritt. »Ist Chiara hier?«, rufe ich.

»Oben«, antwortet ein Typ, ohne mich richtig anzusehen.

Mein Puls hämmert wie verrückt. Sie ist da. Heute sind die Götter auf meiner Seite. Das Adrenalin rauscht durch meinen Körper, während ich die Haustür aufstoße und die Treppe hochlaufe, wieder zwei Stufen auf einmal nehmend.

Im ersten Stock steht die Wohnungstür auf. *Living next door to Alice* ist zu hören …

Genau in dem Moment, als ich eintrete, dreht jemand die Lautstärke herunter.

Die Wohnung ist schummrig mit Kerzenlicht beleuchtet und zum Platzen voll. Meine Augen suchen hektisch den Raum ab und wissen nicht, woran sie sich festhalten sollen.

»Achtung!«, schreit der Typ an der Anlage. »Es geht gleich los!«

Himmel, wo ist sie?

An der Balkontür flammt eine Wunderkerze auf, und jetzt vergesse ich das Atmen. Die Frau in dem grünen Kleid, die hinter dem funkelnden Lichterregen steht, ist Chiara.

»Unnnnd …«, schreit der Typ.

ZEHN! Ich sehe, dass Chiara mit allen anderen anfängt, den Countdown zu zählen. Sie lacht, während ihr Blick auf die Wunderkerze gerichtet ist.

NEUN!

Ich bahne mir den Weg durch die Menschen, ohne sie aus den Augen zu lassen, und nehme nichts anderes mehr wahr.

ACHT!

Die Frau neben Chiara hat jetzt auch eine Wunderkerze und fuchtelt damit herum, und als Chiara zu ihr hinschaut, kreuzen sich unsere Blicke.

Ihre Augen flackern auf, und heiße Blitze durchzucken mich, als sich ein Ausdruck von ungläubiger, hingerissener Überraschung auf ihr Gesicht legt. Sie drückt dem Typ neben sich die Wunderkerze in die Hand und kommt mir entgegen.

SIEBEN!

In der Menge entsteht eine Bewegung, als sie auf mich zugeht. Die Leute scheinen zu merken, was hier gerade geschieht, und weichen zurück. Ein Korridor öffnet sich, und ich bin mit einem Mal wie erstarrt. Das Strahlen, das von ihr ausgeht, überwältigt mich völlig. Ihre Augen funkeln wie tausend Diamanten, und dieses Lächeln auf ihren Lippen ist … verdammt, was für ein Lächeln.

SECHS!

Die Stimmung beginnt zu kochen. Jemand ruft: Chiara, Chiara!, und klatscht rhythmisch in die Hände.

Ein Typ, der es nicht kapiert, kommt von der Seite und hält mir eine Platte mit süß duftenden Berlinern hin, und ich schiebe ihn beiseite.

FÜNF!

»Das ging aber schnell«, sagt Chiara, als sie vor mir steht, und ihr Blick huscht fragend über mein Gesicht. »Woher weißt du, dass ich hier wohne?«

Ich schüttle nur vollkommen verwirrt den Kopf und weiß nicht, was ich antworte soll.

VIER!

»Ich musste dich sehen«, kommt es mir schließlich über die Lippen.

Sie neigt ihren Kopf und lächelt. »Warum?«

DREI!

Ich hole tief Luft. »Weil ... egal, wohin ich gehe, egal, was ich tue – ich denke die ganze Zeit an dich.«

Ich beobachte jede Regung in ihrem Gesicht.

ZWEI!

Chiara beißt sich auf die Lippen, und ihre Augen fangen an zu schimmern. »Und weiter?«

»Könntest du vielleicht«, sage ich, »wenn wir jetzt noch einmal von vorne anfangen, dir vorstellen, dass wir ...!«

Jetzt ist ihr Lächeln völlig anders. Befreit und voller Glück legt sie mir einen Finger auf den Mund.

EINS!

Und dann endlich, endlich küssen wir uns.

Garben von Raketen zischen in den Himmel über Hamburg hinauf, der sich bunt färbt. Die Glocken am nahen Kirchturm läuten. Jubel und Gelächter mischen sich mit *Happy New Year* von ABBA. Aber davon kriegen wir nur die Hälfte mit, weil wir nicht aufhören können, uns zu küssen. Chiara zu küssen ist genau so, wie ich es mir erträumt habe. Nein, eigentlich noch viel besser.

»Darauf habe ich so lange gewartet«, flüstert Chiara schließlich. Und als wir uns wieder küssen, schmecken ihre Lippen salzig.

»Alles in Ordnung?«

Sie nickt stumm, und ich reiche ihr ein Taschentuch.

»Tut mir leid«, sagt sie und lacht, während sie sich die Tränen von der Wange tupft. »Daran musst du dich möglicherweise gewöhnen. Ich bin eine echte Heulsuse.«

»Heulsusen sind großartig. Vor allem solche, die Koffer entwenden«, sage ich. Sie blinzelt mich liebevoll an, und dann schlingt sie wieder ihre Arme um meinen Hals.

Vielleicht reiben sich die Götter jetzt die Hände, weil es genau so sein sollte. Vielleicht gibt es auch überhaupt keine Götter, und alles ist einfach nur so passiert.

Wie auch immer. Es ist das Schönste, das mir jemals passiert ist.

EPILOG

Die Hitze flirrt über der Landschaft, und ich muss mir die Hand über die Augen halten, um die richtige Kurve nicht zu verpassen. Und da ist sie.

»Hier!«, sage ich und deute nach vorne. Gabriel setzt den Blinker, und wir biegen in die von Pinien gesäumte holprige Straße. Ich kurble das Fenster herunter. Es ist unglaublich, aber der Geruch eines heißen Sommernachmittags im ligurischen Hinterland ist genau so, wie ich ihn in Erinnerung habe. Jetzt, zur Mittagszeit, atmet die Landschaft um uns herum eine fast vollkommene Stille.

Wir fahren Schrittgeschwindigkeit, und Gabriel umkurvt vorsichtig die Schlaglöcher.

»Ich vertraue dir«, sagt er und grinst. »Bei jedem anderen würde ich vermuten, dass die Straße im Nirgendwo endet. Oder ist das ein Hinterhalt, und du willst mich demnächst überfallen?«

»Quatsch!« Ich boxe ihn gegen den Oberarm. Seine Haut ist gebräunt, dunkler als meine. Was daher kommt, dass er zwei Wochen herrlichsten Frühsommer in Colorado genossen hat, während ich nichts anderes zu sehen bekam als eine tiefhängende Wolkendecke über Hamburg.

Jetzt geht es über eine kleine Hügelkuppe, und dann sind wir da. Mein Herz klopft mir bis zum Hals.

Gabriel parkt den Wagen, und wir steigen aus.

Vielleicht kommt es mir etwas kleiner vor, das Haus von Nonna. Aber der vanillegelbe Putz ist noch immer der alte, nur hier und da bröckelt er ein bisschen.

»*Benvenuti!*« Angelo ist vor die Tür getreten. Er lüftet seine Schirmmütze und winkt uns ins Haus. »Kommt! Hier ist es kühl!«

Wir gehen hinein, vorbei an dem braun gefleckten Hund, der kurz den Kopf hebt und mit der Rute auf den Boden klopft, bevor er sich wieder ausstreckt und seine Mittagsruhe fortsetzt.

Im Inneren des Hauses hat sich einiges verändert. Angelo hat aus der kleinen Küche und dem winzigen Wohnzimmer einen großen offenen Raum gemacht und außerdem ein kleines Badezimmer eingebaut.

»Gefällt es dir? Ja?«, fragt Angelo mindestens ein halbes Dutzend Mal, während er uns von der selbstgemachten Limettenlimonade einschenkt.

Ich nicke. Die eiskalte Flüssigkeit prickelt in meinem Hals und treibt mir die Tränen in die Augen.

»Geht ruhig nach oben!«, sagt Angelo. »Ich muss mich um das Essen kümmern!«

Gabriel wirft mir einen erheiterten Seitenblick zu. *Dass es in deiner Familie immer ums Essen geht*, heißt dieser Blick.

»Hier war mein Zimmer!«, sage ich, als wir die steile Treppe nach oben gestiegen sind, und öffne die Tür zu der kleinen Kammer. Hier ist die Tapete noch nicht vollständig entfernt worden, und ich erkenne das Blumenmuster von damals wieder.

Auch das Bett ist noch da und der kleine Nachttisch. Auf dem stapelte ich immer meine Bücher, die ich am Ende nie alle las, weil Nonna und ich immer so viel vorhatten.

Gabriel sieht sich um und wirft einen Blick aus dem Fenster.

»Und hier bist du also so wild und stur und eigensinnig geworden«, scherzt er und spielt mit einer Haarsträhne, die mir aus meinem Zopf entwischt ist.

»Na ja, immerhin folge ich dir in ein einsames Tal am Ende der Welt!«

»Okay, okay«, sagt Gabriel. »Und ich kann dir nur sagen, dass ich darüber sehr froh bin.«

Ich lehne mich gegen ihn und schaue hinaus. Hier auf dem breiten Fensterbrett habe ich über Mittag gesessen, wenn es draußen zu heiß war. Ich habe gelesen oder einfach nur die große Tigerkatze betrachtet, die im Schatten schlief.

»Es ist so schön, dass ich dir das noch zeigen kann, bevor wir gehen«, sage ich.

Gabriel hat sich die Stelle im Universitätskrankenhaus in Denver genau angeschaut. Und dann haben wir lange, sehr lange telefoniert. Diese Entscheidung konnten wir nur gemeinsam treffen. Aber sie fiel uns beiden am Ende nicht schwer. In zwei Monaten ist es so weit – das Cold Creek Valley wartet auf uns. Und dort werde ich mein kleines Café eröffnen, ganz bestimmt.

Wenn wir kommen, werden die Wildblumen auf den Wiesen blühen. Ich kann es kaum erwarten.

SOUNDTRACK

Brooks And Dunn – Still In Love With You
Chris Rea – Driving Home for Christmas
Bing Crosby – White Christmas
Etta James – I'd Rather Go Blind
Lenny Kravitz – It Ain't Over Till It's Over
Ricky Nelson – Lonesome Town
Ellie Goulding – Your Song
Smokie – Living next Door to Alice
Abba – Happy New Year

ALLE LIEFERBAREN TITEL, INFORMATIONEN UND SPECIALS
FINDEN SIE ONLINE

Birgit
Hasselbusch
KANN
SPUREN
VON
FERNWEH
ENTHALTEN
Roman
dtv